KB153956

선량하고
무해한
휴일 저녁의
그들

선량하고
무해한
휴일 저녁의
그들

9인
테마
소설집

김이정
박형숙
반수연
부희령
이경란
이성아
이수경
이후경
하명희

차 례

책머리에_ 7

김이정 | 하이엔드 라이프_ 9

박형숙 | 정화된 밤_ 39

반수연 | 빅터 아일랜드_ 67

부희령 | 콘도르는 날아가고_ 97

이경란 | 다정 모를 세계_ 125

이성아 | 유대인 극장_ 153

이수경 | 선량하고 무해한 휴일 저녁의 그들_ 189

이후경 | 사양관(斜陽館)_ 217

하명희 | 오래된 서점에서_ 245

책머리에

사람의 인연이 참 묘하다. 한 스승 아래 모인 인연이 삼십년 넘게 이어져왔다. 때론 가족보다 더 속속들이 아는 사람들, 자매처럼 다정한 벗들이 있다는 게 늘 고마웠다. 그런데 최근 삼사 년 사이에 새로 사귄 벗들도 있다. 같은 스승을 둔 친구 덕에 새로운 벗들을 알게 되었다. 그리고 공교롭게도 같은 출판사에서 책을 내게 되었다. 그렇게 이어진 인연들이 모여 책을 한 권 내자는 작당을 하게 되었다.

아홉 명의 여성 작가들이 쓴 남자들의 이야기이다. '남자'라고 하니 막막했다. 내가 만난 남자, 나를 키운 남자, 내가 키운 남자…… 종류도 다양한 남자들이 지금까지 살아오는 곳곳에 지뢰처럼 혹은 요람처럼 있었지만 막상 글을 쓰려니 남자에 대해 자신있게 말할 수 있는 것이 없었다. 남자를 너무 모른다는 자책만 몰려오고, 그러니 내 인생이 그토록 험

난할 수밖에 없었던 것만 같았다. 모든 것이 남자들 탓 같았다. 그러나 한편으론 고마운 남자들도 동시에 떠올랐다. 나를 밥 먹여 키워준 남자들, 내게 인간에 대한 신뢰를 갖게 해준 남자들, 내게 상처를 줘서 결국은 성장하게 만든 남자들…… 여기 아홉 편의 소설들 역시 남자에 대해 잘 알고 있다는 이야기는 아니다. 어쩌면 남자란 무엇인가, 곤혹스럽게 묻고 있는지도 모른다. 아니면 생물학적 남자를 떠나서 보편적 인간의 어느 한순간을 보여주고 있을지도. 다만 제각기 다른 아홉의 남자들이 한데 모여 이루는 풍경이 궁금할 뿐이다.

동시대를 함께 걷고 있는 도반들과 책을 낼 수 있어서 기쁘다. 각자 단단한 소설들을 써온 작가들을 한데 모아 읽는 즐거움은 누구보다 나를 설레게 한다. 독자들에게도 그렇게 다가가길 빈다. 다채로운 음들이 모여 독특한 하모니를 들려주길.

좋은 기회를 만들어주신 강출판사에 깊은 고마움을 전한다.

2023년 1월
수록 작가들을 대신하여
김이정

김이정 / 하이엔드 라이프

1994년 『문화일보』로 등단하며 작품 활동 시작. 소설집 『도둑게』『그 남자의 방』『네 눈물을 믿지 마』. 장편소설 『길 위에서 중얼거리다』 『물속의 사막』『유령의 시간』이 있다. 『유령의 시간』으로 제24회 대산 문학상 수상.

오디오 시스템을 연결해야겠다고 마음먹은 것은 이명이 생긴 지 꼭 일 년이 되는 날이었다. 그날도 밤 아홉시부터 대리운전을 나가 새벽 세시에 들어왔다. 오래 걸은 탓에 피로감이 몰려와 바로 누웠지만 잠은 오지 않았다. 그날따라 손님은 신도시 외곽까지 가는 취객이었는데 술을 마시게 될 줄 모르고 차를 가져왔다며 미안해했다. 신도시 외곽의 벌판에 있는 한 동짜리 아파트는 자꾸 다른 길로 안내하는 내비게이션과 그 길이 아니라고 간섭하는 차주 때문에 몇 번이나 길을 잘못 들었다가 겨우 찾아갔다. 아파트 주차장까지 데려다주고 나니 나올 차편이 마땅치 않았다. 대리 셔틀버스와 찜질방은 코로나 이후 사라져버렸고 광역버스도 빨리 끊겨 집으로 돌아올 길이 막막했다. 허허벌판에 24시간 해장국집 따위도 있을 리만무했다. 파주라는 지명만 보고 정확한 위치를 확인하지 않은 채 콜을 받은 게 잘못이었다. 나는 두 시간이나 걸어서 집으로 돌아왔다. 몸은 젖은 솜처럼 무겁고 고단한데 이상하게 잠이 오지 않았다. 골목 입구에 있는 가로등이 미처 닿지 않는 방의 어두컴컴한 천장을 쳐다보던 나는 그날이 바로 이명이 생긴 지 일 년이 되었다는 걸 알아챘다. 결혼기념일 다음 날부터 시작된 이명이었다.

갑자기 귀에서 이상한 소리가 들리기 시작했다. 외출에서 돌아와 누워 있는데 어디선가 소리가 들렸다. 처음엔 옆방에서 나는 잡음인 줄 알았다. 내 방엔 소리가 날 물건이 없었다. 텔레비전도 없고, 작은 냉장고는 부피에 비해 소음이 큰 데다 계란만 네 개 남은 터라 사흘 전부터 전원을 빼놓았으며 방의 절반 가까이 차지하고 있는 오디오는 이 년째 케이블조차 연결하지 않아 소리가 날 리 없었다. 아무리 살펴도 방 안 어디서도 소리가 날 물건은 보이지 않았다. 나는 누워 있던 방 안을 살피며 소리를 추적했다. 끊어지지 않고 이어지는 가는 소리는 풀벌레 울음 같기도 했지만 전자파에 소리가 있다면 이런 게 아닐까 싶을 만큼 자연음과는 확연히 달랐다. 벽으로 가 귀를 대고 소리를 들었다. 며칠 전 문을 열다가 처음으로 맞닥뜨린 청년의 방에서 나는 소리일지도 몰랐다. 그런데 귀를 대고 숨을 참을수록 소리가 가까이에서 들렸다. 급기야 그 소리는 내 머릿속에서 들리는 것 같았다. 아니 그것도 정확하지 않았다. 마치 머리를 둘러싼 자기장 같은 게 있어 그곳에서 나는 소리 같았다.

"이명입니다."

의사는 더 검사해볼 것도 없다는 듯 단정했다.

"그런데 귓속에서 소리가 들리지 않고 머리에서 들리는 것 같은 이건 도대체 왜 그런 건가요?"

내 상식으론 이명은 귀에서 들리는 것이지 머리 밖에서 들리는 것은 아니었다.

"이명은 원인도 많고 증세도 다양합니다. 실제 귀에서 들리는 건데 머리에서 들리는 것처럼 환자가 착각하는 거예요."

의사는 몹시도 단호한 사람이었다.

일 년이 지나는 동안 소리는 더 커졌다. 처음엔 실보다 가는 구리선의 흔들림처럼 약하던 소리가 점점 커져서 이젠 수백 가닥의 선들을 한 통 속에 모아놓은 것 같았다. 나이 들어서 생기는 현상이고 치료법도 딱히 없다는 의사의 말에 나는 이비인후과도 더 이상 가지 않았다. 그러나 소리가 커지니 상대적으로 청력이 약해지고 있었다. 유난히 예민하고 밝던 귀가 요즘은 이명의 데시벨보다 두 배쯤 떨어진 것 같았다. 몇 년간 가구처럼 방을 차지한 채 소리도 내지 않고 있던 오디오가 왜 하필 그날 아침 눈에 들어온 건지 모르지만 나는 갑자기 오디오를 연결해야겠다고 결심했다. 새삼스럽게 방 안을 둘러보았다.

백칠십사 센티의 내가 누우면 발이 삐죽 나오는 일인용 회색 요와 딸이 쓰던 분홍색 차렵이불, 그리고 목디스크 환자용 경추베개가 일 년 내내 펴져 있는 방 안은 여유 공간이라곤 손바닥만 한 틈도 찾아볼 수 없었다. 시트지가 들뜬 삼단서랍장과 2인용 전기밥솥, 작은 냉장고로 둘러싼 세로 벽에 비해 가로 벽은 오디오 시스템이 다 차지하고 있었다. 프리앰프와 파워앰프, 그리고 시디플레이어와 LP턴테이블, 궤짝만 한 스피커까지 방 안의 가장 멀쩡한 벽면을 가득 채우고 있는 오디오는 누가 봐도 이 작은 방과 어울리지 않는 물건들이었다.

"와, 이게 다 뭐래요?"

이 방으로 이사 올 때 짐을 실으러 온 용달 기사가 쌓아놓은 오디오 세트를 보고 나를 다시 쳐다보며 내뱉은 말이었다. 묵묵부답의 내 완강한 태도에 짧은 한숨을 내쉰 그는 하나하나 담요를 둘러 이 옹색한 방에 조심스럽게 옮겨주었다. 이사 비용을 받은 후에도 좀처럼 나갈 생각을 하지 않더니 혼잣말처럼 중얼거렸다.

"팔면 제법 돈이 될 것 같은데……"

이사 비용을 오만 원이나 깎은 내 잘못이었다. 그의 시선이 짙은 밤색의 흠 하나 없고 그릴까지 완벽한, 빈티지 스피커에 꽂혀 있었다. 유난히 크고 묵직한 스피커였다.

그가 돌아간 후 나는 오디오 케이블과 스피커 선들을 연결할 생각도 하지 않고 모두 한데 모아 서랍장 맨 아래 칸에 모아두었다. 서랍이 가득 차고 넘쳐 한참 동안 정리를 한 후에야 겨우 들어갔다. 내가 가진 유일한 재산이었다. 아니 오디오를 값으로 따진다는 건 내겐 불경한 일이었다.

내가 처음 오디오를 갖게 된 것은 고등학교 2학년 때였다. 아니 정확히는 내가 아니라 우리 집이라 해야 옳을 것이다. 집에 처음 들인 오디오니 우리 집 것이었지만 아무려나, 나는 내 오디오라 불렀다. 오랫동안 소원했었고 내가 제일 많이 들었으며 먼지가 앉을 새도 없이 매일 닦고 광을 냈으니 어머니는 내 오디오라 해도 그저 웃기만 했다. 조금은 씁쓸한 미소였으나 나는 개의치 않았다.

전축을 갖고 싶다는 내 소원은 무척 오래되었다. 서울로 이사 온 초등학교 5학년 겨울방학, 옆집 재만네 집에서 처음 전축을 봤을 때부터였다. 가구인 줄만 알았던 그것을 재만은 엄마가 외출한 틈을 타 자바라 손잡이를 조심스럽게 밀었다. 생각지도 못한 것이 안에서 튀어나왔다. 둥근 턴테이블 위로 검은 LP레코드판이 반짝이고 있었다. 재만이 전원을 넣고 바늘을 들어 반짝이는 검은 레코드판 위에 놓았다. 지나치게 조심스러워 경건해 보이는 손길과 달리 소리가 찌직, 하고 나더니 갑자기 노래가 들렸다. 아버지가 좋아하던 남인수의 「애수의 소야곡」이었다. 나는 숨을 죽인 채 재만의 손끝만 바라보고 있었다. 라디오도 아닌 이 커다란 서랍장 같은 곳에서 음악이 들리다니, 내 시선은 바늘이 돌아가는 검은 레코드판에 고정되었고 한 면이 다 돌아가도록 그 앞을 떠나지 못했다. 저 검은 판에서 어떻게 소리가 들리는 걸까, 아무리 쳐다봐도 이해가 되지 않았다. 그때부터였다. 나도 전축을 갖고 싶다는 맹렬한 욕망을 품게 된 것이.

그때까지 내가 본 음향기기라곤 시골 마루 기둥에 매달려 있던 작은 스피커에서 드라마 '광복 이십 년'이나 '장소팔, 고춘자'의 만담을 들려주던 동네 라디오와 나무 상자 안에 작은 스피커가 들어있던 진공관 라디오, 그리고 도시락만 한 배터리를 고무줄로 칭칭 동여맨 일제 트랜지스터라디오가 전부였다. 트랜지스터라디오를 끼고 살던 내게 전축은 신세계였다. 시간 맞춰 틀지 않아도 언제든 원하는 노래를 들을 수 있다니, 나는 맹렬히 입을 다시며 검은 레코드판에서 눈을 떼지 못했다. 검고 반짝이는 레코드판은 끝나지 않을 듯이 계속 돌았고 가는 바늘엔 먼지들이 솜털처럼 뭉쳤지만 노래는 끊이지 않았다. 무슨 노래가 나오고 있는지 신경 쓸 새도 없이 나는 쉬지 않고 돌아가는 레코드판만 바라보았다. 마른침을 자꾸 삼켜서 더 목이 말랐다. 밖에서 딱지치기 결승전을 하자는 재만의 성화에도 나는 꼼짝하지 않았다. 외출에서 돌아온 그의 엄마가 마음대로 전축을 켰다고 야단칠 때까지 무릎을 꿇고 미동도 하지 않았다.

중학생이 되자 나는 팝 음악에 빠졌다. 그러나 여전히 트랜지스터라디오를 벗어나지 못했다. 베개 옆에 라디오를 당겨 놓고 안테나를 최대한 뽑아 이리저리 돌리며 비틀즈와 비지스, 사이먼과 가펑클의 잡음 섞인 노래들을 귓속에 꽂아 넣었다. 말단 공무원이던 아버지는 나와 동생의 학비를 대는 것도 힘에 겨워 전축을 살 여유 따윈 생각지도 못했다. 사실 아버지에게 전축보다 더 시급한 것은 텔레비전이었다. 장안의 화제라던 드라마를 엄마는 어쩌다 재만네서 보곤 했는데, 아버지는 그것을 몹시 싫어했다. 서울로 이사 온 지 육 개월 만에 아버지는 결국 작은 브라운관 텔레비전을 마련했다. 아버지가 아무리 노래를 좋아한다고 해도 전축은 텔레비전 다음에나 생각할 수 있는 사치품일 뿐이었다.

학교에서 텔레비전 있는 사람 손 들라고 할 때마다 반 아이들 삼분의 이가 다 손을 들어도 부끄럽지 않았다. 다만 전축 있다며 손을 번쩍 드는 몇몇 아이들을 볼 때면 부럽기 짝이 없었다. 그래도 텔레비전을 산 이후로 라디오는 내 독차지가 되어 나쁘지 않았다. 아버지는 더 이상 라디오로 노래를 듣지 않고 가수들이 나오는 '쇼쇼쇼'의 시청자가 되었다. 나는 혼자 라디오를 끼고 이불 속에 들어가 매일 밤 심야방송을 들었다. 때론 그걸 듣기 위해 하교 후에 한 시간씩 미리 잠을 자두기도 했다. 언젠가 내 전축을 가질 수 있는 날을 꿈꾸면서.

아버지는 새로 산 텔레비전을 미처 삼 년도 누리지 못한 채 갑자기 세상을 떠났다. 시민아파트 203호 여자가 일곱 군데나 '계 오야'를 하다가 도망가 사람들이 잔뜩 몰려온 날, 203호 남편의 멱살을 잡고 울고불고하던 남자와 여자들이 밤이 되자 그 집 안방을 차지하고 현관문도 닫지 않은 채 누워 있는 걸 지나가며 슬며시 쳐다보며 집으로 돌아온 저녁이었다. 아버지가 동회에서 쓰러졌다는 소식이 옆집 재만네 전화로 걸려왔다. 전화가 없던 우리는 가끔 재만네 집에 가서 급한 전화를 받곤 했다. 월남치마도 갈아입지 못한 엄마와 재만네 엄마가 급히 버스 정류장으로 뛰어갔다. 나와 두 여동생은 저녁도 먹지 않은 채 초조하게 엄마의 전화를 기다렸지만 밤늦게 돌아온 재만 엄마의 말에 의하면 아버지는 뇌혈관이 터져 쓰러졌는데 의식이 돌아오지 않고 있다고 했다. 결국 아버지는 닷새 만에 세상을 떠났다. 아버지를 화장해서 소나무 숲에 뿌리고 온 날도 텔레비전에선 어김없이 '쇼쇼쇼'가 방영되었다. 나는 프로그램이 끝날 때까지 텔레비전 앞에 앉아 있었다. 그날따라 아버지가 좋아하는 남인수의 노래가 특집으로 나왔기 때문이었다.

그해 겨울, 중학교 졸업식이 끝난 후 나는 돼지저금통의 배를 갈라서 처음으로 광화문에 가서 LP레코드를 샀다. 라이선스 음반은 너무 비싸 애비 로드 사진이 흐릿한 흑백으로 인쇄된 비틀즈의 복사판을 한 장 사서 품에 안고 돌아왔다. 그날도 '쇼쇼쇼'를 하는 날이었지만 아버지가 떠난 이후 더 이상 그 프로그램을 보는 사람은 없었다. 막냇동생은 아직도 만화영화를 보았고 엄마는 남의 집에 파출부로 일하러 다니느라 집에 돌아오면 '쇼쇼쇼'를 볼 시간도 없이 잠들었다. 나는 어쩌다 친척들이 와서 주는 돈을 알뜰히 모아 레코드판을 한 장씩 사 모았다. 콧수염을 깎지 않은 폴 사이먼과 아트 가펑클의 앨범은 무려 라이선스 레코드를 샀다. 마침내 LP레코드가 열다섯 장이 되었을 때 내게도 전축이 생겼다.

전축은 엄마의 석 달 치 월급이었다. 갑작스런 아버지의 죽

음은 엄마와 나의 인생 행로를 급회전시켰다. 고등학교 입학
원서를 쓰기 한 달 전에 떠난 아버지로 인해 나는 상업고등학
교로 진로를 틀었다. 상고를 졸업하면 은행에 취직할 수 있다
는 담임의 적극적인 충고 때문이었다. 아버지의 빈소에 조문
을 왔던 담임은 우리집 형편을 한눈에 알아보았고 집안의 장
남인 내게 현실적인 대안을 제시했다. 나는 상고 원서를 쓰고
와서야 엄마에게 마치 월급봉투라도 들이밀듯 그 사실을 말
했다.

"누가 너한테 돈 벌어오라 했어!"

엄마는 비명이라도 내뱉듯 야단을 쳤으나 한편으론 빠르게
스쳐가는 안도의 표정마저 숨기지는 못했다. 엄마는 결국 눈
물을 보였는데, 그것은 아버지에 대한 그리움이 아니라 앞으
로의 삶에 대한 두려움처럼 보였다. 가난한 집안에서 태어나
더 가난한 남자와 결혼했지만 알뜰하게 살림하는 게 자신의
유일한 의무라고 생각하고 살아온 엄마에게 아버지의 죽음은
갑자기 자식들과 함께 세상 한가운데로 내동댕이쳐진 것이나
다름없었다. 아버지의 사십구재가 지나자 엄마는 재만 엄마가
소개한 한강 건너의 여의도시범아파트로 파출부 일을 나가기
시작했다. 하지만 그것은 엄마에게 유난히 힘든 일이었다.

"아무래도 다른 일자리를 구해봐야겠다."

그 집은 나와 여동생 또래인 남매가 있는 집이라고 했다.

"내 새끼들하고 자꾸 비교를 하게 돼요."

엄마와 재만 엄마의 대화를 잠결에 들은 적이 있었다. 그러

나 엄마의 바람은 한참이 지난 후에야 비로소 실현되었다. 아버지가 떠난 지 일 년 후, 마루도 없이 작은 방 두 개가 전부인 시민아파트가 철거되었다. 몇 해 전, 와우아파트가 무너진 후 서울의 시민아파트를 전부 안전 진단한 결과 우리 아파트 역시 철거가 결정되었다. 철거된 아파트 대신 뽕밭을 없애고 만들었다는 잠실과 구로동의 수출신입공단 입구에 있는 열다섯 평짜리 시영아파트를 추첨해서 준다고 했다. 엄마는 처음부터 공단 입구를 원했다. 공단 가까이 가면 일자리가 있을 것이라는 나름대로의 계산이었다. 소원대로 공단 입구로 이사 온 지 보름 만에 엄마는 집에서 가까운 공단의 전자회사 식당에 나가기 시작했다.

공단 입구 게시판엔 늘 구인광고가 붙어 있었다. 나는 엄마를 기다리다가 가끔 공단으로 가서 구인광고판을 골똘히 들여다보곤 했다. '플라스틱 사출 견습공, 식사 제공.' 구인광고 앞에 서서 좀처럼 자리를 뜨지 못했다. 등록금도 제때 내지 못하는 고등학교가 아니라 저 사출공장이 내 자리가 아닐까, 나는 어두워서 글자가 보이지 않을 때까지 서 있다가 갈라진 입술을 뜯으며 집으로 돌아왔다. 그때까지도 엄마는 돌아오지 않았다.

시영아파트 바로 옆으로 난 공단으로 가는 길엔 아침이면 사람들이 빽빽하게 줄지어 출근을 했다. 전날 잔업을 하고도 아침이면 허옇게 뜬 얼굴로 줄지어 공단으로 들어가는 내 또래의 남녀들. 간혹 나보다 훨씬 앳돼 보이는 얼굴들도 보였다. 아침마다 나는 교복을 입고 책가방을 든 채 그들과 반대 방향으로 걸어갔다. 공단 방향으로 가는 사람들이 도로를 전부 차지하고 도도한 물결처럼 흘러갔기 때문에 나는 고개를 푹 숙인 채 거센 강물을 역류하는 작은 물고기처럼 비틀거리며 걸었다. 그들의 뒤를 따라가 전자부품을 조립하거나 납땜을 하는 것이 옳지 않을까, 그때마다 머릿속을 떠나지 않는 생각이었다.

"너희를 공장에 안 보내는 게 내 목표다. 아무 생각 말고 공부나 해."

내 속을 뚫어본 듯 엄마는 어느 날 저녁 동생들과 나를 불러서 다짐했다. 엄마의 몸엔 어느새 전사처럼 긴장감이 잔뜩 배어 있었다. 그러나 긴장된 몸은 언제부터인가 자꾸 코트로 가려져버렸다.

"나는 가져오기 싫은데 주방장을 나눠줘야 해서…… 나 혼자 못하겠다고 잘난 체할 수도 없고."

엄마는 식당에 나간 지 두 달이 조금 지난 후부터 난데없이 출근길에 바바리코트를 입고 다니기 시작했다. 늘 간단한 점퍼에 바지를 입고 다니던 엄마는 언제 그런 옷을 산 것인지 헐렁한 코트를 입고 제법 큰 가방도 메고 다니기 시작했다. 낯선 엄마의 가방 속엔 크림수프와 마른 멸치, 소시지 따위들이 들어 있었다. 아니 엄마는 가방에 다 못 넣은 것들을 허리에 두른 후 헐렁한 코트로 몸을 가리고 다녔다. 식당 여자들은 당번을 정해 재료를 빼낸 후 식당에서 가장 가까운 우리 집에 모여 그것들을 나눴다. 가장 질 좋고 양 많은 건 키 크고 몸집도 거구인 주방장의 몫이었다. 또 일부는 정문 입구를 통과할 때마다 '써치'라는 몸수색을 하는 경비원들 앞으로도 돌아간다고 했다. 일본 전자회사와 제휴해서 수출품을 만드는 공장은 남자 경비원들이 여성 노동자들의 몸을 일일이 더듬는 검색이 퇴근 때마다 철저히 시행됐다. 엄마는 '써치' 때마다 치욕감을 느낀다 했지만 어디나 구멍은 있는 모양이었다. 식당에 다니기 시작한 지 한 달 후부터 엄마는 사십 킬로를 겨우 넘기는 몸에 커다란 코트 가득 먹을 걸 숨기고 걸음 걸이마저 뒤퉁스럽게 걸었다. 그럴 때마다 나는 은행원이 되기 전에 먼저 '공돌이'가 되고 싶었다. 날이 더워져도 벗지 못하는 코트가 보기 싫어서 나는 엄마가 퇴근해 돌아와도 내다보지도 않았다. 엄마 역시 퇴근 때 내가 나오는 것을 원치 않는 눈치였다. 아무것도 모르는 동생들은 엄마가 가져온 수프와 소시지를 별세계 음식처럼 게걸스럽게 먹었다.

어느 날 엄마는 먹을 거 대신 전축을 들고 왔다. 앰프와 LP 레코드 플레이어가 한꺼번에 붙어 있는 일체형 전축이었다. 전자제품을 전량 수출하는 회사라서 시판용은 아니었다.

"회사가 어렵다며 석 달 치 월급 대신 이걸 줬어. 팔아서 돈으로 쓰라는데 이걸 어디 가서 파나."

엄마는 한숨을 푹 내쉬었다. 내가 전축을 얼마나 갖고 싶어 하는지, 아니 전축도 없으면서 그동안 사 모은 음반이 꽤 여러 장이라는 걸 누구보다 잘 아는 엄마였지만 우선 급한 건

동생들과 나의 학비였다. 엄마의 월급으론 겨우 굶지 않을 만큼의 생활이 가능했다. 그런 형편에 나 역시 엄마가 들고 온 전축을 선뜻 반길 수가 없었다. 얼마 전에도 밀린 등록금 때문에 담임한테 불려갔던 것이다.

"니 형편은 안다만 그래도 엄마한테 잘 말씀드려봐라."

대학을 포기하고 오는 학교니만큼 나만큼 가난하지 않은 아이도 드물었지만 그래도 담임은 성적이 좋은 내게 배려를 해주었다.

"나도 알아볼게요."

엄마에게 말은 그렇게 했지만 내가 알아볼 만한 곳은 아무데도 없었다. 담임선생한테 가서 전축을 사라고 할 수는 없는 노릇이었다. 전축은 박스에 고스란히 담긴 채 한 달이나 방구석에 방치돼 있었다. 박스를 뜯어서 소리를 듣고 싶은 마음이 간절했지만 누군가에게 팔려 가야 했으므로 박스를 헐 순 없었다.

얼마 지나지 않아 나는 운 좋게도 동네의 중학생 과외를 시작했다. 엄마와 같은 식당에 다니는 동료의 옆집 아이라는데 반에서 최하위권을 면치 못해서 10등만 올려주면 좋겠다는 게 그 애 엄마의 목표라고 했다. 나는 두 달 치 선금을 받아 밀린 등록금을 내고 아이에게 영어와 수학 기초를 가르치기 시작했다. 등록금을 내고 온 날, 엄마는 방구석에 있던 전축 박스를 풀었다.

"판 좀 가져와봐라."

처음 플레이어에 걸어본 음반은 비틀즈였다. 처음 샀던 해적판을 첫사랑처럼 품고 있던 나는 엄마와 동생들이 지켜보는 가운데 떨리는 손으로 조심스럽게 첫 바늘을 올려놓았다. 지글거리는 잡음이 섞였지만 「오블라디 오블라다」가 경쾌하게 튀어나왔다. 동생들은 박수를 치며 환호했고 엄마 역시 알전구가 켜지듯 잠시 환해졌다. 나는 눈물을 잠느라 콧숨을 깊이 들이마셨다. 다른 사람에게 전축을 팔 재주는 엄마도 나도 없었지만, 만약 팔렸다면 나는 어쩌면 학교를 포기했을지도 몰랐다. 그날 밤을 꼬박 새워 한 번도 틀어보지 못한 음반들을 샀던 순서대로 반복해서 들었다. 비지스의 「Don't forget to remember」가 실린 음반은 휘어져서 노래가 늘어지고 바늘이 파도타기라도 하듯 굴곡을 넘으며 소리를 재생했다. 그마저도 싫지 않은 나는 파도타기라도 하듯 몸의 긴장과 이완을 반복하며 노래를 따라 불렀다.

전축은 나뿐만 아니라 엄마의 자랑거리가 되었다. 아버지가 없는 집이라 내 친구들은 물론 동생들의 친구들까지 손님이 끊이지 않았는데 엄마는 아는 사람들이 오면 갑자기 내게 노래를 틀어보라고 했다.

"남인수 좀 틀어봐라. 니 아버지가 좋아한 노래잖니."

나는 전축이 생긴 후 유일하게 엄마를 위해 남인수의 음반을 사 왔다. 엄마의 석 달 치 월급 대신 듣는 노래였다. 엄마는 여전히 몸에 오이지나 카레가루를 두르고 다녔지만 나도 그즈음엔 그것들을 체하지 않고 먹을 수 있게 되었다. 모두 엄마가 가져온 전축 덕분이었는지도 몰랐다. 더운 날에도 긴 코트를 입은 엄마가 더 이상 부끄럽지 않았다.

오디오 동호회 사이트는 여전했다. 십 년 만에 들어갔는데 내 계정은 죽지 않고 여전히 그대로였다. 로그인을 위해 본 인인증 절차를 거쳐야 했지만 습관처럼 손가락 끝에 남아 있는 감각으로 아이디와 비번을 차례대로 입력했다. 자신의 오디오 세트를 소개하는 창이 가장 먼저 뜨는 것도 변함이 없었다. 맨 위에 뜬 링크를 클릭했다. 낯선 아이디의 자작 오디오 소개였다. 은퇴 후에야 평생 꿈꿨던 오디오를 만들어봤다는 사연이었다. 스피커가 투박해 보였다. Q&A도 여전했다. 광속 디지털 시대가 되었지만 그곳 사람들은 여전히 빈티지 오디오를 듣고 있었다. 오디오 장터로 들어가보니 더 신기했다. 마치 시간이 비껴간 듯 사람들은 사십 년도 넘은 오디오를 사고팔고 있었다. 아니 더 이상 생산되지 않는 탓에 빈티지 오디오는 가격이 서너 배 더 비싸게 거래되었다. 내가 가지고 있는 기종들을 검색해보았다. 스피커는 잘 내놓지도 않지만 나오면 바로 팔린다는 글이 보였다. 앰프 역시 십 년 전보다 세 배나 높은 가격이었다. 나는 가격만 대충 훑어보고 얼른 로그아웃을 했다. 누군가 나를 아는 사람을 만나기라도 한 듯 긴장했다. 한때는 집보다 더 안락함을 느끼던 곳인데 이젠 누구에게도 말을 걸 수 없었다.

그날 밤, 나는 당근마켓에 오디오를 모두 내놓았다. 앰프와 스피커, 시디플레이어와 턴테이블까지 하나하나 사진을 찍어 한꺼번에 내놓았다. 차마 오디오동호회 장터엔 내놓을 수 없었다. 아니 이 기기들을 내놓으면 내 아이디와 기기들을 알아볼 사람들이 제법 있었다. 나는 비교적 익명성이 보장되는 당근마켓에 기기들을 내놓았다. 오디오 중고장터에서 본 가격보다 조금씩 다 내렸다. 십 분도 채 지나지 않아 채팅이 왔다.

안녕하세요, 귀한 것들 갖고 계시네요. 청음할 수 있을까요?

채팅을 본 순간 나는 아연했다. 오디오 거래는 누구든 청음이 필수라는 걸 잠시 잊고 있었다. 오디오를 팔기 위해선 누군가 이 방으로 와야 하는 것이다.

죄송하지만 판매를 철회합니다.

나는 얼른 답변을 남기고 바로 판매 취소를 눌러버렸다. 누구도 들인 적 없는 방이었다. 더구나 저 거창한 오디오 시스템이 있는 이 방의 풍경은 누구에게도 보이고 싶지 않았다. 일그러진 내 삶을 내보이는 것 같았다.

고등학교를 졸업하기도 전에 나는 은행원이 되었다. 시중은행의 말단 직원이 되었는데 엄마는 고시 합격이라도 한 줄 아는지 식당 동료들을 다 초대해서 잔칫상을 차렸다. 늘 뜨거운 김이 나는 주방에서 물에 붇고 불에 그을린 여자들이 그날도 저마다 먹을 것을 두른 몸으로 우리 집에 모여서 소리 내 웃으며 밥을 먹었다. 밥상엔 식당에서 가져온 것이라곤 멸치 한 마리도 보이지 않았다. 엄마는 전날부터 시장에 가서 돈 주고 직접 사 온 재료들로만 상다리가 휘어지도록 잔칫상을 차렸다. 소고기를 넣은 잡채와 조기조림, 닭볶음탕 등이 올라왔는데 아버지가 떠난 이후로 가장 거창한 상이었다. 엄마는 마치 공장에서 먹을거리를 한 번도 가져온 적이 없는 사람처럼 티 없는 얼굴로 웃고 있었다.

나는 교복 대신 양복을 입고 출근을 하면서 공단으로 들어가는 또래의 남녀들을 더 이상 쳐다보지 않았다. 이제 그들과 나는 다른 신분이 된 것 같았다. 흰 와이셔츠를 입고 주판알을 튕기는 은행원은 기름때를 묻히고 철근을 옮기거나 납땜을 하는 사람들과는 다른 세상을 사는 기분을 갖게 했다. 나는 허리를 꼿꼿이 세우고 어깨에 힘을 준 채 싸구려 넥타이를 휘날리며 공단과 반대 방향으로 걸어가 시내로 나가는 버스를 탔다. 공단으로 들어가는 청년들의 얼굴이 유난히 납처럼 파리해 보였다. 나는 감옥을 탈출한 탈옥수처럼 그들 곁을 빠르게 거슬러 지나갔다. 누군가 뒷덜미를 낚아채 반대 방향으로 가라고 할까 봐 초조했다.

두번째 오디오가 생긴 것은 스물다섯 살 때였다. 스물두 살에 만난 여자는 세 살 연상의 동료 은행원이었다. 전문대학을 졸업하고 은행원이 된 그녀는 나와 입사 동기였다. 여자는 만난 지 일 년이 지나자 주말마다 친구들의 결혼식에 다녀오곤 했다. 원피스를 차려입고 앞머리에 스프레이를 잔뜩 뿌리고 결혼식에 다녀온 여자는 그때마다 우울한 표정이 되곤 했다.

그런 날이면 나는 그녀가 행여 결혼 이야기를 꺼낼까 봐 두려워 눈치만 살폈다. 그녀는 가끔 우리 집에 와서 역시 여자상업고등학교 졸업반과 1학년인 여동생들과 잘 어울렸다. 나와 함께 음반 서너 개를 연달아 들어도 전혀 지루해하지 않았지만 돌아갈 땐 우울한 낯빛을 슬쩍슬쩍 보이기 시작했다.

"몇 학번이세요?"

그녀의 친구들은 가끔 내가 상고를 졸업한 은행원인 걸 뻔히 알면서도 그렇게 묻곤 했다. 아니 어쩌면 그들은 내가 대학을 졸업한 줄 아는 건지도 몰랐다. 혹시 그녀가 나를 대졸로 소개한 것은 아닐까, 처음 몇 번은 친구들의 무례함에 화가 났지만 나중엔 그녀를 의심하기 시작했다. 내가 대학 졸업생이라고 말한 건 아닐까. 아니 적어도 상고를 졸업한 말단 은행원이란 사실은 말하지 않았는지도 모를 일이라고 그녀를 의심했다.

"세 살 더 어려."

그녀가 곤란한 얼굴로 얼버무리는 사이 내 얼굴은 점토처럼 굳어갔다. 만난 지 이 년째 되던 어느 날, 그녀는 집에서 선을 보라고 한다고 고백했다. 내 이야기는 꺼내보지도 못한 분위기였다. 그녀는 우리 집에 가끔 놀러왔지만 나는 그녀의 친구들 이외엔 누구도 만나지 못했다. 나와 동갑이라는 여동생조차 만난 적이 없었다. 나는 불륜의 남자처럼 숨겨진 존재였다.

"솔직히 나, 자신 없어."

어느 날 만취한 그녀가 울면서 중얼거렸다.

"싸구려 오디오밖에 가진 게 없는 당신을 도저히 집에 소개할 수가 없었어. 우리 부모 반응이 너무 뻔한데 어떻게 해."

내 가난은 명백한 부도덕이었다. 어찌해볼 수 없는 부도덕. 그녀는 얼마 지나지 않아 아버지 친구가 소개한 남자와 결혼을 하기 위해 은행을 그만두었다. 행정고시를 패스한 남자라고 했다.

그녀가 떠난 후 나는 삼단분리 컴포넌트 오디오를 12개월 할부로 샀다. 참혹하게 무너진 신전을 버텨낼 기둥이 필요했다. 튜너와 카세트데크, 턴테이블이 모두 분리되어 있는 하이파이 오디오. 나는 작은 아파트 거실 전면에 오디오 선반까지 사서 기계를 진열하고 그동안 모은 LP음반 백여 장도 나란히 꽂아 두었다. 반짝반짝 빛나는 알루미늄 케이스의 삼단분리 컴포넌트는 앰프 출력에 따라 두 개의 바늘이 예민하게 흔들렸다. 그때마다 내 몸을 긁고 지나가는 바늘 끝에 이슬 같은 핏방울이 맺혔지만 난 어느새 그걸 즐기고 있었다. 나는 오직 오디오 속에서만 살아 있었다.

퇴근 후 매일 음반 하나씩을 꺼내 앞뒷면을 모두 듣고도 잠이 오지 않는 밤이면 다시 꺼내 알코올 묻힌 융으로 닦고 또 닦은 후 클래식과 팝, 영화음악, 가요 등 장르를 분리한 후 견출지에 번호를 붙여 정리했다. 앨범 커버 뒷면엔 구입 날짜와 장소는 물론 짧은 단상이 적혀 있는 경우도 많았다. 그녀가 선물로 준 것도 열 장이 넘었으나 나는 차마 그것들을 버리지 못하고 앨범의 제일 뒷면에 끼워두었다. 열다섯 평 시영아파트 거실의 절반을 차지한 하이파이 컴포넌트 시스템은 불을 꺼도 반짝반짝 빛났다. 지문 하나도 보이지 않는 오디오와 음반들, 나는 허름하기 짝이 없는 시간을 음반을 닦고 또 닦으며 보냈다. 오디오 이외에는 어느 것도 위로가 되지 않던 시간들이었다.

"미안하나."

술에 취해 돌아온 밤, 엄마는 내 방에 와서 나지막이 중얼거렸다.

다시 오디오를 바꾼 것은 결혼 이후였다. 서른다섯 살, 나는 동료의 소개로 만난 증권회사 직원과 결혼을 했다. 여상을 나온 그녀는 생활력이 강해서 결혼할 때 열일곱 평짜리 아파트를 장만했다. 대출금이 부담돼 나는 집을 살 엄두도 내지 못했으나 그녀는 둘의 월급 절반 이상을 대출금과 이자로 지출하면 된다며 집을 사자고 했다. 그때까지도 엄마에게 봉투째 주던 월급이 그녀에게로 가서 나오지 않았다. 다행히 동생이 직장을 다니고 있고 막내는 유일하게 대학생이 되어 아르바이트를 해서 집은 근근이 생계를 유지하고 있었다.

무언가 어긋나고 있다는 생각이 들 때마다 나는 오디오를 바꾸기 시작했다. 아내와 내 시선은 좀처럼 겹치지 못한 채 어긋나고 있었다. 나는 마치 오디오 탓이라는 듯 기계를 바꿨다. 처음 바꾼 것은 스피커였다. 오디오 동호회에서 오래 눈팅을 한 결과 나는 오디오의 계보를 꿰게 되었고 오디오필 오 년차라는 사내가 내놓은 JBL 스피커를 직접 청음한 후 차에 실어 왔다. 그 후 스피커와 어울린다는 빈티지 마란츠로 리시 버를 바꾸었고 영국산 시디플레이어와 일본산 턴테이블도 새 로 장만했다. 모두 오디오 잡지를 보고 얻은 정보들이었다.

내가 오디오에 빠져 있는 사이 아내는 주식에 빠져들었다. 그녀의 꿈은 서른한 평짜리 아파트였다. 그녀의 계산대로면 오 년만 알뜰히 저축하면 충분하다고 했다. 나는 굳이 더 큰 집이 필요하지 않았지만 그녀의 희망에 적당히 묻어가면 어 쩌면 뜻밖의 안락을 누릴 수 있게 되는 게 아닐까 내심 기대 하기도 했다. 그즈음 시디로 바뀐 음반을 부지런히 사 모았는 데 잡음 하나 없이 쨍쨍한 음질이 중산층을 향한 아내의 욕 망과 닮아 있다는 생각이 가끔 들었다. LP 음반은 더 이상 발 매되지 않는다는 이유로 다시 나는 부지런히 시디를 사 모았 다. 딸아이가 태어난 기념으로는 아내 몰래 거금을 들여 리시 버를 프리앰프와 파워앰프로 바꾸었다. 그러고 나니 스피커 가 격에 어울리지 않았다. 다시 프리앰프에 최고의 매칭이라 는 탄노이 스피커를 들였다. 하이엔드 오디오들은 비로소 제 짝을 만난 듯 깊고 풍부한 소리를 냈다. 오디오에 관심이 없 는 아내는 앰프를 바꾼 것도 알지 못했다. 아니 오디오 따위 는 아무려나 상관이 없었다. 증권회사 사원에겐 금지된 주식 거래 때문에 내 이름으로 주식을 시작한 그녀는 오디오 따위 에 신경 쓸 겨를이 없었다. 결혼 오 년차에 아내는 결국 서른한 평 아파트로 집을 옮겼다.

퇴근해서도 아내는 주식시세를 분석하느라 바빴다. 증권회사 총무부에 근무하는 그녀는 마치 애널리스트 같았다. 주식시세에 빠져 있는 그녀는 자신의 방에서 컴퓨터에, 나는 내 방에 틀어박혀 음악에 빠져 지냈다. 태어나자마자 할머니 손에서 키워진 아이는 주말에나 한 번씩 손님처럼 집에 다녀갔다. 그녀가 '선물'이라는 이상한 이름의 주식으로 모든 것을 날릴 때까지 크게 어긋나버린 동거는 계속되었다.

어느 날 갑자기 아내가 사라졌다. 밤 열한시가 지나도 아내가 오지 않아 나는 그녀의 휴대폰으로 전화를 걸었다. 없는 번호라는 안내 멘트가 나왔다. 잘못 눌렀는지 몰라 다시 그녀의 번호를 확인했지만 똑같은 멘트가 반복됐다. 휴대폰을 바꾼 모양이라 생각하고 나는 전에 쓰던 시디플레이어의 커버를 뜯어냈다. 오래된 시디플레이어는 트레이가 가끔 말썽을 부렸다. 고무벨트가 늘어날 때 생기는 흔한 증상이었기에 며칠 전 주문한 고무벨트와 픽업을 새로 교체했다. 오디오 동호회에서 배운 대로 하나하나 순서대로 해보니 다행히 시디플레이어가 작동했다. 전원을 넣고 새로 넣은 시디의 플레이버튼을 누르자 묵직히 내뱉는 바흐의 무반주 첼로 모음곡이 갈비뼈 사이를 바로 비집고 들어오는 것 같았다. 몇 년 전 직접 공연에 가서 들은 로스트로포비치의 연주였다. 예술의전당 무대 뒤쪽 좌석을 겨우 구해 공연 내내 뒷모습을 보며 연주를 들었다. 그의 몸의 움직임을 따라 흔들리는 자켓 뒷면의 주름

과 언뜻언뜻 비치는 근육의 움직임이 앞모습보다 더 역동적
으로 음을 전달했다. 아니 인간의 진실은 뒷모습에 있는 게
아닐까, 하는 생각까지 들었다. 앵콜 때 그가 돌아앉아서 연
주를 해주는 팬서비스 덕에 내겐 최고의 음악이 된 곡이었다.
「무반주 첼로 모음곡 3번」이 사라방드로 넘어간 직후였다.
장모의 번호가 뜨며 전화기가 울렸다. 장모는 건강도 좋지 않
지만 처가에 데면데면한 내게 좀처럼 전화를 걸어오는 일이
없었다.

"박 서방, 소식 들었는가?"

나는 무슨 말인지 이해할 수 없어 장모에게 되물었다.

"무슨 소식이요?"

빨리 전화를 끊고 음악을 계속 듣고 싶었다.

"아이고, 그년이 사고를 쳐도 큰 사고를 쳤네."

장모의 말은 이해가 되지 않았다. 선물옵션이라고 했다. 같
은 금융권이어도 은행에서 오랫동안 총무부 일만 한 나는 주
식에 대해 전혀 알지 못했다. 아내가 주로 한 주식이 리스크
가 큰 선물옵션이라 했는데 나는 이름만 들어봤을 뿐 아는 것
이 없었다. 주식이 하락하는 바람에 선물은 물론 주식을 담보
로 샀던 깡통계좌까지 모두 그야말로 깡통이 되었다고 했다.
아니 집을 담보로 빌린 돈은 물론 처남과 처제가 맡긴 돈까지
모조리 선물에 투자해 도저히 감당할 수 없는 지경에 이르렀
다고 했다.

"글쎄 그년이 오늘 아침 비행기로 외국으로 도망갔다네.

필리핀으로 갔다는 것만 알고 나도 더 이상은 모르네. 자네는 전혀 모르고 있었나."

장모는 원망이 섞인 말투를 숨기지 못했다. 한 번도 상상해보지 않은 이야기를 이해하기 위해서는 시간이 필요했다. 나는 전화를 끊고 시디가 다 끝날 때까지 수리할 때 썼던 드라이버와 교체한 픽업과 벨트 따위를 치우고 아내의 방에 들어가보았다. 옷장 안이 헝클어지고 장롱 옆 빈 공간에 있던 여행용 캐리어 두 개가 보이지 않았다.

필리핀은 딸이 유학을 가 있는 곳이었다. 아내는 딸아이가 중학생이 되자 필리핀으로 보냈고 어려서부터 부모와 떨어져 지낸 아이는 아내의 친구 집에서 지내는 홈스테이 생활이 나쁘지 않다고 했다. 다음 날, 아이는 엄마가 그곳으로 왔다고 내게 메일을 보내왔다. 그녀는 어느새 그곳에 작은 집도 한 채 사두어 한국 유학생들을 상대로 홈스테이를 할 생각이라고 했다. 나는 서둘러 이혼 서류를 그녀에게 보냈다.

집을 팔고 퇴직금을 받아 아내가 진 빚을 갚았다. 은행의 대출금만 겨우 갚고 나머지는 파산신청을 해서 신용불량자가 되었다. 나는 모든 짐을 버리고 오디오만 챙겨서 변두리의 작은 원룸으로 숨어들었다. 결혼한 막내 여동생의 아이를 봐주며 함께 사는 어머니가 고마울 뿐이었다. 그날 밤, 오히려 후련해하는 자신을 보며 나는 비로소 아내에게 미안한 마음이 들었다. 관 속처럼 작고 어두운 방에 오디오와 함께 있으니 나의 동굴 속으로 돌아온 기분이 들어 오히려 홀가분했기 때문이다.

  이명이 심해지면서 내가 듣는 소리는 점점 제한되었다. 늦은 밤, 술 취한 손님의 대리운전을 할 때마다 낮은 소리로 중얼거리는 소리를 듣지 못해 나는 몇 번이나 되묻고서야 목적지로 갈 수가 있었다. 취한 손님들이 짜증을 냈지만 그들은 곧 잠에 빠졌고 목적지에 도착할 때까지 대부분 깨지 않았다. 가로등이 도열한 밤길을 달릴 때면 나는 홀로 다른 세상으로 진입하는 기분이 들었다. 쉬지 않고 이어지는 이명은 외계의 신호인 양 더욱 선명했다. 이 세상과 다른 층위에서 오직 나 홀로 듣는 소리는 어떤 하이엔드 오디오보다 생생했다.

  나는 삼단장 서랍을 열어 오디오 케이블과 스피커 선들을 모두 꺼냈다. 케이블 단자들은 윤기를 잃었지만 성능이 달라질 건 없었다. 케이블을 하나씩 닦아 연결하고 전원을 콘센트에 꽂고 앰프의 볼륨을 줄였다. 꼭 십 년 만이었다. 숨을 깊이 내쉰 후 가만히 파워를 눌렀다. 프리앰프에 파란 불이 들어오면서 바늘이 흔들렸다. 바늘의 움직임을 따라 온몸의 솜털이 융모처럼 일어났다. 시디를 넣고 앰프의 볼륨을 서서히 올렸다. 첼로 소리가 방 안으로 번지기 시작했다. 온몸을 감싸는 부드러운 담요라도 두른 듯 노곤해졌다. 나는 당근마켓의 어플을 켰다. 며칠 전의 채팅창이 남아 있었다. 혹시 아직 괜찮으면 청음하러 오시겠습니까. 기기를 아껴줄 분께 보내고 싶습니다. 나는 한 자 한 자 정성껏 문자를 보냈다. 일 분도 채 지나지 않아 답이 왔다. 네, 고맙습니다. 당장 가겠습니다. 나는 그에게 내 방의 주소를 찍어 보냈다.

나는 차마 없애지 못하고 있던, 최초로 산 비틀즈 LP와 가장 아꼈던 바흐의 시디를 꺼내 차례대로 음악을 듣기 시작했다. 온몸을 활짝 열어 음악을 깊숙이 빨아들였다. 첼로 음이 몸속 실핏줄 사이사이까지 안개처럼 스며드는 기분이었다. 소리가 유영하듯 몸 안을 훑고 다녔다.

얼마나 지났는지, 문득 소리가 그쳤다. 나는 그제야 꿈에서 깬 듯 숨을 크게 내쉬었다. 몸 안을 채우고 있던 음악이 한꺼번에 정수리를 통해 빠져나갔다. 기다렸다는 듯이 외계의 신호 같은 이명이 숨어 있던 용병들처럼 떼로 몰려왔다. 세상의 어떤 음악도 침범할 수 없는 소리의 소용돌이였다. 나는 비로소 알몸으로 세상 앞에 서 있는 기분이 들었다. 근육이 풍선처럼 부풀어 올랐다.

작가노트

오디오를 좋아한다. 때론 음악보다 오디오를 더 좋아하는 게 아닐까 싶기도 했다. 어릴 적 집에 있던 진공관 라디오부터 지금 듣고 있는 빈티지 오디오까지, 내가 음악을 들은 기기들을 생각하면 가끔 내 인생 전체를 오디오의 역사로 봐도 무방하지 않을까 싶다. 한때 오디오에 빠져 있을 땐 중고 스피커나 튜너, 앰프를 사러 남의 집을 겁 없이 드나들었다. 남자 혼자 있는 집을 방문해 청음을 하고 무거운 스피커를 차에 싣고 오기도 했다. 집에 와서 케이블과 안테나, 잭을 연결하는 것도 고스란히 내 몫이었다. 전기와 전파에 대한 이해도 없이 그것들을 무사히 연결해 소리가 나기까지의 과정은 늘 어렵고 힘들었다. 간혹 연결이 잘되어 아름다운 음악이 예고도 없이 흘러나올 때도 있었지만 대부분 잘못 연결해서 잡음이 스피커를 찢어버릴 것처럼 쏟아졌다. 그때마다 나는 매뉴얼을 읽지 않는 습관을 탓했다. 찾아보고 읽어보면 될 것을 나는 늘 무턱대고 덤볐다. 대부분 기기를 떠나보내고 나서야 무엇이 잘못된 것인지 겨우 이해했다. 내겐 남자들도 마찬가지였다. 감정이 가는 대로 겁 없이 따라가고 나중에 후회했다.

어느 밤, 대리운전 기사와 이런저런 이야기를 하며 집에 도착했는데 주차까지 완벽하게 해주고 돌아가는 그의 뒷모습에 울컥했다. 힘껏 곧추세운 등뼈들 사이로 매서운 바람이 지나가고 있었다. 어쩔 수 없는 내 모습이었다. 빈티지 오디오가 정이 가듯 남자도 이젠 연민의 대상이 되어버렸다.

박형숙 / 정화된 밤

1993년 『실천문학』 가을호로 등단하며 작품 활동 시작. 소설집 『부치지 않은 편지』 『아홉번째 고독』이 있다.

어느 목요일 아침 M은 께름칙한 기분으로 눈을 떴다. 여섯 시가 되려면 아직 삼십 분이나 남아 있었다. 머리에 두통이 있는 듯 지끈거리기도 하고 이마에 열이 있는 것도 같았다. 습관적으로 옆자리를 더듬다가 빈자리라는 것과 함께 아내는 얼마 전부터 아들 방에서 따로 잤다는 것을 깨달았다. 잠자리가 예민한 자신이 거의 아내를 내쫓다시피 했으면서도 이렇게 컨디션이 좋지 않을 때에는 옆자리에 아내가 없다는 사실이 못내 서운했다.

아, 꿈을 꾸었지. M은 젊은 날 꾸던 시험 꿈을 아직도 가끔씩 꾸곤 했다. 간밤에도 꾸었던 것 같았다. 시험이 시작되었는데 공부를 안 해서 진땀을 흘리는 꿈. 간밤에는 조금 달랐다. M이 쩔쩔매고 있을 때 어디선가 음악이 들려왔던 것이다. 정확히 말하면 소리가 들려온 것이 아니라 언젠가 들었던 음악에 대한 느낌이 잠에서 깬 뒤에까지 남았던 것이지만. 어둡고 음산하고 뭔가 설명할 수 없는 기분 나쁜 느낌이……

알람 소리에 천천히 몸을 일으킨 M은 안방 안쪽 욕실로 천천히 걸어갔다. 아침마다 자리에서 일어나면 M은 거울을 들여다보았다. M의 나이는 이제 쉰다섯이었다. 무심결에 자신의 나이를 헤아려보던 M은 깜짝 놀랐다. 시험 꿈을 꾸고 난 뒤에는 더 그랬다. 이십대를 갓 지나 이제 삼십쯤일 것 같은 나이에 대한 자신의 감각이 터무니없다는 것을 알면서도 실제 나이를 받아들이기 어려웠다. 하지만 하루가 다르게 숱이 적어지는 소갈머리라든가 척추뼈의 마모로 작아지고 있는 키는 그의 육체를 덮치고 있는 노화를 말해주고 있었다. 자신의 인생이 어디를 향하고 있는지 M은 잘 알고 있었다.

오줌을 누려는데 지난 토요일에 만났던 동창 녀석의 삐기는 목소리가 떠올랐다. "얘들아, 난 아직도 말이야. 아침마다 그게 선다." 자식, 내세울 게 힘밖에 없다. 성기에 묻은 오줌 방울을 M은 세차게 털어냈다. 그와 함께 화장실 변기 안쪽으로 떨어져 내리는 소변 줄기가 어째 어제보다 좀 약해 보이는 것 같은 불안 또한 털어냈다.

M의 아침 식사는 간단했다. 삶은 계란 한 알과 끓인 물을 넣은 찻잔에 우엉 두 조각을 넣어 우려낸 우엉차 한 잔, 그리고 사과 두 조각. 최소한의 단백질과 비타민 섭취. 우엉차는 비타민의 흡수에 좋을 뿐 아니라 공복감을 줄여준다고도 했다. 노화 방지를 위해 두 조각의 사과를 첨가한 것은 얼마 전

부터의 일이었다. 십여 년 전부터 M은 이런 식사 습관을 엄격하게 지켰다. 여섯시 삼십분에 기상해서 사십분에 아침을 먹는다는 것도 변함없이 지켜오던 습관이었다. M은 운명을 만드는 것은 습관이라는 것을 굳게 믿었다. 좋은 습관을 지니면 자연스럽게 좋은 인생이 될 거였다. 일찍 일어나고 소식을 하며 저녁마다 러닝머신 위에서 땀이 나도록 달리기를 하는 일. M은 근면과 절제와 자기 관리 속에 완성되는 삶을 꿈꾸었다.

껍질 안쪽의 얇은 막까지 세심하게 벗겨낸 따끈하고 말랑한 삶은 계란을 M은 조금 벌린 입안으로 밀어 넣었다. 식탁 건너편에 앉은 아내의 얼굴은 그다지 밝지 않았다. 잠이 덜 깬 건가? 아니 뭔가 근심이 있어 보였다. 요즘 아내를 자세히 바라본 적이 드물었기 때문에 M은 한순간이지만 자신의 무심함을 자책했다. 아내가 조심스러운 태도로 물었다.

"생각해봤어요?"

아내는 평소에는 반말을 쓰다가도 부탁을 할 때나 껄끄러운 일을 말할 때는 존댓말을 쓰곤 했다. M은 이번에는 또 뭔가 하는 표정으로 바라보았다.

"내가 이메일로 보낸 거요."

"알잖아. 나 요새 바쁜 거. 이번 주 월요일에 큰 거 계약을 새로 했다니까. 아직 열어보지도 못했어."

"그래도 시간 내서 한번 읽어봐요."

"알았어, 알았다구."

"그리구 환이가……"

아내는 주저하며 말했다.

"휴가 나온대요."

"벌써 그렇게 되었나?"

M은 엊그제 군대 간 것 같은 아들이 벌써 휴가를 나온다는 소식에 놀랐다. 군대에서의 시계와 민간에서의 시계는 서로 다르게 흐른다고 하지 않았던가. 아들이 까까머리로 군에 입대했던 것은 벌써 반년 전의 일이었다.

"오늘 나온대요."

"그럼 외식이라도 해야겠네. 얼마나 바깥 음식에 굶주렸겠어."

외식이라는 말에 아내는 옅은 웃음을 지었다. M은 가족 간에 풀어야 할 중요한 일들을 외식으로 해결하려는 경향이 있었다.

"어디서 먹어요?"

"물어봐. 뭘 먹고 싶은지 말이야."

지하 주차장의 지정석에 주차되어 있는 자신의 차에 올라탄 M은 시동을 건 뒤 일 분 정도 기다렸다. 출발 전 예열, 아내는 늘 이걸 지키지 않았다. 기계에 관한 한 섬세하지 못한 아내를 떠올리면서 M은 미간을 찌푸렸다. 이윽고 M은 액셀러레이터에 올라가 있는 발에 힘을 주기 시작했다. 환이가 휴가라. 그렇다면 저녁에 만날까 했던 동탄 건물주와의 약속은 다음 주로 미루어야겠군. 건축법의 개정으로 설계 도면을 바꾸면서 생겨나는 비용 문제를 다시 의논하려던 참이었다.

주차장을 빠져나온 자동차가 외곽도로를 향할 때쯤 M의 머릿속에는 논산에 있는 육군훈련소 집합 장소로 향하던 아들의 시무룩하게 처진 어깨가 떠올랐다. "우리 집안엔 높은 자리에 있는 사람 없어요?" 떠나기 며칠 전 이렇게 물었을 때만 해도 M은 오죽 가기 싫었으면 저런 소릴 할까 싶었다. 하지만 훈련소로 이동하기 위해 전용 차량에 올라타던 아들이 뛰어내릴 듯 상체를 뒤로 빼는 것을 보았을 때에는 M은 자기도 모르게 혀를 찼다.

누굴 닮은 것일까.

M은 아무리 생각해도 아들 환이가 자신을 닮은 것 같지 않았다. 가느다란 뼈대와 흰 피부, 그리고 허약해 보이는 체구는 영락없이 외가 쪽이었다. 심성이 착하다고는 하지만 사소한 일에도 눈물을 글썽이는 모습 또한 그랬다. 그 모습은 언젠가 명절에 젊었을 때 고생하던 얘기를 하면서 흐느끼던 처남의 모습을 연상시켰다. 똑같아. 약해 빠졌어.

아들이 자신처럼 강인하지 않은 것에 대해 M은 서운했지만 곧 털어버렸다. 자식에 대한 집착, 그거야말로 경계해야 할 일이었다. M은 자식의 존재를 인생의 연장선 위에 서 있는 정점으로 파악하는 인간들이야말로 한심한 족속이라고 내심 비웃었다. 그런 점에서는 아내 또한 M의 비판을 피해 가지 못했다. 상급학교에 진학할 때마다 집안에서는 한바탕 난리가 나곤 했던 것이다. 이 정도는 아무것도 아니에요, 라고 아내는 말했지만 M이 보기에는 오십보백보였다. 자식 일이라면 아내는 사생결단의 자세가 되었다. 결혼 전 아내를 그런 쪽과는 거리가 먼 여자로 여겼던 것은 얼마나 착오였던지.

M은 또다시 토요일에 만난 동창들과의 대화를 떠올렸다. 정력 자랑을 펼쳤던 녀석을 향해 또 한 녀석은, "야, 선다는 게 도대체 뭐냐? 난 첫째가 구글에 입사하고 나니까 그거 없어도 하나 서운하지 않던데" 하고는 실실 웃었다. 그놈의 자식 자랑. 녀석들은 늘 돈 자랑과 힘자랑이 아니면 자식 자랑이었다. 그것이 수컷들의 세계였다. M은 그 세계에 어울리지 않았다. 이번엔 네가 얘기해봐, 라는 듯이 두 녀석이 M에게 시선을 던졌을 때 M은 정말이지 아무 말도 하고 싶지 않았다. M 때문에 대화가 끊기고 어색한 침묵이 감돌았다. 한참만에 입술을 뗀 M의 말은 전혀 엉뚱한 것이었다.

"난 말이야. 언제 죽어도 좋아."

사무실에 도착한 M은 소장실 안쪽 깊숙이 있는 자신의 체력단련실로 들어갔다. 다른 두 직원이 아홉시쯤 출근을 하는데도 두 시간이나 먼저 사무실 문을 여는 까닭은 자신만의 시간을 갖기 위해서였다. 아침마다 M은 한 시간쯤 승마용 기구에 올라타서는 기분 좋게 흔들렸다. 버튼을 누르고 기구가 앞뒤로 좌우로 움직일 때면 하체에 뻐근하게 힘이 솟구치는 것이 느껴졌다. 그냥 느끼는 것만으로도 기분 좋은 힘이었다. 승마용 기구의 롤링에 몸을 맡기면서 M의 머릿속에는 멀리 어린 시절부터 최근의 일까지 M이 거쳐온 시간들이 두서없이 떠올랐다가 사라지곤 했다.

언제 죽어도 좋다는 말은 사실 죽음을 의식하고 있다는 말이기도 했다. 죽음이 언제 올지 모르는 손님처럼 가깝게 느껴졌던 것은 언제부터였을까. 다섯 살 때 동네 골목을 빠져나가던 트럭 뒤를 다른 아이들과 같이 쫓아가다가 그 밑으로 빨려 들어갔을 때 그때였을까? 일곱 시간 가까이 대수술을 하는 내내 어린 M의 발치에서 죽음이 서성거렸던 것인지도 모른다. 아니면 여덟 살 때 펄펄 끓던 물이 얼굴 위로 쏟아져 내렸던 때였을까? 그때 얼굴 껍질이 그대로 비닐처럼 벗겨져 내렸다고 말하던 할머니의 얼굴에는 자신의 부주의에 대한 짙은 죄책감이 어려 있었다.

그 뒤로도 M은 가까이에서 숱하게 죽음을 보았다. 건축사 시험 발표 날 새벽 택시를 타고 지방에서 올라오던 선배는 신호를 무시하고 달려오는 맞은편 트럭에 부딪쳐 동승한 약혼녀와 함께 즉사했다. 시공 현장을 보러 갔던 날 바로 눈앞에서 추락했던 공사장 인부는 어떠했던가. 그 건물은 M이 설계한 건물이었다. 자신의 설계에 문제가 있었던 것은 아닌가 싶어 M은 얼마나 가슴을 졸였던가. 일요일 아침 빵집에 빵을 사러 가다가 우연히 보게 된 교통사고도 있었다. 대형 트럭과 버스 사이에서 납작하게 된 택시, 그 안에 앉아 있었을 기사와 손님은 형체도 분간할 수 없었다.

죽으면 그걸로 끝이지. 하지만 남은 사람은 살아야지. M은 설계사무실이 자리를 잡을 무렵부터 여러 개의 생명보험에 가입했다. 재화를 늘리는 일에 M은 무관심했지만 자신이 죽고 난 뒤의 일에는 지나치게 신경을 썼다. 내가 먼저 죽으면, 내가 오지 않으면, 이런 말들을 M은 자주 내뱉었다. 그런 날이 오면 사무실은 어떻게 처리해야 하는지, 어떤 사람들과 의논해야 하는지 M은 아내에게 상세히 알려주곤 했다. 그리고 멀리 해외로 출장을 떠날 때면 유언장을 예약 이메일로 설정해두었다. 물론 여행을 무사히 마치고 돌아오면 이메일의 예약 발송은 취소되었지만.

그렇다고 M이 아내와 아들에게 특별히 살뜰한 애정을 갖고 있는 것은 아니었다. M은 자신의 사무실 책상 위에 한 번도 가족사진을 올려놓은 적이 없었다. 자동차 백미러에 매달기 마련인 흔한 가족사진 펜던트도 걸어본 적이 없었다. 결혼한 지 일 년도 안 돼서 손가락에서 빼버렸던 결혼반지는 서랍 어딘가에 처박혀 있었고 결혼 시계는 아예 잃어버려서 어디에 있는지조차 몰랐다. M은 가족이라는 결속력이 자신과는 어울리지 않는다고 여겼다.

"내가 결혼한 것은, 내 인생 최대의 실수야."

M은 아내에게 이렇게 말하곤 했다. 그러고는 변명하듯 덧붙였다.

"나는 혼자 사는 게 맞는 사람이라고."

한 시간의 아침 운동을 마친 M은 체력단련실 바깥으로 나와 사무실 안의 창문을 모두 열었다. 5월의 아침 공기가 창문으로 밀려 들어왔다. 창문 바깥의 낡은 다세대 건물들을 보면서 M은 자신이 이 동네를 떠나지 않은 이유를 생각했다. 번 듯한 아파트 상가에 사무실을 얻지 않았던 것은 단지 임대료 때문만은 아니었다. 다세대 건물의 우중충한 외관이나 전기 시설이며 가스 배관 같은 것이 제멋대로 삐죽삐죽 나온 풍경 은 묘하게도 M에게 향수와 상상력을 자극하곤 했다.

돈벌이로는 더 좋았을 아파트 설계를 하지 않는 이유도 거 기에 있는지 몰랐다. 돈을 버는 일은 영혼을 파는 일이야. 이 무시무시한 자본주의 사회에서는. M은 말도 안 되는 조건을 내세우는 건물주를 만날 때마다 그런 말로 스스로를 위안했 다. 어쩔 수 없이 영혼을 팔아야 하지만 완전히 다 팔고 싶지 는 않았다고 해야 할까. 일은 복잡하지만 이윤은 얼마 안 되 는 주택이나 소형 건물을 설계하는 것에서 M은 작은 만족을 구하곤 했다.

컴퓨터 화면을 부팅하자 최근 작업하고 있던 설계 디자인 의 입체 화면이 컴퓨터를 가득 채웠다. M은 이 순간을 사랑 했다. 운동을 통해 맑아진 정신으로 한눈에 설계 도면을 보는 순간을. 자신의 직업을 사랑하는 순간이기도 했다. 직선과 수 치와 기호들로 이루어진 순수한 세계. 거기에 협잡과 모략과 탐욕은 없었다. 협업을 핑계로 얽혀 들어가야 하는 복잡한 인 간관계 또한 없었다. M은 자신의 인생이 가능하면 설계 도면 의 반듯한 사각형 안에 머무르기를 바랐다. 도면 밖으로 튕겨 나가는 일이 없기를.

마우스를 이리저리 움직이면서 설계 도면의 세부적인 부분에 수정을 가하던 M은 문득 메일을 보라던 아내의 말을 떠올렸다. M은 마우스를 움직여 커서를 메일함에 올려놓았다. 한 통인 줄 알았던 아내의 메일은 여러 통이었다. 세상에. 매일 집에서 보면서 무슨 할 말이 있다고. M은 어떤 순서로 읽어 볼까 하다가 처음 보낸 것부터 읽기로 마음먹었다.

첫 메일에는 그림 하나가 달랑 있었을 뿐이었다. 이거 많이 본 그림인데. 갑자기 M은 화가의 이름이 생각나지 않아서 애를 먹었다. 고유명사 실종증이라고 아내가 우스갯소리로 말하던 현상이었다. 한참 만에 M은 클림, 클림, 맞아 클림트야, 하고는 자신의 허벅지를 살짝 내려쳤다.

애들처럼 이런 걸 보내다니, 싱겁긴.

온갖 물건들에 프린트되어 돌아다니는 그 그림은 너무 진부해져서 명화라기보다는 차라리 싸구려 춘화 같은 느낌을 주었다. M은 가만히 그림을 들여다보았다. 황금색으로 채색된 그 그림에서 황홀경에 빠져 있는 여자의 얼굴은 각이 져 있었고 허리 아래는 두툼해 보였다. 게다가 여자의 발밑은 낭떠러지였다. 전에도 여러 번 보았는데 그 낭떠러지가 눈에 들어온 것은 처음이었다.

메일을 열어놓은 채 M은 생각에 잠겼다.

왜 이걸 보냈을까? 설마? M은 자신이 부부 관계를 한 것이 언제였는지 생각해보았지만 오래되었다는 사실 이외에는 떠올릴 수 없었다. 한창일 무렵 잠자리를 거절한 것은 늘 아내였다. 피곤하다, 일이 많다, 애가 깬다, 별의별 핑계를 다

대며 아내는 M을 피했고 그것은 M의 자존심에 상처를 주었다. 그에 대한 앙갚음이라는 생각을 한 것은 아니었지만 언젠가부터 무언의 눈길로 호소해오는 아내 앞에서 냉정히 돌아서는 순간 M은 묘한 쾌감을 느끼곤 했다.

오늘 밤에는……

여기까지 생각하고 있을 때 사무실 직원들이 차례로 출근을 했다. 간단히 아침 인사를 나누고 어제 오후 늦게 작업한 것을 확인한 뒤, 자신의 방과 설계보조자들인 두 직원들의 방을 오가면서 자신이 수정한 설계 도면에서 건축법 위반의 소지는 없는지 검토하라는 지시를 남기느라 M은 오전 시간을 보냈다. 다시 컴퓨터 앞에 앉았을 때에는 점심시간이 가까워져 있었다.

메일을 열어볼까 하다가 M은 점심을 먼저 하기로 마음먹었다. M의 점심 또한 간단했다. 두유와 방울토마토 열 알과 캐슈너트 한 줌. 그게 다였다. 캐슈너트를 한 알씩 입에 넣어 잘게 부수어질 때까지 어금니로 씹으면서 조금 전 보았던 그림이 띄워져 있는 창을 열었다. 황홀경에 빠진 여자의 얼굴. 각진 여자의 얼굴이 낯이 익었다. 그러고 보니 젊었을 때는 아내의 얼굴도 아래턱에 각이 져 있었다. 지금은 얼굴에 오른 살로 다 묻혀버렸지만. M의 생각은 꼬리에 꼬리를 물고 멀리 이십여 년 전으로 이어졌다. 결혼이라는 자기 인생의 결정적 실수를 감행하게 했던 바로 그 시간으로.

건축사 자격증을 딴 뒤 규모가 큰 건축회사에서 실습차 인

턴 생활을 하고 있던 어느 날 M은 W로부터 걸려온 전화를
받았다. 몇 달을 이어지던 지방의 종합청사 설계 작업이 얼추
끝나고 한숨을 돌렸던 즈음이었다. M은 한 달 이상 혼자 먹
었던 식사에 물려 있었다. W라니 뜻밖인걸. 저녁때 W가 회
사 근처로 오겠다는 말을 들으면서 떠올랐던 M의 생각은 단
순했다. 밥을 같이 먹을 수 있겠구나, 적어도 오늘 저녁에는.

"암시 같아요."

시내의 한 한식당에서 W는 자기 앞에 놓인 불고기를 한 점
집다 말고 말했다.

"암시?"

"네. 어느 날 도서관에서 책을 읽다가 내려오고 있는데 갑
자기 형 얼굴이 떠오르는 거예요."

"갑자기 왜?"

"이 사람이야. 어디선가 이렇게 말하는 소리가 들려왔다니
까요."

"설마."

"정말이에요. 형, 그때 그 여인숙 사건 생각 안 나요?"

W는 대학교 2학년 때 후배의 소개로 만났었다. 데모가 한
창이던 그 무렵, 기습 시위가 무산되었다며 W는 M의 서클룸
을 찾아왔다. 서클 후배들과 함께 술을 마셨는데 빈속이었는
지 얼마 마시지도 않은 것 같았는데 W는 몸을 가누지 못했
다. 2차로 갔던 커피숍에서 오바이트를 하고 제대로 서 있지
도 못하는 W를 가까운 여인숙에 데려가 뉘었던 것은 집이 멀

다는 핑계로 후배들이 하나둘 빠져나가고 남아 있던 M의 몫이었다. 자정이 넘어 한시쯤 W는 낯선 여인숙에서 눈을 떴다. W는 잠시 고개를 들고 두리번거리더니 또 오바이트를 했다. 먹은 게 없어서 멀건 물뿐이었던 토사물을 보면서도 M은 더럽다는 생각이 그다지 들지 않았다. M은 여인숙 홑이불 위의 토사물을 정성껏 휴지로 닦아냈다. 젖은 베갯잇을 벗겨낸 뒤 그 위에 수건을 깔고 W의 머리를 다시 뉘었다. W와 눈이 마주쳤다. 왜 그랬을까. M은 손을 들어 가운뎃손가락으로 W의 이마에서부터 콧잔등을 거쳐 인중 아래 얇은 입술까지 천천히 쓸어내렸다. W의 얼굴을 정면으로 바라보면서.

"그게 왜?"

"그때 형은 저를 가만 놔뒀잖아요."

왜 그랬을까. 손가락 끝에 와 닿았던 차가운 피부가 M을 들끓게 했지만 M은 그때 자신의 욕구를 견디는 데에서 더 큰 쾌감을 느끼고 있었다. 그것이 기만적인 감정임을 M은 곧 깨달았다. 다음에는 결코 자신의 욕구를 배반하지 않으리라. 하지만 그런 기회는 다시 오지 않았다. M도 한창 바쁠 무렵이었다. 공모전에 낼 작품을 준비한다, 졸업 논문을 쓴다, 시험 준비를 한다, 정신이 없었다. W는 이제 데모는 안 한다더라, 출판사에 취직했다더라, 출판사를 그만두었다더라, 시를 쓴다더라, 소설로 바꿨다더라, 연기를 해볼까 고민한다더라. 후배로부터 간간이 소식을 전해 들었지만 그것마저 끊긴 지도 여러 해였다.

"고작 그 이유야?"

M은 뭔가 싱거워져서 피식 웃고 말았다.

"딴 남자들은…… 그러지 않거든요."

W가 순간적으로 보였던 멈칫거림, 그 일 초 남짓의 멈춤이 자신과 소식이 끊겼던 시간들에 대해 M이 상상하도록 만들었다. 난 취한 여자는 건드리지 않아. 그렇게 중얼거렸지만 M의 상상은 재빨리 더 구체적인 장면을 그려나갔다. 추하다는 생각은 들지 않았다. 그러기에 둘은 심리적으로 먼 거리에 있었다.

"힘든 일이 많았니?"

"아니요. 그게, 뭐, 그저……"

"상처가 많았구나. 내가 다 씻어줄게."

M이 무심코 내뱉은 말에 W가 고개를 들었다. W의 얼굴 가득 환한 빛이 번져나가고 있었다. 나는 그들과 다른 남자야. M은 자신이 여자를 함부로 가졌다가 내팽개치는 그런 남자들과는 다르다고 생각했다. 아니 그보다는 어디로 튈지 모르는 럭비공이 멀리서부터 날아와 자신의 가슴팍에 안기는 듯해서 M은 가슴에 꼭 품고 싶었는지도 모른다. 그래서 W의 환심을 살 만한 말을 했던 것인지도.

M은 캐슈너트를 씹으면서 그림 파일을 닫았다. 지금의 아내에게는 이십여 년 전 W의 모습은 흔적조차 없었다. 둘은 전혀 다른 존재 같았다. M은 아내가 보냈다는 두번째 메일을 열어보았다. 메일 안에는 이번에도 역시 아무 내용이 없었다.

악보가 그려진 유튜브 영상 외에는.

Schoenberg-Verklärte Nacht? 무슨 말이지? 앞에 있는 단어는…… 맞아. 쇤베르크. M은 생각난 듯이 고개를 끄덕였다. 일주일 전 M은 아내와 함께 연주회에 다녀왔었다. 쇤베르크의 음악을 듣고 싶어 하다니, 별일이군. 아내가 한 달 전쯤 티켓을 끊어달라고 했을 때 M은 웬일인가 싶어 아내의 얼굴을 빤히 쳐다봤었다.

"이해하기 어렵지 않을까?"

아내가 클래식을 좋아하기는 했지만 음감이 있다고 할 수는 없었다. M이 보기에는 그저 음악적인 분위기를 좋아하는 듯이 보였다.

"제목부터 끌려서……"

기억에 남는 제목은 아니었다. M은 얼결에 제목을 들었다가 곧 잊어버렸다. 티켓은 작곡가 이름만으로도 예매가 가능했으니까. 지난주 금요일 오후 꽉 막힌 도로를 간신히 빠져나와 허겁지겁 저녁을 샌드위치로 때운 후 입장했던 관람석에서 M은 잠이 쏟아져서 자기도 모르게 고개로 방아를 찧었다. 그날따라 상담 고객도 많았고 방문해야 할 현장도 두 군데나 있었던 것이다. 한참을 졸다가 깨어보니 공연의 절반 정도가 끝나가고 있었다. 마지막 순서였던 쇤베르크의 곡이 시작되었다. 한마디로 그 곡은 M의 취향과는 맞지 않았다. M은 자신이 모든 음악에 열려 있다고 생각하고 있었지만 그 곡은 뭔가 사람의 마음을 불쾌하게 만들었다. 하지만 연주가 끝났을 때 아내의 얼굴은 이상하게 상기되어 있었다.

"이렇게 내 감정과 하나가 되는 음악이 있다니. 아, 이런 게 현대음악이라는 건가?"

탄성을 자아내는 아내한테서는 요즘 보기 드문 흥분마저 느껴졌다. 그 흥분의 정체가 무엇이었을까. M에게는 더 생각해볼 여유가 없었다. 집으로 가는 길 운전대 위에 올려놓은 팔이 귀찮을 정도로 피곤이 몰려왔기 때문에 M은 자신이 끊은 연주회 티켓이 아내를 만족시켰다는 사실만으로 만족했다.

그날 아내의 상기되었던 얼굴을 떠올리며 M은 악보 위에 커서를 놓고 빠르게 클릭했다. 음악이 흘러나왔다. 어둡고 음산한 분위기의 불협화음과도 같은 음악이. 그것은 결코 마음을 맑고 아름답게 고조시키는 그런 음악이 아니었다. 마음을 쥐어짜고 이상하게 불안하게 만들고는 빛도 없이 캄캄한 길로 몰아넣는 듯한 음악이었다. 아침마다 시험공부를 못한 꿈을 꿀 때마다 몰려왔던 기분 나쁜 느낌이 이런 거였나.

음악을 들으면서 M의 의식은 썩 유쾌하지만은 않았던 젊은 날의 기억 속으로 미끄러져 내려갔다.

너의 상처, 다 씻어줄게.

결혼 전 아내에게 했던 말은 M 자신이 듣고 싶었던 말이었다. M은 부모의 사랑을 듬뿍 받은 너그러운 남자가 아니었다. 아버지는 폭력적이었고 어머니는 아버지의 폭력을 피해서 교회에 깊이 빠진 맹목적인 신도였다. 두 분은 가게에 매달리느라 자식들을 제대로 돌볼 겨를이 없었다. 어렸을 때 사고를 당해 죽을 고비를 몇 번 넘겼던 M은 예민하고 까다로운 아이로 자랐다. 학과 공부보다는 공상과 사색을 좋아했던 M은 무리보다는 자기 안의 침묵과 고독과 우울 속으로 빠져들곤 했다.

대학생이 된 M은 연애에 눈을 떴다. 여자들을 유혹하고 그마음을 자기 수중에 넣은 뒤 내팽개치는 이기적이고 무책임한 연애에서 쾌락을 느꼈다. 음대생, 미대생, 교사 지망생, 옷가게 직원, 커피 매장의 알바생…… M이 사귀었던 여자들은 모두 마음이 연약한 여자라는 공통점을 지녔다. 어느 정도 친밀감이 형성되면 M은 어렸을 때 자신이 겪은 사고에 대해서 털어놓았다. 그러면 M에 대한 여자들의 경계심은 한 꺼풀 얇아지기 마련이었다. 연민과 호기심이 섞인 시선이 M의 허리 아래로 향하게 되면 칸막이가 쳐진 카페나 술집 안에서 M은 못 이기는 척 바지를 조금 내렸다. 허벅지의 상처가 아주 조금 보일 정도만큼만.

여자들은 대개 슬픈 표정을 지었다. 그러고는 M의 기분을 맞춰주려고 애를 썼다. 여자들은 잘 몰랐다. 자신들의 착한 심성이 스스로를 얼마나 노예처럼 만드는지. M은 착한 여자들 앞에서 전제군주가 되곤 했다. 그러다가 그 여자를 이루고 있는 지성이나 감정의 밑바닥이 보이면 관계에 진력이 났다. M은 용의주도해서 강제로 여자와 관계를 맺은 적은 한 번도 없었다. 또 여자와 헤어질 때면 사귀던 여자가 아무 문제가 없는지, 이를테면 생리는 제때 하는지 반드시 확인을 하고 난 뒤에야 이별 선언을 했다.

그럼에도, 그러니까, 아니 그럴수록 M은 늘 고독했다.

아내가 달랐던 점은 다른 여자들처럼 착하지 않았다는 점이었다. 그렇다고 나쁜 여자라는 뜻은 아니었다. 착하다는 것의 반대편에는 여러 가지가 있는 법이니까. 아내는 동정심이나 연민으로 M을 대하지는 않았다. 심지어는 M에게 상처가 있다는 사실을 의식조차 하지 않았다. M은 아내의 그 점이 좋았는지도 몰랐다. 하지만 신혼 초에 M이 아내와 심한 불화를 겪었을 때, 도무지 아내가 자신에게 질 생각을 하지 않았을 때, 갈등이 마침내 극에 달했을 때, M은 소리를 지르며 차마 해서는 안 될 말을 내뱉었다.

"아이를 없애."

M은 자신이 벌을 받는 것이라고 생각했다. 젊은 날 착한 여자들을 괴롭힌 벌을 받는 것이라고. 아내와 낳을 아이는 불행을 이어받을 것이라고. 그런 아이는 태어나지 않는 것이 좋겠다고. 그때 아내는 임신 3개월이었다.

음악이 흘러갈 때마다 악보가 바뀌던 유튜브 영상은 어느새 멈춰 있었다. 기분 나쁜 음악이군. 어두운 기억을 떠올리게 하다니 말이야. 그로부터 이십여 년의 시간이 훌쩍 흘러버렸다. 다행히 M과 아내는 아내의 배가 막 불러 오르기 시작했을 때 화해를 했고 아내는 자연분만으로 남자아이를 낳았다.

M은 조금 전 들었던 음악이 대중들에게 사랑을 받지는 않을 거라고 확신했다. 아내의 취향은 별스러운 데가 있었다.

쉽게 이해가 가지 않는 독특하고 까다로운 것에 더 몰두했다.
마치 음치일수록 음역이 넓은 어려운 노래를 좋아하듯이.

점심시간이 다 끝났기 때문에 M은 몇 군데 전화를 돌리고
설계 변경 작업에 몰입 중인 직원들을 격려하는 데 시간을 보
냈다. 메일은 두 통이 더 있었다. M은 세번째 메일을 열어보
았다. 한 편의 시가 있었다. 리하르트 데멜이라는 처음 들어
보는 시인의 이름과 함께. 천천히 시를 읽어 내려가던 M은
한 대목에서 멈칫, 했다.

　　나는 아이를 가졌어요, 당신의 아이가 아닌.
　　나는 당신에게 죄를 지었어요.

여자가 이렇게 고백하는 대목에서 M은 뜻밖에도 아내의
음성을 들었다. 가슴이 내려앉았다. 아, 그랬었군, 그랬어.
언제였을까? M은 다시금 자신이 요즘 아내에게 소홀했다
고 자책했다. 아내를 너무 혼자 두었어. 무엇이든 가꾸고 기
르기 좋아하는 여자인데. 아들 환이도 군대 들어가서 적적했
을 텐데. 그래서 아이를 갖고 싶었구나. M은 순간적으로 아
내가 딴 남자의 아이를 가졌다고 믿어버렸다. 하지만 기름기
가 빠져나가기 시작한 아내의 해쓱한 얼굴이 떠오르자 M은
곧 자신에게 실소를 머금었다. 나, 참. 폐경이 된 지가 언제
인데. 아내는 환이가 대학에 들어갈 무렵에 욕실 수납장 구석
에 처박혀 있던 생리대를 검은 비닐봉지에 둘둘 말아 버리면

서 "나도 이제 졸업이네" 하고 말했던 것이다.

그렇다면 이 시는 도대체 뭐지? 하루 종일 스무고개를 하는 기분이군. 현실 감각을 되찾은 M은 조금 전 자신의 머릿속을 스쳐 지나갔던 생각들이 오래전부터 자기 안에서 똬리를 틀고 있었다는 것을 깨달았다. 저 아이가 내 아이일까? 하는 불안이. 젊은 날 방탕했던 시절에 자신이 차버리듯 헤어진 여자들이 세월이 흐른 후 자기 아이를 데리고 오지나 않을까 불안해했던 것처럼 결혼 후에는 아내가 낳은 아이가 자기 아이일까 미심쩍어했던 것이다. 그럴 가능성은 얼마든지 있었다. 아이가 바뀔 수도 있었다. 자신이 무정자증인데 그걸 모르고 있었을 가능성도 있었다. 게다가 아내는 결혼 전에 이미 딴 남자들을 알고 있지 않았던가.

M이 자신의 불안을 더듬어나가려 할 때 M의 휴대폰이 울렸다. 발신자 이름이 아들이었기 때문에 M은 마치 자신의 불안을 들킨 것처럼 놀랐다. 아들의 전화 내용은 단순했다. 부대에 사정이 생겨 오늘 휴가가 토요일로 미루어졌다는 것, 엄마가 전화를 받지 않아 아빠한테 했다는 것, 그게 다였다.

아들과의 평범한 통화는 M의 흥분을 가라앉혔다. 아침에 전화를 걸어 변경했던 동탄 건물주와의 약속을 다시 바꿔야 하나 고민하다가 그냥 두기로 했다. 오늘은 누굴 만날 기분이 아니었다. M은 아내가 보낸 시를 천천히 마저 읽었다. 다른 남자의 아이를 가졌다는 여자의 고백 이후의 내용을…… 그녀는 걷는다, 비틀거리며…… 남자가 말한다. "당신이 품은

아이를 영혼의 짐으로 여기지 마오. 봐요, 이 우주가 얼마나 밝게 빛나는지…… " 시를 읽고 난 뒤에도 M의 의문은 풀리지 않았다. 아내가 이런 메일을 보낸 의도는 무엇일까?

사무실 전화기가 울려댔기 때문에 M은 자신의 공상을 재빨리 접고 전화기를 들었다. 두 달 전에 공사를 끝낸 거래처였다. 시공 과정에서 발생한 책임을 묻고 있었다. 책임 소재에 따라 배상금을 물어야 될지도 모르는 일이었기에 희미해진 세부 기억을 되살리면서 누구의 책임인지를 소상히 밝혀야 했다. 영수증 함에서 거래명세서를 뒤지고 서류철에서 관련 서류를 찾아내느라 M은 진땀을 뺐다. 가끔가다가 이런 클레임이 걸려 오면 그것을 해명하는 일은 복잡한 설계 도면을 작성하는 일보다 몇 배나 힘들었고 진이 빠졌다.

마지막 메일을 열어보았던 것은 퇴근할 무렵이었다. 그 무렵 M의 머릿속은 백지처럼 아무것도 남아 있지 않았다. 그날 해결해야 했던 새로운 사업상의 거래와 지나간 사업의 클레임, 그리고 까다로운 수정 작업은 M에게 남아 있는 기력을 모두 소진시켰다. 메일에는 질문이 있었다. M은 그것을 읽기는 읽었다. 하지만 아무것도 떠오르지 않았다. M은 허기지고 지친 상태로 차를 몰고 집으로 왔다.

"당신 안색이 왜 이렇게 안 좋아요?"

아내는 현관문을 열고 들어오는 M에게 이렇게 물었다. 그 말에 대답할 기운도 없었다. M은 아내의 얼굴을 바라보다가 생각난 듯 말했다.

"참, 환이 휴가 연기되었다던데."

"저도 통화했어요. 아빠랑 통화했다는데 못 미더웠는지 다시 했더라구요."

저녁을 먹은 뒤 M은 몸이 안 좋다는 핑계를 대고 안방에 들어가 침대에 누웠다. 아내는 메일에 대한 얘기는 꺼내지 않았다. M은 휴대폰을 꺼내 뉴스를 보다가 내팽개쳤다. 잠은 오지 않았다. 꼭 시험 전날 같아. 공부는 되지 않는데 그렇다고 잠이 오는 것도 아니고. '환이가 당신의 아들이 아니라면 어떡하겠어요?' 마지막 메일에는 그렇게 적혀 있었다. M에게는 그 질문이 자신의 인생에서 풀어야 할 중요한 시험 문제 같았다.

환이가 내 아들이 아니라면…… 아내는 자유분방한 여자였다. 그런 자유분방함에는 언제나 매혹과 위험이 뒤따랐다. 인간은 누구나 자유를 동경하니까. M은 그렇게 아내를 받아들였다. 하지만 그것은 결혼 전의 이야기였다. 거기에 아이는 포함되지 않았었다.

아이를 가졌을 때 취했던 아내의 배타적인 태도가 떠올랐다. 세상 모든 것으로부터 아이를 지켜내겠다는 그 완강한 태도가. 정말 내 아이가 아니었던 것일까. 그래서 나도 모르게 친밀감이 생기지 않았던 것일까. 아내는 또 그래서 더욱더 아이에 대해 집착했던 것일까.

돌이켜보면 M은 아내의 임신 중에 온갖 나쁜 말을 다 했었다. 처음 14주가 되기 전에는 수술을 종용했었다. 아직 사람이 아니니 수술을 해도 죄책감을 느낄 필요가 없다고 하면서.

25주가 지나 수술할 시기를 놓쳤을 때에는 아내와의 불화가 극에 달했을 때였다. M은 이혼을 생각하고 있었고 그러자니 곧 태어날 아이가 걱정이었다. 아내가 키운다는 것도 미덥지 못했다. 아이를 낳으면 홀트아동복지재단에 보내자는 말에 깜짝 놀라는 아내를 M은 이해하지 못했다.

아이가 태어난 뒤에도 체구가 작다느니, 얼굴에 주름이 많다느니, 눈이 작다느니 온갖 트집을 잡곤 했었다. 자기를 닮은 구석이 하나도 없다고 얘기하곤 했지만 그 문제를 심각하게 생각했던 것은 아니었다. 아이가 자라는 동안 제대로 안아준 적도 놀아준 기억도 없었다. 아들 환이가 약하고 소심한 아이로 자라는 동안 M은 사무실 일로 늘 바빴던 것이다. 초등학교, 중학교, 고등학교를 다니는 동안 M은 내내 거래처를 쫓아서 이 도시로 저 도시로 옮겨 다녔다.

M은 침대 위에 누워 생각했다. 유전자 검사를 해? 그럴 자신은 없었다. 구십 퍼센트 이상의 정확성을 자랑한다는 그 정확성이 두려웠다. 아니, 꼭 그 때문만은 아니었다. 혈육은 늘 정당한가? 사춘기 시절 폭력적인 아버지에 대해 절망하고 또 절망했을 때 M은 자신이 아버지의 아들이라는 것을 일찍이 부인했었다. 유전자 검사를 해서 그 결과를 안다 한들 지금의 이 고뇌가 해결될 것 같지는 않았다. 자신의 아들이 아니라고 나오면 어떡할 것인가? 자신의 아들이라고 하면 자신이 의심했던 기억을 또 어쩔 것인가? M은 고독했다. 게다가 누구하

고도 이 고뇌를 나눌 수 있을 것 같지는 않았다.

휴대폰에서 쇤베르크의 곡이 흘러나왔다. 이상한 일이었
다. 일 속에 파묻혀서 들었을 때는 몹시 불쾌했던 음악이 지
금 이 순간에는 깊은 위안이 되었다. 가슴을 후벼 파는 현악
기의 불안하게 떨리는 음 위에서 M은 자신의 외로움과 자책,
혼란과 환상이 어지럽게 춤추는 것을 보았다.

당신이 나를, 내가 당신을
이 열기가 낯선 이의 그 아이를 정화시킬 거요.

낮에 읽었던 시의 한 부분이 솟구쳐 떠올랐다. M은 생각했
다. 시처럼 나는 그렇게 말할 수는 없겠지. 하지만 환이가 내
아들이 아니라면. 그래도 여전히 아내의 아들이겠지. 아내가
나의 아내인 한, 아들 또한 나의 아들이겠지. 토요일에 환이
가 휴가를 나오면 우리는 샹들리에 아래에서 외식을 하며 단
란한 가족 풍경을 연출하겠지.

M의 고독한 순간, 피아니시시모로 끝나가는 현악기의 아
름다운 소리가 M의 귓가에서 아련하게 사라져갔다. 곡의 제
목이 선명하게 떠올랐다. 정화된 밤. M은 그 순간 누구보다
도 자기 자신이 정화되기를 간절히 바랐다.

작가노트

　이 소설은 쇤베르크의 「정화된 밤」을 모티브로 썼다. 본문에서 인용된 시는 리하르트 데멜의 「두 사람」의 일부이다.

　쇤베르크의 곡은 어렵지만 새로운 자극을 준다. 공연장에서 쇤베르크의 「정화된 밤」의 연주를 들은 날도 그랬다. 기존의 음악과는 다른, 뭐라 말할 수 없는, 불편하지만 싫지는 않은, 언젠가 있었던 것 같은, 그런 느낌이 덮쳐왔다. 그리고 그날 밤, 나는 쇤베르크의 「정화된 밤」의 모티프가 되었다는 리하르트 데멜의 시를 접했다.

　남자는 자신의 유전자가 섞이지 않은 아이를, 그러니까 다른 남자의 아이를 받아들일 수 있을까? 이런 물음에 대해 리하르트 데멜은 그럴 수 있다고 대답한다. 같은 물음을 소설 속의 M씨에게 던져보았다. M씨는 속 시원히 답해주지 않았다. 하여 나는 M씨의 일상과 내면을, 과거와 현재를 따라가

볼 수밖에 없었다.

스스로를 다른 남자들과 다르다고 생각해왔던 M씨에게도 이 문제는 쉽게 답할 수 있는 문제가 아니었던 모양이다. M씨는 과거와 현재를 오가며 자신을 반추하는 가운데 힘겹게 자신의 실제 모습에 가닿는다. 이를 지켜보는 나는 여성 작가로서 그의 인간적인 고뇌에 한 발 더 가까이 다가갈 따름이었다. M씨는 보편적인 남자(men)일까? 아니면 단지 자신의 상처에서 자유롭지 않은 한 남자(a man)일까?

1899년 25세였던 쇤베르크는 3주 만에 이 곡을 작곡하였다고 한다. 처음에는 청중들의 반발을 샀지만 지금은 19세기 쇤베르크의 대표곡으로 손꼽힌다고 하니 그 내용과 형식 모두 급진적이었던 것이 분명하다. 이 곡에는 쇤베르크가 결혼하기 전의 감정이 투영되었다고 한다. 그런데 훗날 그의 아내는 다른 예술가를 따라 떠나고, 쇤베르크는 그 후 일체의 감정을 탈각시킨 것 같은 무조주의로 돌아섰다고 하니, 믿거나 말거나이다.

핏줄은, 혈연은 늘 옹호되어야 할까? 핏줄에 대한 집착은 인간의 본능이지만 인간에게는 종종 이런 본능을 넘어서는 감정이나 행위가 있다. 물론 핏줄에 대한 부정 또한 쉽게 받아들여지기는 어려울 것이다. 그러니 정화된 밤이란 누구나 맞이할 수 있는 밤은 아닌 것 같다. 마치 쇤베르크의 까다로운 음악처럼.

2005년 『조선일보』 신춘문예에 「메모리얼 가든」이 당선되며 작품 활동 시작. 소설집 『통영』이 있다. 네 차례 재외동포문학상을 받았으며 2020년 「혜선의 집」으로 대상을 수상.

빅터 브릿지를 건너자마자 첫번째 출구로 빠져나오니 납작한 박스를 수십 개 엎어놓은 모양의 공단이 보인다. 공단은 섬과 육지 사이를 메운 매립지에 U자 모양으로 조성되어 있다. 사람들은 섬의 이름을 따서 공단을 빅터 아일랜드라 부른다. 섬은 없어졌지만 여전히 섬으로 불리는 셈이다. 그곳에 스물세 개의 공장이 있다. 만두공장은 U자의 둥근 부분 서쪽 끝 직선과 곡선이 만나는 지점에 있다.

다리 아래로 해가 붉게 떨어지고 있다. 비스듬한 빛을 받아 강 물결이 반짝이며 일렁인다. 규는 강변에 차를 세우고 시계를 본다. 아직 출근 시간이 삼십 분이 남았다. 회사에서 여기까지 구글맵의 예상 시간은 이십칠 분이었지만 밟아보니 이십이 분이면 충분했다. 오 분 빨리 도착한 것이 규의 운전 실력 덕인지 포르쉐의 성능 때문인지 잘라 말할 수는 없다. 하

지만 규는 자신이 그런 것에 어떤 우월감을 느끼고 있는 건
아닐까 의심하곤 한다.

갑작스런 추위 때문인지 강변 공원에는 홈리스의 텐트가
마을을 이루고 있다. 팬데믹을 지나며 거리로 나앉은 사람들
이 더 많아진 탓이리라. 모닥불 주위에 둘러앉은 홈리스의 웃
음소리가 열린 창으로 왁자하게 쏟아져 들어온다. 경쾌한 웃
음소리 때문에 어쩌면 그들이 소풍 나온 사람들일지도 모른
다는 생각을 한다. 창으로 들어오는 공기가 차갑다. 막 단풍
이 들기 시작했지만 초겨울 같다. 잔디 위에 한 남자가 담요
를 덮고 드러누워 있다. 남자 옆에는 커다란 개가 엎드려 있
다. 둘은 죽은 듯 한동안 꼼짝하지 않는다. 사람들은 개의치
않고 그 옆에서 음식을 먹고 빨래를 널어 말린다.

단백질 함량이 이십팔 그램이라는 바를 한입 베어 문다. 오
늘 단백질 섭취량은 구십팔 그램. 목표한 백사십 그램을 한참
못 미친다. 규는 몸을 돌려 뒷자리에 둔 서류 가방을 들어 올
린다. 뒷자리는 사람이 앉기에는 비현실적으로 좁다. 각 잡아
넣어둔 바지가 서류 사이에서 납작하다. 신축성이 좋은 아크
테릭스 등산 바지는 오늘 규의 작업복이다. 양복바지를 벗고
한쪽 다리를 막 넣었을 때 누군가 차를 툭툭 친다. 반쯤 속옷
차림이던 규가 깜짝 놀라 고개를 돌린다. 카트에 잡동사니를
가득 싣고 텐트촌으로 향하는 남자다.

"나이스 카, 마이 프렌드!"

남자는 누렇다 못해 검게 변한 이를 드러내며 웃는다.

"헤이 듀드! 돈 터치 마이 카!"

규는 소리친다. 퍽 유! 남자는 타이어를 툭툭 찬다.

그는 이미 약에 취해 있다. 걷어 올린 팔뚝에는 주사 자국이 푸릇푸릇하다. 근육이 빠진 몸은 야위고 휘었다. 퍼킹 드러그 애딕트! 규는 혼잣말로 중얼거린다. 단백질 바라도 몇 개 챙겨줄까 하다가 한쪽 다리에 바짓가랑이를 걸친 채로 차를 움직인다.

이럴 땐 피하는 게 상책이다. 저런 사람들이라면 편의점에서 일할 때 겪을 만치 겪었다. 정부 보조금이 나오는 날이면 제일 먼저 약을 샀다. 리쿼스토어에서 독한 술을 사고, 담배를 보루째 샀다. 확률이 낮은 즉석복권을 긁어댔다. 돈은 일주일도 안 돼 떨어졌다. 돈이 떨어지면 음식을 훔치거나 알코올이 섞인 싸구려 스킨을 몰래 뜯어 마시는 이도 있었다. 편의점에서 술을 팔지 않으니 그거라도 마시고 취하자는 거였다. 그들의 입에서는 알코올보다 더 독한 향수 냄새가 났다. 규도 처음에는 무서워하다가, 동정하다가, 미워했다. 나중에는 소리치고 싸웠다. 그들도 만만한 놈을 알아보아서 언제나 규의 시프트에 와서 말썽을 피웠다. 훔쳐 달아나는 도둑을 몸싸움 끝에 붙잡았을 때는 위험한 행동을 했다는 이유로 경위서와 반성문을 길게 썼다. 팔다 남은 샌드위치를 챙겨주었을 때는, 그 때문에 배탈이 났다며 돈을 요구하는 놈도 있었다. 규는 만정이 떨어졌다.

공장 주차장은 붐빈다. 교대 시간이라 출퇴근 차량이 한꺼번에 몰린 모양이다. 조수석 녹슨 문이 삭아 흘러내리는 포드 F150트럭과 도요타 캠리 사이에 딱 하나 자리가 있다. 양쪽 다 차선을 물고 있어 공간이 빠듯하다. 투도어 포르쉐는 몸체는 작지만 문이 커서 차간 거리가 더 필요하다. 차에 흠집이라도 난다면 쥐꼬리만큼 벌려고 나와서 한 달 월급을 날릴 수도 있다. 지난겨울에도 진이 진통이 있다는 전화를 받고 급히 집으로 돌아가다 가파른 지하 주차장 입구에서 눈길에 미끄러졌다. 백미러와 앞 범퍼가 지하 입구 기둥에 부딪혔다. 부딪혔다기보다는 살짝 닿았다. 그래도 수리비가 무려 오천구백 불이나 나왔다. 포르쉐를 살 때는 그런 종류의 지출은 예상하지 못했다.

규는 문이 트럭에 닿지 않게 한 손으로 모서리를 잡고 몸을 비틀어가며 차에서 내린다. 버스 정류장에서 걸어 들어오는 한 무리의 사람들이 멈춰 서서 주변과 어울리지 않게 지나치게 반짝이는 물건을 본다. 그리고 규를 본다.

슈퍼바이저는 뒤집어놓은 파란 플라스틱 박스 위에 올라가 첫 출근을 한 이들에게 주의 사항을 전달한다. 스물다섯? 서른이나 되었을까? 상냥하지만 카리스마가 있는 목소리다. 통통한 볼과 똥그란 눈, 또록또록한 말투가 은수를 닮았다. 갑자기 떠오른 은수 때문에 규는 민망한 것을 들킨 듯 얼굴이 달아오른다. 은수와 연락한 지가 십 년이 되었다. 고등학교 졸업을 앞둔 은수가 프롬파티 사진과 'I did it'이라는 문자를 보내왔다. 은수는 보랏빛 민소매에 허리에 작은 구슬이 달린 드레스를 입고 있었다. 규는 그 사진과 문구가 어떤 연관이 있을까 생각하느라 이틀을 답하지 못했다. 규는 벌써 졸업이니, 라고 썼다가 지우고 잘 지내냐고 썼다가도 지웠다. 그러다 결국 답을 했는지는 떠오르지 않는다. 규가 의식적으로 블라인드 처리를 한 검은 원 속에 은수는 아무런 잘못도 없이 끌려 들어가 있다. 그건, 규도 어쩔 수 없다. 모두가 연결된 관계에서 은수만을 끊어 가져올 수는 없었으니까.

"안전화는 신고 오셨지요? 정부의 인증마크 반드시 확인하시고요. 없는 분은 오늘 일 못합니다."

다행히 규는 어제 퇴근길에 이백 불을 주고 산 안전화를 신고 있다. 베이지와 짙은 갈색이 섞인 티타늄 소재의 가벼운 안전화다. "월마트에 가면 육십 불짜리도 있는데." 찜질방 달걀을 만든다고 밥솥에 달걀을 조심스레 쌓아 넣던 진이 입을 삐쭉거렸다. 진은 규가 취향에 맞지 않는 물건을 참지 못한다며 재수 없어 했다. 요즘은 선택과 집중의 시대라며 규의 방식을 지지한다던 진이 그렇게 돌아섰다. 엘사가 태어난 후, 진은 규의 취향이 유아기적 결핍에서 비롯된 병증일 뿐이며, 아직 처리하지 못한 감정이 낳은 미성숙의 산물이라 몰아붙였다. 진이 '포르쉐'를 직접적으로 지목하지 않았지만 그때마다 규는 '포르쉐'를 떠올리지 않을 수 없다.

규는 만두공장에서 배정된 일을 시작하기 전 탈의실로 가는 길에 얇은 철제 블라인드를 벌려 포르쉐의 안전을 확인한다. 옴팍 들어간 포르쉐가 잘 보이지 않아 고개를 이리저리 뺀다. 부적절한 곳에 주차를 했다는 생각이 자꾸 규의 신경을 잡아끈다. 좁은 탈의실에 사람들이 북적인다. 상의를 하얀 가운으로 갈아입을 때만 해도 무슨 연구소 직원 같았지만 마스크와 머리 그물망을 쓰니 금세 만두공장 노동자 폼이 난다. 그물망 안쪽으로 왼쪽 귀 위에서 시작된 흉터가 산을 밀어 길을 낸 것처럼 선명하다. 규는 머리카락을 끌어모아 흉터를 덮어본다. 유! 포르쉐 가이! 누군가 규를 부른다. 사람들의 시선이 규에게 몰린다. 규는 안 들리는 척 문을 밀고 밖으로 나간다.

당일 구직앱에 사회보장번호와 가능한 시간대를 입력할 때만 해도 뭘 그리 대단한 결심을 한 것은 아니었다. 뭐랄까, 매달 조금씩 빚을 지는 중이었고 진이 불안해하니 뭐라도 하고 있다는 포즈를 취해야 했다. 진은 당장 아이를 맡길 데도 없었고, 워킹비자도 끝나 일을 할 수 있는 상태가 아니었다. 앱에서는 하루 종일 일자리 알람이 띵, 띵 울렸다. 그걸 듣고 있으니 마음이 조금씩 울렁거렸다. 마치 누군가 응답을 기다리고 있는 것처럼 설레기도 하고 급해지기도 했다. 앱에 일자리가 뜨면 몇 분 안에 없어졌다. 먼저 버튼을 누른 이가 그날 혹은 다음 날 일을 가졌다. 일이 사라지고 나면 잠깐 패배감이 스쳤지만 곧 안도했다. 잊을 만하면 또 알람이 울렸다. 임금은 일을 마치자마자 계좌로 꼬박꼬박 들어온다고 사용자들은 리뷰에 달았다. 일자리마다 별점도 투척했다. 이력서도 경력도 필요 없고 그날 일한 만큼 바로 돈을 준다는 것이 매력적이었다. 하룻밤 눈 질끈 감고 일하면 엘사의 기저귀가 세 박스였다. 이틀을 일하면 한 달 분유 값이었다. 그 정도만 돼도 지금의 재정 상태에서는 오아시스가 될 수 있었다.

포르쉐를 살 때는 규도 계획이 있었다. 명색이 회계사인데 아무 생각 없이 포르쉐를 샀을까. 포르쉐 거지로 사는 거야 각오한 일이지만 빚을 지게 될 줄은 몰랐다. 연애와 아이는 생각지도 못한 변수였다. 마흔이 될 때까지 못하던 연애가 새삼 되겠냐고, 포르쉐와 결혼한 셈 치겠다고 가까운 직장 동료들에게 진지하게 말하기도 했다. 말하자면 규는 한쪽 길은 버리고 다른 길을 택한 것이었다. 사고처럼 진을 만나고 엘사를 낳기 전만 해도 별 문제 없었다.

구직앱을 깔았지만 막상 일을 가려니 발이 떨어지지 않았다. 당장이라도 달려 나가 입에 쓴맛이 돌 때까지 몸을 혹사시키고 싶다가도 덜컥 겁이 났다. 더 이상 소금간이 버짐처럼 허옇게 핀 티셔츠를 벗어 던지고 차가운 물에 몸을 씻던 시절이 아니었다. 자고 나면 새 몸이 되던 시절도 아니었다. 여름에도 따뜻한 물에 샤워를 하고, 푹 자도 만성적인 피로를 느끼는 마흔둘이었다. 규는 고민했다. 벗어나고 싶다는 생각만으로 저절로 몸이 움직여지던 시절이 그립기는 했다. 이렇게 노곤하게 살다가 죽는다고 생각하면 끔찍하기도 했다. 이렇게 살다 보면 생이 쓰지 않는 관절처럼 딱딱하게 굳어버릴지도 모른다는 위기감이 없지도 않았다.

"아무래도 나는 이제 맹수의 사냥법을 잃어버린 것 같아."

규의 말에 진은 눈물을 흘리며 진심으로 비웃었다. 당신이 맹수였다고? 물론 규가 맹수였던 적은 없었다. 예를 들면 그렇다는 말이다. 그러다가 어제는 덜컥 작업화를 샀다. 마침 퇴근길에 들른 은행 옆에 'Marks'라는 작업용품 가게가 있었다. 가야 할까 말아야 할까. 그런 고민은 딱딱한 껍질을 뚫고 심연에 닿는 종류의 것은 아니었다. 동그라미의 끝을 밟듯 내내 반복하다가 결국은 제자리에 오고야 마는 갈등이었다. 하지만 신기하게도 우연히 작업화를 사고 나니 이미 갈등은 끝이 나버린 듯 불가해한 평온이 찾아왔다.

오늘 출근하자마자 찾아간 농장은 도심에서 삼십 분쯤 동쪽에 있었다. 세무조사 대상자가 블루베리 농장주였으므로 직접 찾아가기로 한 것이었다. 붉게 단풍 든 블루베리 밭이 파란 하늘 아래 끝없이 펼쳐져 있어 달릴 맛이 났다. 꼭 이 순간을 위해 포르쉐를 산 것처럼 그 붉은 덩어리 안에서 생은 더없이 안온하고 설레고 행복했다. 농장을 지나치는 바람에 다시 차를 돌릴 때만 해도 만두공장은 머릿속에 없었다. 벚나무를 양쪽에 심은 긴 드라이브 웨이를 따라가니 블루베리 밭한가운데 섬처럼, 성처럼 농장주의 집이 있었다. 차고 앞에는 포르쉐와 람보르기니가 나란히 주차되어 있었다. 건물 정면으로 굳게 문이 닫힌 세 개의 차고가 있었다. 차고 안에는 더 귀한 무언가가 있을 것이었다. 선입견은 금물이었지만 규는 어쩔 수 없이 의심 가득한 마음이 되었다.

농장주는 이민 온 지 오십삼 년 된 인도계 노인이었는데 면담하는 세 시간 내내 모르쇠로 일관했다. 차도 자신의 것이 아니었고 차의 주인인 먼 친척들은 모두 어딘가로 여행 중이라고 했다. 은행 기록과 영수증을 포함한 수입과 지출의 증빙 서류들은 제대로 준비되어 있지 않았다. 규는 반론 없이 대략의 상황만을 메모하며 가볍게 면담을 끝냈다. 어차피 통역이 없이는 못 알아듣거나 못 알아듣는 척하며 시간만 끌 터였다.

돌아오는 길에는 점심을 먹기 위해 블루베리 농장이 내려다보이는 언덕에 주차했다. 농장 옆에 작은 비행장이 있었다. 마침 그때 작은 비행기가 또 다른 비행기를 매달고 막 이륙했다. 크게 한 바퀴 원을 그리며 한동안 비행을 하더니 두 비행기는 하늘에서 분리되었다. 저게 뭐지? 아, 글라이더구나. 그제야 그 상황이 이해가 되었다. 저걸 타본 동료의 말로는 무동력 비행물체인 글라이더를 조종하는 사람이 버튼을 눌러 엔진 비행기와의 연결된 선을 끊는다고 했다. 동력을 가진 비행기에서 분리되어 엔진도 프로펠러도 없는 비행물체가 된 그 순간을 잊을 수가 없었다고 했다. 모든 진동과 소음이 사라진 하늘 위의 시간은 무섭도록 고요했는데 잠시 후에는 두려움조차 사라지며 어떤 진공상태가 오더라고. 그건 어쩌면

남에게 기댈 수도, 자력으로 무엇을 바꿀 수도 없는 상태가
주는 평온함일지도 모르겠다고 동료가 말했다. 규는 두 비행
기에서 눈을 떼지 못했다. 앞의 비행기는 자신의 힘을 보여주
듯 요란하게 큰 원을 그리다가 구름 속으로 사라졌다. 글라이
더는 서서히 유영하며 고도를 낮추고 조금 거칠게 활주로에
내려앉았다. 비행기의 정지를 돕기 위해 사람들이 거대한 거
물을 들고 달려 나갔다. 그때 일자리 알람이 띵, 하고 울렸다.

  규는 출근 전에 자신이 만든 참치 삼각김밥을 한입 물고 농
장주와 면담하며 메모한 것을 훑어보았다. 여름이 되면 농장
입구에 대형 텐트를 설치하고 팝업스토어를 열어 과일을 파
는데 그 일대에서는 유명하다고 들었다. 문제는 현금거래였
다. 그건 회계감사의 영역이 아니라 수사의 영역이 될 수도
있어 건드리기가 까다로웠다. 늙은 여우 같은 농장주는 그것
을 잘 알았다. 적의를 가진 상대의 어두운 부분을 들여다보
며 끊임없이 의심하는 대화는 쉽게 지쳤다. 처음 입사를 했
을 때는 그 때문에 정신과 상담도 제법 받았다. 세무조사 출
장을 다녀온 날이면 누군가에게 실컷 얻어맞고 싶은 충동에
시달렸다. 참 이상한 감정이었다. 욕조에 차가운 물을 받아
입술이 새파래질 때까지 물속에 웅크리고 있었다. 어디에 부
딪혔는지도 모를 멍이·온몸에 시퍼렜다. 일의 스트레스 때문
에 병원을 찾았지만 의사는 아버지에 대해 지나치게 상세히
물었다. 스무 개의 상담 세션이 끝나고 약을 끊던 날, 의사는
규에게 72색 색연필을 선물로 주었다. 심리 상태를 알아보기

위해 그린 그림에서 재능을 봤다고 의사는 농담을 했다.

규는 다시 사무실로 들어가기 위해 시동을 걸다가 전화기를 꺼내 일자리 알람을 열었다. 아직 자리가 있었다. 수락 버튼을 눌렀다. 마침 그때 돌고 돌던 마음이 동그라미의 '할 수 있겠다'에 닿아서 가능했다. 그것은 한 줌의 충동과 몇 개의 우연과 또 얼마간의 용기가 필요한 일이었지만, 오늘 저녁 여섯시까지 출근하라는 응답을 받고 나니 운명이려니 싶었다.

딱딱한 냉동만두가 휘어진 슬라이드에서 쏟아져 내린다. 플라스틱 통을 단단히 붙잡고 대기한다. 어라, 만두는 예상했던 방향이 아니라 그보다 훨씬 위쪽으로, 훨씬 빠른 속도로 떨어져 내린다. 산탄 총알처럼 달려드는 그것을 보며 놀라 눈을 질끈 감는다. 만두는 규의 아랫도리를 무차별적으로 난타한다. 겨우 이 정도의 방향과 속도에 대처하지 못하다니. 규는 포르쉐를 타고 한밤의 하이웨이를 시속 이백팔십 킬로미터로 달려도 끄떡없었다. 그런데 도대체 왜 만두 앞에서는 눈을 감아버릴까. 만두를 담아야 하는 플라스틱 통으로 아랫도리를 막는다. 그것은 본능적인 방어지만 사람들은 소리 내서 웃는다. 돼지고기와 부추를 섞어 만두소 작업을 하던 알렉스가 뛰어와 정지 버튼을 누른 후에도 만두는 한동안 더 떨어져 내린다. 규는 플라스틱 통을 내려놓고 알싸하게 아픈 물건을 양손으로 감싼다. 얇은 등산 바지에 여기저기 만두 파편이 튄다. 컨베이어 벨트가 정지되어 작업은 몇 분이나 멈춘다.

What a newbie! 사람들은 애송이라 부르며 쿡쿡거린다. 유! 포르쉐 가이! 또 누군가 큰 소리로 부른다. 어느 새끼인지 들이받고 싶지만 마음뿐이다. 슈퍼바이저는 규의 자리에 알렉스를 투입한다. 다시 컨베이어 벨트가 돌아가자 사람들은 재빨리 웃음을 거두고 각자의 자리로 간다. 빗자루로 바닥에 떨어진 만두를 쓸어 담는다. 만두는 그새 녹아 끈적거린다. 잇츠 오케이! 슈퍼바이저는 괜찮다고 말하지만 웃음기 없는 얼굴로 규에게 반죽 코너로 옮기라고 말한다.

반죽은 넓적한 두부처럼 잘려 켜켜이 포개져 있다. 그걸 기계의 입구에 넣으면 넓게 펴진다. 그 위로 동그란 만두피가 찍힌다. 나이 든 여자 셋이 띄엄띄엄 앉아 구멍 난 만두와 찢어진 만두와 찌그러진 만두를 골라낸다. 마치 일정한 비율로 불량품이 생기는 것처럼 그들의 몸놀림에는 리듬감이 있다. 규는 반죽을 알맞은 타이밍에 채우고, 만두피를 찍고 남은 가장자리 반죽을 다시 반죽기에 던져 넣는다. 자주 머뭇거리고 허둥지둥 움직이느라 바쁘다. 반죽기 앞에서 녹은 만두를 밟아 휘청한다. 뜻 모를 일본어가 선명하게 박힌 거대한 반죽기는 반죽 덩어리를 공놀이하듯 굴리며 맹렬히 돌아간다. 거기로 떨어졌다가는 뼈도 추리지 못할 것 같다. 덥지도 않은데 땀이 맺힌다. 옷소매로 땀을 닦는다. 이렇게 노동의 근육이 빠져버렸나. 근육이라니. 인생 전체가 근육을 쓰지 않기 위해 달려온 길 아닌가. 그사이 규는 베테랑 회계감사원이 되었지 않나. 이제는 보고서쯤은 눈 감고도 쓸 수 있지. 숨겨둔 돈을 찾는 것도 잘하지. 십 년을 같은 일을 하는 동안 사람들이 얼마나 거짓말을 잘하는지 알게 되었지. 얼마나 뻔뻔한지도 알게 되었지. 이름이나 주소를 묻다 보면 명백한 사실을 말할 때의 표정이 나온다. 감정의 동요 없는 상태의 얼굴 근육. 그것이 바로미터가 된다. 그러니 규의 근육은 그렇게 최소한의 노력으로도 생을 유지하는 쪽으로 진화해온 셈이다.

"실망이네요. 난 어디 마피아라도 되는 줄 알았는데 세무공무원이라니."

말은 그리했지만 진은 안심하는 눈치였다. 진의 표정에 규도 안심했다. 워킹홀리데이로 캐나다에 온 진은 단골 커피숍 바리스타였다. 진이 처음 주문을 받으며 이름을 물어보았다. 규는 규 대신 큐라고 대답했고 진은 종이컵에 'Kyu'라고 적었다. 그을린 얼굴, 보라색으로 물들인 머리카락에 테가 두꺼운 검은 안경을 쓴 진도 한국 사람처럼 보이지 않았다. "어머, 쏘리!" 진이 바닐라시럽 오트밀 라테를 규 쪽으로 밀며 거품을 조금 쏟았을 때 짧은 한국말을 했다. "괜찮아요." 규도 한국말로 대답했다. 둘은 서로 민망해서 실없이 웃었다. 워킹홀리데이를 왔는데 워킹만 하고 홀리데이는 못 가졌다는 진을 포르쉐에 태울 때만 해도 데이트라고 생각하지 않았다. 데이트라는 걸 해보긴 했나. 서른 초반까지는 가끔 친구들이랑 어울려 여자를 만나기도 했다. 오이스터바에서 하나에 삼 불짜리 굴을 삼백 불어치나 사준 여자는 얼굴도 기억나지 않았다. 클럽에서 만난 낯선 여자와 하룻밤을 보내기도 하고,

때론 지나치게 해석하고 공도 들였지만 어느 것도 연애에 이르진 못했다. 물론 그것도 다 오래전 일이었다. 이제 규에게 연애는 떠올리기만 해도 어색한 무엇이 되었다.

"오로라 때문에요."

진은 오로라가 보고 싶어 캐나다를 선택했지만 이곳에 도착하기 전까지 오로라를 보려면 세 시간은 더 비행기를 타고 북쪽으로 가야 한다는 사실을 몰랐다고 했다. 그런데 이곳에 왔더니 오로라가 문제가 아니라 먹고사는 게 더 큰일이더라는 말도 덧붙였다.

"오로라를 꼭 닮은 야경은 어때요?"

생각지도 못한 말이 툭 튀어나왔다. 어둡고 꼬불꼬불한 산길을 타고 한참을 올라갔다. 아무도 없을 거라 생각한 산 위 주차장에는 먼저 온 차들이 도시의 밤을 향해 여러 대 서 있었다.

"자세히 보면 초록빛이 보일 거예요."

규는 호수에 비친 불빛을 가리키며 그런 말도 했다. 어휴, 정말 부끄러움은 나의 몫이었지. 진은 아직도 종종 그 말투를 흉내 내며 진짜 닭살이 돋은 것처럼 팔을 쓸어냈다. 제발 그만. 그럴 때마다 규는 귀를 막고 고개를 흔들었다. 하지만 규와 진은 그날 산 위에서 밤을 지새웠다. 바다 너머로 해가 떠오르는 것을 함께 보았다. 뭐였을까. 그날 규는 오래 고였던 혼잣말을 쏟아내듯 말이 많았다. 진의 말은 평생 건드려지지 않던 규의 깊은 근육에 닿았다. 낡은 코롤라를 길가에 버려두고 바다로 뛰어들었던 이야기 때문이었을까. 머리까지 바닷물 속으로 밀어 넣고 검은 바닥을 기어 다녔던 이야기를 했을 때였나. 규가 얼마나 포르쉐의 가죽 냄새를 좋아하는지 말했을 때였나. 진이 규의 입술에 키스를 했다. 취향을 가진 당신은 소중해. 진이 하나씩 하나씩 꺼지는 도시의 불빛을 바라보며 말했다.

"헤이, 큐! 작업한 박스 냉동실로 옮겨야 해."
반죽을 제때 기계로 넣지 못해 공백이 생기자 슈퍼바이저는 특단의 조치를 취한다. 한 시간 만에 세번째 파트로 옮기는 거다. 냉동실이라면 냉동 창고 아닌가. 그만둬야 할까. 규는 잠시 갈등한다. 쉽게 대답하지 못하고 머뭇거린다. 규는 얼마 전 응급실에 실려 갔다. 엘사에게 우유를 먹이다 갑자기 팔이 축 처졌다. 우유는 바닥으로 흘렀고 우유병을 잡아야 한다고 생각했지만 팔이 뻗어지지 않았다. 샤워를 하고 나오던 진이 알몸에 물을 뚝뚝 흘리며 911에 전화를 했다. 진이 흘린 물 때문에 엘사가 미끄러질지도 모른다고 규가 말했던가. 규의 말이 늘어진 테이프 같았다고 진이 엘사를 안고 울먹였다. 몸이 말을 듣지 않았지만 엘사의 눈빛이 선명하게 기억난다. 의사는 뇌졸중이라고 했다. 갓 마흔을 넘긴 나이에 뇌졸중이 왔다. 아버지도 뇌졸중으로 쓰러졌다. 어떤 것도 공유하고 싶지 않은 인간에게 그런 걸 물려받은 건가. 규는 그게 분했다.
"운이 좋은 편이에요. 많은 사람들은 자신의 몸에 이런 일이 일어났는지도 모르고 지나가거든요."

증세가 빨리 호전되어 그날 밤 늦게 퇴원했다. 원인을 찾으려면 몇 가지 검사가 더 필요하다고 의사는 말했지만 그리 심각하게 보지는 않았다.

규는 슈퍼바이저의 요구대로 냉동 창고로 포지션을 옮긴다. 하얀 유니폼 사이에서 슈퍼바이저의 형광빛 오렌지 슈트가 분주히 움직인다. 마치 용액을 섞는 막대 같다. 그녀는 노동자들을 다루는 솜씨가 노련하다. 간단명료하게 정보를 전달하는 능력이 있고, 거기에 힘을 실을 줄 안다. 상대를 해제시키거나 긴장시키기 위해 얼굴의 미세한 근육을 사용한다. 능숙한 영어 때문이 아니라, 그늘 없는 태도 때문에 그녀가 이 나라에서 태어났을 거라고 짐작한다. 세무서에도 저런 젊은이들이 많다. 유연하고 당당했다. 유연함과 당당함이 곧 실력이 되기도 했다. 아무리 애를 써도 규의 것이 되지 않는 것들. 승진 시험과 인터뷰에서 늘 결과가 나빴다. 일은 잘하지만 지도자가 되긴 힘들다고 보는 듯했다. 버티자. 그럴 때마다 규는 독하게 사는 것보다 안전하게 사는 게 더 낫다고 스스로 설득했다.

"그리 독한 인간이다. 그 인간이."

어머니는 자주 술에 취했다. 술에 취하면 아버지가 던진 재떨이에 맞아 부러졌고, 어긋나게 붙어버린 쇄골을 보여주겠다며 옷을 벗었다. 규의 눈에는 쇄골보다 늘어진 젖가슴이 먼저 들어왔다. 어머니는 아버지가 얼마나 나쁜 인간인지 규가 꼭 알아주기 바랐고 동시에 아버지를 미워하지 않기 바랐고, 무엇보다 버림받지 않기 위해 규가 좀 더 애써주기 바랐다.

"무슨 일 있니?"

전화를 하거나 찾아가면 아버지의 첫마디는 언제나 같았다. 친구에게 쥐어 터졌거나, 수학 올림피아드 반에 뽑혀갔거나, 졸업식에서 답사를 하게 되었다는 소식은 아버지의 말 앞에서 급히 쪼그라들어 사소해졌다. 규도 쪼그라들어 사소해졌다. 규가 중학생이 되었을 때 아버지는 딸 같은 여자와 딸을 낳았다. 아들이 아니라서 다행이라고 안도하던 어머니는 술을 마시고 천변에 내려가다가 철제 계단에서 굴렀다. 들것에 실린 어머니의 얼굴은 온통 피투성이였다. 규는 아버지의 부재보다 어머니의 부족함이 더 원망스러웠다.

아버지는 매달 양육비를 꼬박꼬박 보내는 사람이었다. 그때문에 아버지가 규를 완전히 떠나지는 않았다고 생각했다. K대학교 경제학과에 입학한 후 아버지의 태도는 돌변했다. 마치 지난 시간의 무심함이 긴 시험이었다는 듯이 어색하고 다정해졌다. 그것은 늘 무심한 것보다 더 나빴다.

"이민을 가면 군대 안 가도 돼. 다시 대학 공부를 시작해도 네 친구들보다 훨씬 빠른 거야."

한 학기를 다녔을 때 아버지는 막걸리를 잔에 채워주며 함께 캐나다로 가자고 규를 설득했다. 모둠전의 제일 가운데 위치한 육전을 규의 접시에 올려주며 사랑을 증명했다. 고기는 얇고 밀가루 옷은 두꺼웠다.

"아버지가 가버리고 나면 너는 낙동강 오리알이 되는 거야. 가길 잘하는 거다. 눈에서 안 보이면 자식이라도 별수 없다. 너."

공항까지 운전을 해주던 어머니의 새 애인은 아버지보다 열 살은 더 많아 보였다.

이민 가방 두 개를 밀고 공항 밖으로 나오니 아버지가 눈이 유난히 크고 볼이 통통한 아이의 손을 잡고 기다리고 있었다. 아버지와 꼭 닮은 아이를 보는 일은 신기했다. 규는 금세 은수가 좋아졌다. 일을 시작하고 첫번째 월급을 탔을 때 규는 신데렐라와 마차를 은수의 선물로 샀다. 똑똑. 은수는 자주 규의 방을 두드렸다. 규의 침대에 드러누워 다리를 벽에 붙이고 낯선 서양 이름을 들먹이며 학교에서 있었던 일을 시시콜콜 말하곤 했다.

포장 파트에서 2.5킬로그램 여섯 개의 만두 봉지를 넣은 박스에 테이핑을 하면 팀은 그것을 던지듯 규에게 밀어준다. 규는 15킬로그램의 박스를 놓치지 않기 위해 배에 힘을 잔뜩 준다. 포크리프트가 작업하기 쉽게 팔레트 위에 박스를 차곡차곡 쌓는다. 의사는 어떤 운동도 괜찮다고 말했지만 규는 자신의 몸 상태에 노동이 너무 무리가 아닌가 걱정된다. 팀은 힘든 내색 없이 부지런히 움직인다. 팀은 얼핏 봐도 육십은 훨씬 넘어 보인다. 목과 가슴팍의 검게 그을린 피부가 유난히 쪼글쪼글하다. 하지만 골격은 건장하다. 소매를 대강 걷어붙인 오른팔에는 곱슬머리에 플레어스커트가 팔랑이는 여자가 새겨져 있다. 그림은 조잡하고 색은 바랬다. 규는 그 문신 때문에 홈리스 텐트촌에서 빨래를 걷고 있던 그를 기억한다. 거기서 너를 봤다는 말을 하려다가 만다. 그 말을 하면 포르쉐에 앉아 있던 규가 딸려 나와야 할 것 같아서다.

두 시간을 일하고 십오 분의 휴식 시간이 주어진다. 규는 포르쉐가 안전한지 보기 위해 주차장으로 달려간다. 언제 나왔는지 팀이 가로등 아래에서 담배를 피우고 있다.

"여자 친구예요?"

눈짓으로 문신의 여자를 가리키며 묻는다.

"죽었어, 오래전에."

규는 이내 민망해진다. 그러나 열을 내고 일을 해서인지 밤공기가 시원하다. 나란히 서보니 팀의 키는 규보다 한 뼘이나 더 크다. 팀은 오랫동안 건장했을 것이다. 그의 늙은 몸피에는 젊은 시절의 몸이 지도처럼 새겨져 있다. 아버지의 늙은 몸도 그랬다. 쫓겨나다시피 집을 나온 후 서너 번 더 아버지를 본 적이 있었다. 마지막으로 보았을 때 아버지의 몸피는 반으로 줄어들고 등은 굽었지만 한눈에 알아보았다. 한국 슈퍼에서 석 단에 일 불짜리 파를 고르던 아버지, 아시안 푸드 코트에서 몸을 꾸부정하게 숙이고 혼자 음식을 먹는 아버지를 본 적도 있었다.

새벽 두시다. 공장 일이 끝났다. 규는 사람들을 제치고 주차장으로 뛰어가 차를 빼낸다. 강 근처라 그런지 물안개가 자욱하다. 가로등 아래 차를 주차하고, 엎어진 아이를 일으켜 세워 살피듯 어디 상한 데가 없나 포르쉐를 돌아본다. '엘사 이제 잠듦. 힘들면 그냥 와.' 애플워치에 진의 문자가 뜬다. 엘사는 자정을 넘겨서야 잠든 모양이다. 밤낮이 바뀐 엘사. 귀여운 엘사. 규는 엷게 미소를 짓는다. 요즘은 밤마다 전쟁이다. 목조 아파트라 깊은 밤에도 아이의 울음소리가 복도까지 쩌렁쩌렁 울린다. 누가 컴플레인이라도 할까 봐 진은 전전긍긍한다. 콘크리트 건물은 좀 나을까. 진은 혼잣말처럼 말한다. 그럴 때마다 규는 포르쉐를 생각한다. 팔아야 할까. 이렇게 쉽게? 그것뿐이다. 고민은 더 이상 앞으로 나아가지 못한다.

"헤이, 큐. 바이!"

공장에서 빠져나온 사람들이 지나가며 알은척을 한다.

"내일도 올 거야?"

팀이 지나가며 묻는다. 포르쉐를 타는 네가 왜 여기에 왔냐고 묻지 않는 것이 규는 고맙다. 포르쉐는 일상을 포즈로 만든다. 아무도 말하지 않아도 규는 그것을 느끼고, 그래서 난감하다.

스무 살에 처음 본 포르쉐911은 5세대였다. 빨간 포르쉐 911 카레라에서 내린 아랍계의 남자는 마요네즈 대신 겨자를, 체다 대신 스위스 치즈를, 상추 대신 오이를 넣고 토마토는 두 겹으로 깔아달라며 까다로운 클럽샌드위치를 주문했다. 그러거나 말거나 팁을 두둑이 주었으므로 주인아저씨는 불만이 없었다. 포르쉐는 아름다운 차였다. 규가 전해주는 샌드위치 백을 남자는 긴 손가락 몇 개만을 사용해서 받아 들었다. 규는 그가 문을 열고 나가 차에 오르고, 시동을 걸고, 부드럽지만 강력한 엔진 소리를 내며 주차장을 빠져나가는 것을 지켜보곤 했다. 포르쉐 나인원원이라는 차군요. 규는 작은 소리로 말했다.

"나인일레븐이야. 나인원원은 앰뷸런스지."

주인아저씨가 스스로의 농담에 감동한 듯 큰 소리로 웃었다. 규는 그 주말에 시내로 나가 포르쉐911 브로마이드를 샀다. 책상 위에 붙여놓으니 방이 그럴듯해졌다. 꼴에 사내라고. 아버지는 코웃음을 쳤다. 정신과 의사가 선물한 색연필로 처음 그린 건 포르쉐911, 7세대였다. 아버지 집의 지하방에서 지금의 임대아파트로 이사를 한 후에 그는 매일 밤 그림을 그렸다.

규의 방 사방 벽은 포르쉐의 그림으로 채워졌다. 자고 일어나면 회사에 가고, 사람들을 추궁해서 세금 도둑을 잡아내고, 밥을 먹고, 또 일을 했지만 한 번도 그게 삶이라고 생각하지 않았다. 그렇게 살다 보면 삶에 도달할 것이라고 믿었다. 떠나왔지만 어떤 곳에도 도착하지 않았다고 느껴지는 밤이면 바퀴 틈새의 명암까지 상세히 새겨 넣었다. 아무것도 사랑하지 않기 위해 포르쉐를 그렸다. 자동차 그림은 점점 더 치밀해졌다. 포르쉐는 규의 차가 되었다. 그러는 동안 규는 무엇도 그리워하지 않는 사람이 되어갔다.

2019년 포르쉐911의 8세대가 나오고 7세대가 단종된다는 소식을 들었다. 규는 초조해서 잠들 수가 없었다. 막연히 품은 꿈에 이토록 단호한 유통기한이 있다는 생각은 하지 못했다. 상실감은 당혹스러웠다. 그 당혹감은 덮어두었던 많은 것들을 부주의하게 건드렸다. 마흔의 생일을 앞두고 있었다. 생각이 멈춰지지 않았다. 아버지에 대한 원망과 자신의 선택에 대한 환멸과 여태도 그런 생각에서 벗어나지 못했다는 자괴가 뒤엉켜 밤도 낮도 엉망이었다. 캐나다로 온 스물과 대학을 졸업하던 스물일곱, 세무공무원이 된 서른둘과 어머니를 묻고 돌아온 서른다섯. 가까스로 하나씩 매듭을 지어온 시간들이 엷은 막처럼 뭉개졌다. 꼬박 스무 해였다. 한 번도 찬란해져보지 못하고 이렇게 시간이 흘렀다. 딱 한 번이면 족할 듯했다. 그런 생각이 들자 포르쉐를 사는 것은 앞날을 향해 걸어가기 위해 거대한 문을 닫고 또 다른 문을 여는 것처럼 필연적으로 느껴졌다.

　마흔의 생일을 사흘 앞두고 차를 받기로 했다. 딜러가 차를 몰고 캘거리에서부터 열두 시간을 달려왔다. 약속 시간 두 시간 전부터 몰의 커피숍 앞에서 서성였다. 이런 걸 꿈이라 불러도 될까. 그렇다면 꿈이 이루어지는 순간에 어떤 마음이어야 하는 걸까. 그게 완벽한 기쁨이 아닌 것이 의아했다. 포르쉐가 멀리서 다가왔다. 저토록 아름다운 것을 오롯이 혼자 보는 건 조금 슬펐다. 아무도 부러워해주지 않는 삶은 아무것도 부럽지 않은 삶보다 더 불행하다. 왼손을 뻗어 왼쪽에 위치한

열쇠 구멍에 열쇠를 찔러 넣었다. 오른손으로 잡아. 어머니는 밥 먹던 숟가락으로 규의 손등을 툭툭 쳤다. 도대체 누굴 닮았냐. 아버지는 왼손잡이 규를 의심했다. 포르쉐의 열쇠 구멍은 왼손잡이 규에게는 완벽한 위치에 있었다. 오랫동안 오른쪽 구멍에 닿기 위해서 몸을 기울이고 비틀고 더듬었던 시간들이 규의 등 뒤로 지나가고 있었다.

다리 아래는 짙은 안개가 고여 있다. 빅터 아일랜드는 마치 물속에 잠겨 있는 듯하다. 만두공장의 불빛도 안개에 풀어지듯 번져 있다. 지친 몸과는 달리 정신은 지나치게 말짱하다. 긴장이 풀리니 배도 고파진다. 예전에 일하던 편의점이 근처에 있다는 것을 기억해낸다. 오랜만에 샌드위치나 먹어볼까. 규는 집과 반대 방향으로 차를 돌린다. 도로는 한적하다. 차가 거의 없다. 근무 교대하는 이들로 왁자한 공장을 방금 빠져나온 터라 도로의 적막은 다른 세계로 뚝 떨어진 것처럼 낯설다.

모두 어디로 간 것인가. 동력이 끊어진 글라이더의 적막이 이런 걸까. 한 마을이 타버리거나 물속에 잠겨도 자신만 모를 것 같은 느낌에 등줄기가 서늘하다. 어떤 예감. 분열적인 예감. 분명 잠이 들었는데 어느 순간 잠 밖으로 나와 골몰히 뭔가를 생각하고 있는 밤이면 느낌은 강력한 예감이 되어 규를 사로잡았다. 간혹 분열적인 예감에서 끝나지 않을 때도 있었다. 포르쉐를 산 바로 그날 아버지가 죽었다는 것을 일 년이 지나서야 우연히 알게 되었을 때도 그랬다. 아, 아버지. 아버지는 죽음마저 폭력적이었다.

비닐에 쌓인 몬트리얼 스모크트 샌드위치를 뜯자 스모크 향과 겨자 향이 확 풍긴다. 이게 이리 냄새가 강했나. 편의점 일을 할 때, 폐기 처분해야 할 샌드위치에서 이걸 보면 얼른 호주머니에 숨겨두고 머곤 했다. 스모크가 입혀진 풍부한 육향을 어린 규는 좋아했다.

규는 입을 크게 벌려 한입 베어 문다. 고기는 차갑고 빵은 딱딱하고 겨자는 쓰다. 냉장고에 너무 오래 있었나. 슬러시를 쭈욱 빨아 쓴맛을 지운다. 차 안은 샌드위치 냄새로 가득 찬다. 포르쉐의 날 선 가죽 냄새는 더 이상 없다. 규가 그토록 사랑했던 포르쉐의 냄새. 냄새를 오염시키지 않기 위해 차 안에서는 어떤 것도 먹지 않았다. 차 안에서 샌드위치를 먹는 건 상상하지 못했다. 포르쉐는 그런 걸 하는 차가 아니라고 믿었다. 하지만 배고파서 우는 엘사에게 우유를 먹이는 진을 규는 말리지 못했다. 아니 그 순간은 포르쉐의 냄새라는 것이 말도 안 되게 하찮게 느껴졌다.

집으로 가는 길은 빅터 브릿지 대신 프린스 브리지를 택한다. 다리의 완강한 쇠줄 사이로 검푸른 산의 능선이 보인다. 그사이 어둠은 정점을 찍고 미세하게 밝아졌다. 멀리 보이는 마천루가 성냥갑처럼 사소하다. 한가한 도로지만 속력을 높이지 않는다. 규의 뒤편에서 경고등을 켠 경찰이 전속력으로 달려 규를 앞지른다. 그날 아버지는 수갑을 차고 경찰차에 실려 갔다. 술에 취해 골프채를 휘둘렀던 날이었다. 규의 머리 왼편이 찢어져 피가 흘렀다. 규는 경찰이 부른 앰뷸런스에 실려 병원으로 갔다. 돌아오니 은수는 방문을 닫아걸고 나오지 않았고 은수 엄마는 규의 가방과 옷가지를 이층에서 밖으로 던져버렸다. 911에 신고를 한 것은 규가 아니었지만 아무도 믿지 않았다. 은수였을까. 'I did it'이라는 문자는 졸업을 했다는 의미가 아니라 그날 신고를 한 것이 자신이었다는 말이었을까.

포르쉐의 곡선과 다리의 곡선이 하나의 선으로 만났을 때 규는 가속페달을 꾹 밟는다. 페달의 저항이 묵직하게 몸으로 전해진다. 기어를 6단, 7단으로 높인다. 차는 능선의 꼭짓점을 향해 날 듯이 돌진한다. 등이 의자에 기분 좋게 부딪힌다. 다리의 능선 끝에 산이 보이지만 저 능선을 넘어도 산에 닿을 수 없다는 것을 규는 안다. 그걸 안다는 것이 규는 다행스럽다. 다리의 끝에 다다르니 길은 여러 갈래로 갈라진다. 규는 짧은 순간 혼란스러웠지만 다행히 브레이크를 밟고 집으로 가는 P턴에 오른다. 98번 고속도로를 벗어나니 속이 참을 수 없이 울렁거린다. 급히 먹은 샌드위치가 탈이 났을까. 규는 갓길에 차를 세운다. 문을 열고 고개를 내밀자 시큼한 것들이 쏟아져 나온다. 토하면서 안전벨트를 풀었지만 이미 늦었다. 토사물이 차 여기저기 튀었다. 규는 차에서 내려 하늘을 보며 막 권투시합을 끝낸 선수처럼 가쁜 숨을 몰아쉰다.

"에구, 달걀 한 판이나 들어갈까 몰라."

포르쉐의 트렁크를 열자, 그걸 처음 보았을 때 진이 했던 말이 떠오른다. 트렁크가 작은 것은 차가 작은 것보다 더 치명적이야. 진이 그런 말도 했다. 기저귀와 오리 뿍뿍이 사이에서 물휴지를 찾아낸다. 핸들과 의자와 대시보드를 닦는다. 앞 유리와 옆 유리도 닦는다. 마지막으로 바지에 튄 토사물을 닦는다. 냄새가 역겨웠지만 속은 한결 편해진다. 의자를 뒤로 젖히고 눈을 감는다. 달짝지근한 분유 냄새와 이제 막 이유식을 시작한 엘사의 유기농 쌀과자 냄새와 진의 조말론 향수 냄새와 티셔츠를 적시며 줄줄 흐르던 진의 시큼한 젖 냄새가 차 안에 고루 섞여 있다. 규를 향해 달려들던 만두와 홈리스 텐트 옆 남자와 남자의 개와 팀의 팔뚝에 새겨진 여자와 배를 살살 긁어주면 까르륵 숨이 넘어갈 듯 웃는 엘사와 질주하는 포르쉐가 유성처럼 눈 속에서 떨어져 내린다. 규는 눈을 짜내기라도 하듯 질끈 감는다. 감긴 눈 속이 검어졌다 붉어졌다 푸른빛이 돈다. 피곤해서인지 규는 그것이 오로라의 빛과 닮았다고 생각한다. 한 번도 본 적이 없는 오로라를.

작가노트

남자가 없는 집에서 자랐다. 아버지는 일찍 죽었고 오빠들은 각자의 가정으로 가버렸다. 마흔에 과부가 된 어머니는 함께 사는 네 딸 대신에 죽은 남자를 원망하고 오지 않는 아들을 그리워하며 평생을 보냈다. 어머니의 생은 남자의 유령에서 한시도 벗어나지 못했다. 나의 생은 그런 어머니의 생과 좀체 유리되지 못했다. 나는 남자를 모른 채 남자가 없는 여자들에 둘러싸여 자랐다.

세상에 남자 없는 이야기가 어디 있을라구, 화끈한 연애 소설이나 써야지. 남성 서사를 써보자 했을 때 재밌겠다며 맞장구쳤던 걸 이 소설을 쓰는 내내 후회했다. 나의 대부분의 성장 과정 속에서 남자는 부재했고 남겨진 여자는 불행했다. 그러니 나는 남자를 몰랐다. 평범한 남자와 결혼하고 아들을 낳아 갓난쟁이가 성인이 될 때까지 키웠지만 여전히 나는 남자를 알 수 없었다. 도대체 남성 서사라는 게 뭐란 말인가.

산문집을 내느라 두 달을 한국에 머물다 어제 돌아왔다. 돌아오자마자 마감이 지난 작가노트를 쓰려고 노트북 컴퓨터를 열었다. 집이 캐나다에 있으니 돌아온다는 표현을 쓰긴 하지만, 비행기를 타기 전 친구들에게 보낸 작별 문자에는 곧 한국으로 돌아오겠다, 고 썼다. 언제부턴가 어디가 나의 원점인지 헷갈린다. 어디로 가는 게 돌아오는 건지 모르겠다. 이젠 돌아온다는 표현을 쓸 때면 모르는 문제를 받아 든 것처럼 잠시 골똘해진다. 골똘해질수록 더 미궁이다.

모국어가 없는 곳에서 그것의 부재를 써온 시간이 길었다. 부재는 존재를 증명한다 했던가. 그건 끊임없이 모국과 모국어를 생각하는 시간이었다. 남자 이야기를 쓰는 동안 나는 남자 없는 여자들의 삶을 더 오래 생각했다. 남자의 부재는 여자의 불행으로 존재를 증명하고 있었을까. 내가 보고 겪은 삶은 얼마간 그랬다. 하지만 두어 달 남자 이야기를 쓰고 나니 그런 생각이 든다. 모국과 이국. 남자와 여자. 어쩌면 중요한 건 그게 아닌지도 모르겠다. 이야기의 마침표를 찍고 나니, 원점이 어딘지 더 모르겠다. 그래서 남자 이야기가 아니라 그냥 사람 사는 이야기가 되어버린 것도 같다.

부희령 / 콘도르는 날아가고

2001년 『경향신문』 신춘문예에 당선되며 작품 활동 시작. 소설집 『꽃』,
청소년 소설 『고양이 소녀』, 산문집 『무정에세이』가 있다.

이틀에 한 번쯤은 집에 들르던 아버지가 한 달 내내 소식이 없자, 어머니는 유리로 된 두 짝짜리 미닫이 현관문에 방범문을 덧달았다. 레일에 붙어 있는 X자형 연결 쇠가 접혔다 펴졌다 하면서 열리거나 닫히는 덧문이었다. 그 문을 어머니는 자바라라고 불렀다. 현관뿐 아니라 아래위층에 있는 창문마다 자바라가 설치되었다. 담장 위에는 위풍당당한 쇠창살이 빙 둘러 박혔다.

　어머니는 밤마다 이층에 있는 안방에서 아래층을 향해 소리쳤다. "현관 자바라 닫았니?" 그러면 방에서 우리와 함께 텔레비전을 보고 있던 윤자 언니가 튀어 나가 자바라를 닫고 자물쇠를 채웠다. 묵직한 미제 자물쇠였다. 어머니는 여자들만 있는 집이라 밤에 문단속을 잘해야 한다고 노래를 불렀다. 도둑들은 그런 집을 귀신같이 알아차린다는 것이다. 그럼 아버지는 이제 집에 영영 안 오나. 나는 의아했다. 아버지가 없으면 돈은 누가 벌어오지.

아버지가 집에 아예 발길을 끊은 것은 어머니가 돈을 찢은 바로 다음 날부터였다. 전날 아버지는 통행금지 시간이 다 되어서 집에 돌아왔다. 이틀인가 사흘 만에 온 거였다. 늦은 시간이었음에도 어머니의 목소리가 다른 때보다 높았고, 급기야는 비명을 질러댔다. "아이고, 이제는 사람을 치네. 그래 나를 죽여라, 죽여!" 바람피우는 남편이 나오는 일일연속극을 틀어놓은 것인가 헷갈릴 정도였다. 평소에도 날카로운 편인 어머니 목소리가 불안할 정도로 격앙되자, 윤자 언니와 나는 계단 중간까지 살금살금 올라가보았다. 거실을 사이에 두고 안방과 마주 보고 있는 방에서도 첫째 언니와 둘째 언니가 밖으로 나오는 기척이 들렸다. 쿵, 하는 심상치 않은 소리가 들렸을 때, 네 사람 모두 열려 있는 안방 방문 앞으로 모여들었다.

어머니가 바닥에 널브러져 있었다. "이런 집구석에 들어오고 싶겠냐고. 에이, 쌍." 아버지가 욕설을 내뱉으며 어머니의 배 위에 돈다발을 던졌다. 대자로 누워 가쁜 숨을 몰아쉬던 어머니가 흐느적거리면서 일어나더니 돈다발을 움켜쥐었다. 처음에는 어머니가 돈을 세어보려는 건가 했다. 그게 아니었다. 종이 끈을 풀고 돈을 찢기 시작했다. 어머니도 생각이 있으니, 수습이 안 될 정도로 조각조각 찢은 건 아니었다. 정확하게 반으로 찢긴 만 원짜리 지폐가 방바닥에 수북이 쌓였다.

첫째 언니가 방으로 들어가 어머니를 말리는 사이에, 윤자 언니가 찢어진 돈을 모아서 갖고 나왔다. 어머니를 침대 위에 눕히고 언니는 방문을 닫고 나왔다. 우리는 이층 거실에 모여 찢어진 지폐의 짝을 일일이 찾았고, 그것을 잘 맞춰 투명 테이프로 붙였다. 문이 닫힌 안방에서 어머니의 흐느끼는 소리가 간혹 흘러나올 뿐 더 이상 소란은 없었다.

"돈을 왜 찢지. 이렇게 찢어진 돈을 쓸 수 있을까."

둘째 언니가 낮은 목소리로 중얼거렸다.

"엄마가 저렇게 난리를 치니까 아빠가 집에 들어오기 싫은 거야."

첫째 언니가 손등으로 눈물을 훔치며 울먹였다. 내 생각은 달랐다. 아버지는 아들이 없어 마음 붙일 구석이 없다며 늘 투덜거렸다. 그러니까 집안에 딸들만 득실거리는 게 싫은 것이다. 언니들은 그나마 첫번째와 두번째로 태어난 딸이라 거기까지 생각이 미치지 못한다. 아버지는 네번째 딸로 태어난 동생을 가장 나쁜 잘못으로 생각하겠지. 가장 나쁜 잘못을 아슬아슬하게 피해 갔지만 아마도 세번째 딸인 나 또한 잘못이라 여길 것이다. 그래서 나도 아버지를 '잘못'이라고 생각하기로 했다. 어머니가 우리 네 자매에게 미제 새알 초콜릿의 개수를 세어 똑같이 나눠주면서 늘 말하는 것처럼, "그래야 공평하다."

아버지가 어머니에게 돈을 던지는 장면은 텔레비전 연속극보다 더 혼을 쏙 빼는 구경거리였다. 방바닥에 널브러져 몸부

림치는 어머니의 배 위로 두툼한 돈다발이 몇 뭉치 떨어졌다. 몸 위에 돈다발을 얹고 있으니 어머니는 사람이 아니라 개구리나 바퀴벌레처럼 보였다. 나는 똑똑히 기억해두었다. 사람을 사람 아닌 것처럼 보이게 하는 방법. 누워 있는 사람 위로 무엇인가를 던진다. 돈은 던지지 않는 게 좋다. 누워 있던 사람이 벌떡 일어나 모두 찢을 수도 있다.

이런 것도 불행인가. 찢어진 돈을 붙이다가 퍼뜩 떠오른 생각이었다. 그 무렵 나는 윤자 언니가 읽는 『별들의 고향』이나 『갈 수 없는 나라』를 뒤적이곤 했고, 그 속에서 발견한 불행이라는 단어에 꽂혀 있었다. 불행이란 무엇인가. 연탄가스처럼 슬그머니 주위에 똬리를 틀기 시작하는 것이다. 아버지가 갑자기 죽어버리고 우연히 만난 남자와 사랑에 빠지게 되면, 혹은 조심성 없이 새벽이나 밤길을 홀로 걷다 보면, 여자들은 덫에 걸린 쥐처럼 불행에 사로잡혀 헤어나지 못하게 된다. 결국 술에 취해 맨발로 눈길을 헤매다가 쓰러져 얼어 죽거나 얼음처럼 차가운 호수에 몸을 던지는 일이 벌어진다. 소설책을 덮을 때마다 나는 절대로 사랑에 빠지지 않을 것이고 어두운 길을 혼자 걷는 어리석은 짓을 저지르지 않겠다고 다짐했다.

어떤 일을 하지 않겠다고 굳게 다짐할수록 이상하게도 그 생각이 머릿속에서 떠나지 않게 마련이다. 그리하여 담장 위로 올라가 쇠창살에 매달려 있다가 그 애와 눈이 마주친 순간에도 바로 그 생각을 떠올리고 말았다. 절대로 사랑에 빠지지 않겠다는 생각을.

그날은 아침부터 윤자 언니가 고래고래 고함을 질러댔다. "일어나! 빨리! 늦었어!" 알고 보니 윤자 언니가 늦잠을 잤다. 그것은 곧 온 집안 식구의 하루 일정이 늦춰진다는 의미다. 고등학생 중학생인 두 언니는 아침밥을 생략하고 도시락만 챙겨서 황급히 나갔다. 나는 윤자 언니의 고함을 못 들은 척하며 이불을 얼굴까지 뒤집어쓰고 있었다. 윤자 언니가 이불을 잡아챘으나 나는 도로 이불을 당겨 몸에 둘둘 말았다. 어머니가 이층에서 내려와 히스테리 폭발을 일으키기 전까지 윤자 언니와 나는 이불로 줄다리기를 하고 있었다. 밥을 먹고 나니 아침 자습 시간이 시작될 무렵이었다. 도시락을 챙겨서 허둥지둥 버스 정류장을 향해 걸어갈 때부터 뭔가 찜찜했다. 그때까지만 해도 찜찜함의 정체를 분명히 알 수 없었다. 이미 1교시 수업이 시작되어 아무도 없는 학교 운동장을 가로지르다가 깨달았다. 집 앞 구멍가게에 갈 때나 끌고 다니는 분홍색 쓰레빠를 신고 있다는 사실을.

교실로 그냥 들어갈 것인가, 집에 가서 신발을 갈아 신고 올 것인가. 잠시 망설이다가 몸을 돌려 집으로 향했다. 처음에는 신발만 갈아 신고 돌아갈 생각이었다. 하지만 생각이 바뀌었다. 버스 정류장이 아니라 집을 향해 걷기 시작했다. 세 정거장밖에 안 되는 거리였다. 학교에 돌아가지 않아야 할 이유는 얼마든지 있었다. 아버지가 사라진 뒤 어머니는 학기 초에는 반드시 촌지를 들고 담임에게 인사를 와야 한다는 학부모의 의무를 잊고 있었다. 덕분에 나는 담임으로부터 적잖이

구박과 수모를 당하고 있는 터였다. 쓰레빠를 끌고 학교에 오는 바람에 다시 집에 갔다 왔다고 말해도 담임은 믿지 않을 것이다. 귀를 잡아당기거나 막대기로 손바닥을 때릴지도 모른다. 차라리 하루 결석하고 난 뒤 아파서 학교에 못 왔다고 말하는 게 낫다. 어떤 어른들은 거짓말을 더 좋아한다. 문제는 집에 있을지도 모를 학부모인데 요즘 연쇄 폭발 중이라 이 시간에 집에 돌아온 나를 보면 다시 노발대발할 것이다. 나는 몰래 집에 들어가 옥상에 올라가 있든가 계단 밑 다락에 숨든가 해야겠다고 마음먹었다.

우리 동네는 깊은 V자형 골짜기의 양옆 산비탈에 집이 드문드문 들어서면서 주택가가 만들어진 곳이었다. 동네 한가운데에 간신히 차 두 대가 스쳐 지나갈 넓이의 시멘트 도로가 가파른 언덕으로 뻗어 있었다. 도로는 아마도 사람이 모여들어 살기 전에는 개울이었을 것이다. 비가 많이 오면 길 위로 물이 흐르곤 했으니까. 우리 집은 도로의 오른쪽 산비탈에 서 있었다. 비스듬한 땅 위에 집을 지은 탓에 대문이 있는 쪽 담장은 여느 담장만큼 높지만, 산과 맞붙어 있는 집 뒤편 담장은 낮았다. 쇠창살을 박기 전만 해도 나의 가슴 높이밖에 되지 않았다. 나는 열두 살치고는 키가 큰 편이었다. 슬라브 형태의 옥상과 담장 사이의 거리는 어른 걸음걸이로 한 걸음 정도밖에 되지 않았다. 뒷산에 올라가서 놀다가 다시 산길을 빙 둘러 내려오기 귀찮을 때, 나는 집 뒤편 담장 위로 올라가 옥상으로 건너뛰어 집에 들어가곤 했다.

쓰레빠를 끌고 뒷산에 오를 때만 해도 집에 몰래 들어갈 일을 별로 걱정하지 않았다. 막상 담장 앞에 서니 쇠창살의 존재가 새삼스럽게 다가왔다. 처음에는 장애물이라기보다는 붙잡고 올라갈 손잡이로 맞춤하게 보였다. 일단 비스듬히 기울어진 쇠창살에 들고 있던 책가방을 걸었다. 담장 위로 기어올라가려 애쓰다 보니, 사선으로 기울어진 쇠막대기의 뾰족한 끝이 정확하게 내 몸을 겨냥했다. 가까스로 쇠창살 사이의 공간으로 몸을 밀어 넣어 담장 위에 올라섰으나, 이번에는 똑바로 솟아 있는 쇠창살까지 위협적으로 느껴졌다. 서 있기도 위태로운 상태에서 허리 높이까지 솟아 있는 두 방향의 쇠창살을 동시에 넘어가야 했다.

나는 쇠창살을 가로지르는 두 개의 쇠막대 중 아래쪽에 올라가 간신히 중심을 잡으며 다리 한쪽을 들어 올렸다. 반대쪽으로 막 넘어가려는 순간, 들어 올린 발에 걸려 있던 쓰레빠 한 짝이 담장 밑으로 떨어졌다. 어쩔 수 없이 어중간한 상태에서 몸을 뒤로 돌려 아래를 내려다보았다. 그때 누군가가 산길로 올라오는 게 눈에 띄었다. 키가 훌쩍 커버려 짧아진 체크무늬 치마가 들려 있는 상태라 난감했다. 할 수 없이 서둘러 다리를 내려 쇠막대기에서 내려오려다가 중심을 잃고 몸이 쇠창살에 살짝 찔렸다. 아픔보다 피부를 뚫고 들어오는 차가운 쇠붙이의 느낌이 충격적이었다. 담장 근처까지 온 사람이 걸음을 멈추고 나를 바라보았다. 바로 그 애였다. 눈이 마주쳤다.

나는 곧장 아래로 떨어졌다. 담장이 워낙 낮아서, 떨어진
게 아니라 스스로 뛰어내린 것에 가까웠다. 치맛자락을 내리
며 허겁지겁 일어서는데 가슴 바로 아래쪽에 빨간 얼룩이 눈
에 띄었다. 하늘색 티셔츠 위로 피가 배어 나와 번지고 있었
다. 당황해서 그 애 쪽을 돌아보았다. 그때까지 멈춰 서서 나
를 바라보고 있던 그 애는 고개를 돌리더니 아무것도 보지 못
했다는 듯 앞으로 걸어가기 시작했다. 나보다 한두 뼘쯤 키가
컸으나, 빡빡머리가 아니었고 교복도 입지 않았다. 셔츠인지
점퍼인지 알 수 없는 허름한 옷을 입고 있는 모습이 국민학생
처럼 보이지도 않았다. 그저 소년이었다. 소년. 갑자기 가슴
께가 욱신거렸다. 허벅지 윗부분 어딘가에서도 통증이 느껴
졌다.

　쇠창살에 찔린 곳이 어딘지 살피고 있는데, 인기척이 났다.
흰색 와이셔츠를 입은 남자 어른이 어느 틈엔가 그 애가 서
있던 자리에 나타났다. 이상한 일이었다. 동네 아이들과 몰려
다니며 뒷산에서 놀 때 남자든 여자든 어른을 만난 적은 한
번도 없었다.

　"다쳤니?"

　"아뇨."

　남자가 검은 뿔테 안경을 고쳐 쓰면서 나를 향해 한두 걸음
가까이 다가왔다.

　"피가 나는데? 다친 거 같다."

　남자는 쇠창살에 걸려 있는 내 책가방을 흘낏 바라보더니

다시 물었다.

"담을 넘으려고 한 거니?"

"아…… 여기 우리 집인데요. 문이 잠겨서, 집에 아무도 없어서."

"응. 너희 집인 거 알아. 딸부잣집."

남자는 쇠창살에 걸려 있는 책가방을 몇 번 잡아당겨 쉽게 내리더니 나에게 건네주면서 말했다.

"우리 집에 가자. 쇠붙이에 찔린 상처는 소독해야 해. 파상 풍에 걸릴 수도 있어."

그 애가 걸어가는 모습이 저만치 앞에 보였다. 낯선 사람을 따라가면 안 된다는 생각과 어디 가서 시간을 보낼 곳이 필요하다는 생각이 엇갈리고 있었다. 한편으로는 그 애의 모습이 내 시야에서 사라질까 봐 초조하기도 했다. 소년은 어색하게 꼿꼿한 자세를 유지하면서 걸어갔다.

우리 집을 기준으로 뒷산이라고 부르고는 있었지만, 그곳은 울창한 숲이 펼쳐지거나 가파르고 험한 경사면이 있는 진짜 산은 아니었다. 군데군데 바위가 있고 그 사이로 잡목이 우거진 야트막한 언덕에 불과했다. 바위들 사이로 오솔길을 따라 올라가면 앵두나무 덤불이 있고, 허술한 철조망 울타리가 나타난다. 우거진 잡초 사이에 키 작은 나무들이 구부정한 가지를 어깨동무하듯 지지대에 의지하고 서 있다. 동네 아이들은 그곳이 포도밭이라고 했지만, 포도가 열린 것을 본 적은 없었다. 방치된 포도밭을 지나면 우리 동네를 이루는 언덕의 가장 높은 지점과 만나게 된다. 그러니까 동네의 중심을 가로지르는 시멘트 도로가 끝나는 곳이다. 동네 사람들이 돌집이라고 부르는 저택이 그 자리에 있었다. 그 집에는 대문도 마당도 없었다. 흔히 볼 수 있는 빨간 벽돌이나 페인트칠한 시멘트벽으로 마감한 집이 아니었다. 큼지막한 회백색 돌들을 높이 쌓아 올린 축대 위에 직사각형으로 한 치의 빈터도 없이 지은 집이었다.

남자는 축대의 정중앙에 길게 뻗은 돌계단을 성큼성큼 올라가 나무로 된 현관문 앞에 멈춰 섰다. 그리고 주머니에서 구릿빛 열쇠를 꺼냈다. 빛바랜 나무 문이 기분 나쁜 소리를 내면서 열렸다. 집안 공기는 싸늘하고 축축했다. 낯익은 냄새가 났다. 지하실에 들어가면 맡을 수 있는, 꼽등이와 그리마의 냄새였다. 남자는 나에게 소파에 앉으라고 했다. 상처를 소독해주겠다면서 어디론가 들어가서 소독약과 솜과 핀셋 같은 것들을 갖고 나왔다. 나는 괜찮다고 말했다. 괜찮다고, 괜찮다고, 괜찮다고, 이제 피가 멈췄으니 나중에 집에 가서 약을 바르면 된다고 다섯 번쯤 되풀이해서 말했다. 남자는 마침내 고개를 끄덕였다.

"주스라도 마시겠니?"

"아뇨. 괜찮아요."

대답은 그렇게 했지만, 남자가 오렌지 주스처럼 보이는 밝은 주황색 음료수가 담긴 유리컵을 내밀었을 때, 주저하지 않고 받았다. 주스에서는 예전에 어머니가 미제 물건 장수에게 받아 오던 탱가루 맛이 났다. 잇몸이 근질근질해지는 시큼하고 다디단 맛. 몇 년 전부터 우리 집에서는 유리병에 든 선키스트 오렌지 주스를 마셨다.

주스를 마시면서 나는 돌집 축대 바로 앞에서 소년이 어디로 사라진 건지 궁리해보았다. 내가 알기로는 우리 동네의 끝은 돌집이었다. 돌집 뒤로 가본 적은 없지만, 멀리서 보기에는 아이들이 감히 올라가볼 꿈도 못 꿀 높고 가파른 바위산이 그 뒤에 버티고 서 있었다. 나는 그 애가 축대 앞까지 걸어가는 모습을 분명히 보았다. 그러고 나서 감쪽같이 사라졌다. 도대체 어디로 간 것일까. 날아갔나? 남자에게 소년을 아는지 물어볼까 하다가 그만두었다. 남자애에게 관심이 있다는 것을 어른에게 노골적으로 드러내면 안 될 것 같았다.

"음악 들을까?"

"음악이요?"

남자는 소파 건너편에 놓인 책장 앞으로 걸어갔다. 책장에 가지런히 꽂혀 있는 것들은 책이 아니라 레코드판이었다. 전축과 스피커도 보였다. 남자는 전축 뚜껑을 열고 레코드판을 올려놓았다. 음악이 흐르기 시작했다.

"이거 오카리나 소리다. 맞죠?"

무슨 말이라도 해야 할 것 같아서 아는 척을 해보았다. 언젠가 『새소년』이라는 잡지의 부록으로 '천사의 소리가 나는 신비의 악기 오카리나'를 준다는 광고를 보았다. 어머니는 어린이 잡지를 한 달에 딱 한 권만 사줬는데, 그래서 우리 자매

들은 『새소년』을 살 것인가, 『소년중앙』을 살 것인가 말다툼을 벌이곤 했다. 하지만 그달에는 만장일치로 『새소년』을 샀다. 그렇게 얻게 된 오카리나는 아무리 애를 써도 소리가 나지 않았다. 그러니 진실을 말하자면 나는 오카리나 소리 같은 건 들어본 적도 없었다.

"오카리나? 저 노래 제목은 「엘 콘도르 파사」야."

"엘 콘도르 파사가 무슨 뜻이에요?"

"콘도르는 날아가고."

날아간다는 걸 보니 콘도르는 새 이름인 듯했다.

"'날아갔다'가 아니라 '날아가고'예요?"

남자는 아무 대답도 하지 않았다. 노래를 들으면서 나는 예전에 소년을 본 적이 있는지 기억을 더듬어보았다. 아무리 생각해봐도 처음 보는 얼굴이었다. 엘 콘도르 파사라는 낯선 말처럼.

쇠창살에 찔린 상처는 두 군데였다. 옷을 벗고 살펴보니 정확하게 동그란 작은 구멍이 가슴이 끝나고 배가 시작되는 부분, 그리고 배가 끝나고 허벅지가 시작되는 부분에 하나씩 뚫려 있었다. 다리 쪽 상처는 사선으로 뻗은 쇠창살에, 가슴 쪽 상처는 위로 솟은 쇠창살에 찔린 것 같았다. 삼지창에 꽂힌 개구리처럼 버둥거리는 내 모습을 그 애는 보았을 것이다. 상처에 캄비손 연고를 바르면서 그때의 상황을 되짚어보게 되었고, 그럴 때마다 창피해서 죽고 싶었다.

"너 이거 뭐야?"

다음날 윤자 언니가 피 묻은 티셔츠와 흰색 타이츠를 들이밀며 물었다. 내가 벗어서 빨래통에 던져놓은 것이었다.

"산에서 놀다가 조금 다쳤는데. 왜?"

"옷에 빵꾸 났잖아. 그리고 피는 빨아도 잘 안 지워져."

"그럼 버려."

"엄마한테 이른다?"

하지만 나는 윤자 언니가 어머니에게 아무 말도 하지 않으리라는 걸 알고 있었다. 내가 어머니에게 다쳤다는 말을 굳이 하지 않는 것과 같은 이유일 것이다. 며칠 뒤 상처에는 딱지가 앉았고 그러고 나서 며칠이 더 지나서는 작은 분홍빛 동그라미 두 개가 남았다. 수치심도 옅어졌다.

그러는 동안 길에서 우연히 소년을 두세 번 보았다. 몇 번이나 보았는지 정확하게 모르겠다. 내 마음속에서는 매일 본 것 같았으니까. 늘 오후 두시쯤 학교에서 돌아오는 길이었고, 동네로 들어서는 언덕의 초입에서 마주쳤다. 처음 만났을 때처럼 그 애가 갑자기 눈앞에 나타나서 내 앞에 서 있었다. 서로 마주 바라보았는데, 그 순간 초여름 햇빛 속에 서 있던 내 몸이 햇빛과 똑같이 투명해졌다. 나는 멈춰 섰고, 그 애는 천천히 지나갔다. 그 애는 알아봤을까. 내가 쇠창살에 찍힌 개구리가 아니라는 것을. 잠깐은 반짝이기도 한다는 것을. 그 애의 눈빛이 시시각각 미세하게 변하는 것을 나는 감지할 수 있었다. 헛되이 그 변화의 의미를 해석하려 애쓰기도 했다.

머릿속은 온종일 망가진 레코드판처럼 그 생각의 언저리를 멈추지 않고 맴돌았다. 그 애라는 사태에서 두드러지게 이상한 부분은 바로 그것이었다. 알아낼 수 있는 것은 아무것도 없는데 다른 생각은 전혀 할 수 없다는 것. 나는 밤마다 내일 다시 그 애와 눈이 마주칠 수 있기를 바라면서 잠들었다.

여름방학이 시작되었다. 아버지는 여전히 집에 없었고, 어머니는 종종 술에 취해 밤늦게 집에 돌아왔다. 만화책과 소설책에 빠져들면서 나는 동네 아이들과 자주 어울리지 않게 되었다. 그러나 오전 오후에 한두 차례씩 하릴없이 동네 언덕을 오르락내리락하는 것을 잊지 않았다. 만화책을 빌리러 간다든가 윤자 언니의 심부름을 한다는 핑계가 있기는 했으나 진짜 이유는 따로 있었다. 늘 그렇듯 소망은 쉽게 이루어지지 않았다.

어느 날 저녁이었다. 어슴푸레 날이 저물고 있었으나 여름 한낮의 뜨거운 열기가 식지 않아 공기는 후덥지근했다. 언덕 저 아래에서 올라오는 두 사람이 있었다. 뒤에 따라오는 사람이 그 애라는 것을 알고 심장이 두근거리기 시작했다. 두 사람이 동행이라는 사실을 눈치챈 뒤 나는 서너 걸음 앞서서 올라오고 있는 덩치 큰 남자를 유심히 살펴보았다. 술 취한 사람이었다. 부어오른 검붉은 얼굴과 비틀거리는 걸음걸이로 쉽게 알아차릴 수 있었다. 남자는 소년의 아버지일까? 그렇다고 생각하기에는 너무 늙어 보였지만, 할아버지라고 하기에는 한 걸음 뒤로 물러나 있는 태도 같은 게 없었다. 그 애의 고삐를 쥐고 있는 사람처럼 보였다. 남자가 가까이 다가오자, 나는 슬금슬금 도로 한구석으로 비켜섰다. 한쪽 손에 긴톱을 들고 있었기 때문이다. 남자는 내 쪽을 흘낏 바라보았으나 정말로 나를 본 것은 아니었다. 얼굴을 맞댄다고 해도 눈이 마주치지는 않는 사람들이 있다.

여느 때와 마찬가지로 그 애는 아무 표정도 없었다. 손잡이가 달린 네모난 나무통을 들고 있었는데, 얼핏 보았을 때는 구두닦이들이 들고 다니는 연장통인 줄 알았다. 가까이에서 보니 망치와 끌, 자귀 같은 것들이 삐죽삐죽 튀어나와 있었다. 그 애의 다른 쪽 손에는 양은 주전자가 들려 있었다. 아주 천천히 걷고 있었음에도 한 걸음씩 옮길 때마다 주전자 주둥이에서 막걸리가 흘러나왔다. 무심코 나는 『헨젤과 그레텔』을 떠올렸다. 막걸리 흘린 자국을 따라가면 쟤네 집이 어딘지 알 수 있겠구나, 라고 생각했다. 그 순간 앞만 보고 걷던 소년이 갑자기 고개를 돌려 나를 바라보았다. 그 애는 어처구니가 없다는 듯이 입술을 살짝 일그러뜨리며 웃었다. 그자리에 서 있는 나와 그 상황이 하찮고 성가셔 죽겠다는 표정이었다. 얼굴이 확 달아올랐다. 갓 쪄낸 찐빵 냄새 같은 단내를 남기고 두 사람이 사라진 뒤, 나는 한동안 그 자리에 서 있었다. 『헨젤과 그레텔』 따위를 떠올린 나 자신은 한낱 꼴사나운 어린아이에 지나지 않았다.

그날 이후 나는 소년의 모습을 한 번도 보지 못했다. 여름방학이 끝났고, 새 학기가 시작되었다. 무작정 동네를 헤매는 일도 그만두었다. 학교에서 돌아오면 마당에 있는 감나무 가지 위에 올라가 있곤 했다. 나뭇잎들은 바람이 부는 대로 일렁이고 반짝였다. 그러다가 곧 고요해졌다. 그 속에 혼자 앉아 내 몸속에 차올랐다가 빠져나가버린 게 무엇일까 생각해보곤 했다. 무엇인가가 있긴 있었다. 꼭 하고 싶은 이야기 같은 건데, 말로는 나오지 않는 것. 눈물이나 한숨에 가깝지만 그렇게 선명하지는 않은 것.

언니들 방의 책상 위에서 수첩을 하나 발견했다. 만화나 꽃 그림이 흐릿하게 인쇄된 흔한 표지가 달린 수첩이 아니었다. 선명한 빨간색 표지에 속지는 줄이 그어져 있지 않은 백지였다. 보통 수첩의 크기보다 크고, 학교에서 쓰는 공책보다는 작았다. 스프링이 감겨 있는 게 아니라 두꺼운 실로 꿰매어져 있었다. 나는 그것을 몰래 집어 왔다. 책상 서랍 깊숙이 감춰두었다가 이따금 꺼내어 무엇인가를 끄적였다. 누가 시켜서 하는 숙제나 일기도 아닌데, 정말로 쓰고 싶어서 글을 쓰기는 처음이었다.

동네 언덕에 빨간색 자동차가 오르내리기 시작했다. 텔레비전에서 광고하는 포니였다. 온갖 어려운 테스트를 통과해서 세계 사십 개국에 수출하게 되었다는 차였다. 동네 아이들 사이에서는 오늘 빨간 차를 몇 번이나 보았는지가 화제가 되곤 했다. 이전까지 자가용 자동차가 드나드는 집은 우리 집뿐이었다. 아버지가 출퇴근할 때 타고 다니던 검은색 크라운인데, 기사 아저씨가 운전했다. 아버지가 사라지면서 검은 자동차도 오랫동안 나타나지 않았다.

검은색 아니면 어쩌다가 흰색 자동차만을 보던 이들에게 빨간색 차는 충격이었다. 정확히 말하면 빨강이 아니라 자주에 가까웠지만. 어머니는 "빨간색이라고? 흥, 불자동차인 줄 알겠다" 하며 못마땅해했다. 나는 동네 아이들 틈에 섞여 돌집 앞 공터에 주차해놓은 포니를 구경하러 갔다. 크라운보다 작았고, 지붕에서 가파른 사선으로 기울어져 트렁크로 떨어지는 뒷부분이 짧았다. 뒷좌석으로 올라타는 문도 없었다. 주말의 명화에 등장하는 외국 차처럼 보이기도 했다. 어느 틈에 올라왔는지 윤자 언니도 아이들 사이에 끼어 차를 구경하고 있었다. 언니는 내 옆으로 와서 속삭였다. "이 집에 들어가봤다며? 주인한테 차 좀 태워달라고 해봐." 그때까지 나는 돌집 남자가 대학생인 줄 알았다. 자동차를 운전하는 걸 보니 내 짐작보다 훨씬 나이가 많은 사람인가 싶었다.

학교가 늦게 끝나서 집에 오는 길이었다. 수업이 많은 금요일이었고 청소 당번이기도 했다. 버스 정류장에 내려 동네 초입까지 걸어오는 동안 늘 그렇듯이 가파른 언덕배기를 올라갈 생각에 저절로 한숨이 나왔다. 갑자기 빨간 차가 내 바로 옆에 멈춰 섰다. 운전석 창문이 열리더니 돌집 남자의 얼굴이 나타났다.

"집에 가니?"

"네."

"태워다 줄게."

나는 조수석 쪽으로 달려갔고 남자는 문을 열어주었다. 처음 보았을 때처럼 흰 셔츠를 입고 있는 남자는, 예전에는 의식하지 못했는데, 피부가 섬뜩할 정도로 창백했다. 자동차는 금세 언덕으로 진입했고 속도를 내어 한달음에 올라갔다. 내 걸음으로 십오 분쯤 걸리는 길이었다. 어쩐 일인지 차는 우리집 앞을 그냥 지나쳤다. 나로서는 자동차를 타고 언덕을 올라가는 게 신이 났으므로 내려주지 않아도 괜찮았다. 어차피 돌집에서 우리 집까지는 내리막길이라 뛰어가면 오 분도 안 걸렸다.

돌집 앞에서 차가 섰다. 시동을 끄고 나서 남자는 내릴 생각이 없는 듯 한참 동안 앞 유리창 밖을 바라보고 있었다. 인사를 하고 내릴 적절한 순간을 놓쳤다는 낭패감이 밀려왔다. 남자가 하나 마나 한 말을 늘어놓는 어른이 아니길 바랐다.

"다친 데는 잘 아물었니?"

"네."

처음에는 무슨 말인가 싶었으나, 나도 잊고 있던 것을 남자가 기억하고 있다는 사실에 놀랐다.

"다행이다. 덧나지 않아서."

이제 아무렇지도 않아요, 라고 말하면서 무심코 나는 가슴 언저리의 상처 부위를 손으로 만져보았다. 그때 남자의 손이 다가와 정말 아무렇지도 않게 내 손이 지나간 자리를 쓰다듬기 시작했다. 길고 집요하게. 나는 고개를 숙인 채 밋밋한 가슴 위에서 연체동물처럼 움직이고 있는 창백한 손을 내려다보았다. 이건 뭐지? 어리둥절했다. 늦가을 오후의 나른한 햇빛이 앞 유리창을 통해 흘러들어왔고, 납득할 수 없는 손길은 납득할 수 없게 뜨거워졌다. 뜨거운 손길이 지나간 자리에 단단하고 아픈 멍울이 생겨났다. 차 안에 꼼등이와 그리마의 냄새가 가득 차올랐다. 배 속에 들어 있는 모든 것을 게워내고 싶었다. 창문 쪽으로 고개를 돌렸다.

뜻밖에도 창밖에서 누군가가 차 안을 지켜보고 있었다. 유령처럼 돌집 앞에 서 있는 사람은 소년이었다. 그 애를 발견한 순간 머릿속에서 번개가 치듯 집에 가야겠다는 생각이 들었다. 나는 남자의 손을 밀치고 자동차 문을 열었다. 가방을 들고 언덕 아래로 달려가는 내 모습을 그 애가 지켜보았을 것이다.

메슥거리는 속을 가라앉히려 방바닥에서 뒹굴고 있는데 윤자 언니가 부엌에서 나를 불렀다. 저녁 밥상을 방으로 같이 들여가자는 거였다. 언니들이 밥을 먹으러 아래층으로 내려왔다. 낌새가 이상했다. 내 얼굴을 보더니 서로 눈짓을 주고받으며 피식피식 웃었다.

"오, 내가 너를 얼마나 사랑하는지 아니."

"오, 우리의 눈이 마주치던 순간을 죽을 때까지 잊을 수 없을 거야."

"오, 너를 다시 한번 볼 수 있다면 영혼이라도 팔 수 있어."

둘째 언니가 빨간 수첩을 펼쳐서 읽고 있었다. 오, 라는 감탄사를 붙이며 한 줄 한 줄 읽을 때마다 방 안에 있는 사람들이 낄낄거렸다. 내가 쓴 글이 분명했지만, 사람들 앞에서 읊고 있는 것을 들으니, 그런 쓰레기를 내가 썼다는 게 믿어지지 않았다. 벌거벗고 방 안을 뛰어다니는 기분이었다. 믿었던 윤자 언니까지 웃고 있었다. 예전에 둘째 언니가 "나 오늘 윤자 언니 남자 친구 봤어. 버스 정류장 앞에서 구두 닦고 있더라?" 하고 놀렸을 때 얼굴에 떠오르던 허탈한 웃음이었다.

나는 둘째 언니에게 달려들어 수첩을 빼앗았다. 왜 남의 일기를 몰래 읽느냐고 소리를 지르며 내가 아는 모든 쌍욕을 내뱉었다. 언니는 그 수첩은 자기 것인데 말도 안 하고 가져간 내가 도둑년이며, 조그만 계집애가 술집 년처럼 발랑 까졌다고 했다. 나는 언니의 머리채를 휘어잡았다. 밥상 앞에서 몸싸움이 벌어졌다. 중학생인 언니가 더 힘이 셌다. 게다가 남의 수첩을 도둑질했고, 징그러운 말들을 몰래 써놓은 죄가 있는 나는 이길 수 없었다. 결국 나는 수첩을 갈기갈기 찢으면서 목놓아 우는 것으로 패배를 인정했다.

억울해서인지 저녁을 먹지 않아 배가 고픈 탓인지 잠을 이룰 수 없었다. 뒤척이다가 벌떡 일어나 앉았다.

"왜 그래?"

옆에서 코를 골며 자던 윤자 언니가 잠꼬대하듯 물었다. 동생은 또 방 저쪽까지 굴러가서 자고 있는지 숨소리도 들리지 않았다.

"나 잠깐 나갔다 올게."

"그러길래 왜 경희 물건에 손을 대고 그랬어. 야, 잊어버리고 그냥 자."

윤자 언니가 돌아누웠다. 나는 마루로 나가 부엌에 있는 성냥갑을 챙긴 뒤, 소리가 나지 않도록 조심조심 현관 자바라를 열고 밖으로 나왔다. 돌집에 불을 지를 계획이었다. 그렇게라도 해야 너덜너덜해진 마음이 원래대로 돌아올 것 같았다. 어둠 속을 걷는 것도 무섭지 않았다. 사랑에 빠지지 않을 거라는 맹세처럼 어둠 속에서 혼자 걷지 않을 거라던 맹세도 깨졌다.

돌집 앞에 이르렀을 때, 가로등 아래 주차된 빨간 차가 눈에 들어왔다. 그 옆에 검은 그림자 하나가 어른거렸다. 이번에는 놀라지도 않고 나는 그 애를 알아보았다. 어린나무처럼 좁은 어깨를 꼿꼿이 세우고 서 있는 소년. 이번에는 내 심장이 두근거리지 않았다. 주저하지 않고 그림자를 향해 다가갔다. 마치 칭찬이라도 받고 싶은 심정으로 주머니에서 성냥갑을 꺼내 보여주었다.

"겨우 그거야? 휘발유 깡통이라도 들고 왔어야지."

그 애는 입술을 살짝 일그러뜨리며 웃었다. 주머니에서 담배를 꺼내더니, 내가 건넨 성냥갑을 받아 들고 불을 붙였다. 불붙은 담배를 입에 문 채 한 개비 더 꺼내서 불을 붙였다. 그리고 입에 물고 있던 담배를 나에게 건넸다. 별일 아니라는 듯 나도 무덤덤하게 받았다. 연기를 빨아들일 때마다 어둠 속에서 빨간 불씨가 활짝 피어났다. 예전에 동네 아이들과 펴봤을 때처럼 어지럽거나 메스껍지 않았다.

"너희 집은 어디야?"

연기를 뿜어내며 내가 물었다. 소년은 담배를 땅바닥에 버리면서 침을 뱉었다. 나도 똑같이 담배를 발로 비벼 끄고 침을 뱉었다.

"돌집 지하실에 살고 있어. 너는 알 수 있었잖아. 그런데 알려고 하지 않았어. 그렇지?"

그 애는 나에게 성냥갑을 돌려주었다. 그러면서 내 손바닥 위에 차가운 무엇인가를 올려놓았다.

"그것으로도 이길 수는 없을 거야."

소년은 어둠 속으로 사라졌다. 나는 손바닥 위에 놓여 있는 물건을 들여다보았다. 녹슬고 휘었으나 제법 큰 대못이었다. 바로 옆 가로등 불빛 아래 유난히 검붉게 번들거리는 포니가 서 있었다. 나는 상처가 아물어도 흉터는 남는다는 사실을 떠올렸다.

토요일 아침이었다. 윤자 언니가 고래고래 고함을 질러댔다. "일어나! 빨리! 일어나라고!" 늦잠을 잔 건 내가 아니라 윤자 언니, 너잖아. 나는 이불을 몸에 둘둘 말아서 뒹굴면서 호락호락 눈을 뜨지 않을 작정을 하고 있었다.

"큰일 났어. 대통령이 죽었대. 전쟁이 날지도 모른대!"

대통령이 죽었다고? 어떻게 그런 일이 일어날 수 있지? 그 사람은 내가 태어날 때부터 대통령인 사람인데. 저 돌집 뒤에 버티고 선 까마득한 바위산 같은 사람인데. 그런 사람이 죽을 리가 없다. 다들 죽었다고 믿어도 관 속에서 드라큘라 백작처럼 잠들어 있다가 다시 깨어날 것이다. 아니다. 이건 그냥 토요일 아침에 늦잠을 잔 윤자 언니의 잠꼬대 소동에 지나지 않을지도 모른다.

문득 잠이 덜 깬 머릿속에 어젯밤 소년을 만난 일이 떠올랐다. 꿈을 꾼 건가? 입안이 깔깔했다. 이불을 벗어 던지고 일어나 나의 오른손을 펴보았다. 불그스름한 녹물 자국이 손바닥에 남아 있었다.

작가노트

아버지가 운전하던 차가 빙판길에서 미끄러져 교통사고가 났다. 내가 열두 살 되던 해 겨울의 일이다. 아버지는 오른팔과 오른쪽 다리에 골절상을 입었고 꽤 긴 시간 병원에 머물렀다. 어머니도 이따금 집에 들를 때 말고는 여러 달 동안 얼굴을 보기 힘들었다. 부모가 없는 집에서의 생활은 새롭고 자유로워 좋았으나, 새 학년으로 올라가면서 상황이 바뀌었다. 조숙하지만 방치된 아이로 세상을 대면하면서 기이한 경험을 자주 했다. 이전에는 세상 사람들을 막연히 어른과 아이로 나누어 생각했으나, 이후로는 남성과 여성이라는 범주가 더 선명해졌다. 나이를 먹어가면서 머릿속에서 사람들을 분류하는 방식은 복잡하고 다양해졌다. 끼어드는 범주나 선입견 없이, 분류하지 않고 사람을 만나기가 꽤 어려운 일이 되었다.

열두 살 여자아이의 눈과 목소리를 다시 꺼내 쓰는 일은 상쾌했다. 너무 두툼한 외투를 입어서 움직임이 굼뜬 상태로 살아오다가 겉옷을 벗어 던진 느낌이었다. 비로소 본래의 나로 돌아온 것 같은 과장된 활력이 샘솟았다. 물론 부처의 말씀에 의하면, 세상에는 나라는 게 없고 또 내가 아닌 것도 없다. 그러나 열두 살 여자아이는 내가 바라는 나의 모습에 가장 부합했다.

숨어 있던 자아들이 튀어나오기 시작했다. 담임 선생으로부터 "부모님들에게 '10월 유신' 국민투표에 꼭 찬성해야 한다고 말씀드려라"라는 말을 들은 적이 있는 나, 온종일 칠판만 바라보고 앉아 있어야 하는 학교가 싫어서 과학실에 불을 지를 계획을 짜던 나, 사람들 앞에서 네번째까지 딸인 걸 알고 울음을 멈출 수 없었다고 말하는 엄마를 미워하던 나, 버스 요금이 없는 줄 알면서도 무턱대고 버스에 탔다가 차장 언니에게 쫓겨 내려야 했던 나. 그 모든 내가 금지와 권위의 철조망으로 휘감겨 있던 흑백의 시절을 총천연색으로 다시 살아보겠다고 아우성을 쳤다.

이경란 / **다정 모를 세계**

2018년 『문화일보』 신춘문예에 당선되며 작품 활동 시작. 소설집 『빨간 치마를 입은 아이』 『다섯 개의 예각』, 장편소설 『오로라 상회의 집사들』이 있다.

엘리베이터에서 내리자 종이 상자가 먼저 보인다. 상자는 크기순으로 쌓여 테이프로 고정되어 있다. 상자마다 종류가 다른 물건이 한두 개씩 들어 있을 것이다. 과하다. 재활용이 가능한 종이 상자에 종이테이프를 붙여두었지만 이건 분명 과대 포장이다. 내용물의 부피를 감안하면 모든 물건이 맨 아래 상자 하나에 충분히 들어가고도 공간이 남을 텐데. 어떤 경로로, 어떤 방식으로 주문이 처리되고 물건이 포장되어 이런 이상한 형태의 종이 상자 탑이 현관 앞에 놓이는 걸까. 그게 궁금한가. 다정은 아주 잠깐 그것에 대해 생각한다. 정말 궁금한가.

도어록을 해제하고 상자를 한 손으로 들어 집 안으로 들인다. 택배 상자를 들여놓지 않았다는 사실이 부재를 증명하지는 않는다. 준우는 그런 사람이다. 문밖에 택배 상자가 툭 놓이는 소리를 듣고도 자신과 전혀 상관없는 일로 여기는 사람. 상자 안의 식재료가 한 끼의 식사로 완성되어 식탁에 오르고 나서야 비로소 관심을 보이는 사람.

다녀왔습니다. 크지도 작지도 않은 목소리로 인사한 다정은 불과 일이 초 동안 긴장 속에서 기대감을 품는다. 대답이 없기를. 언제부터인가 다정과 준우는 형식적 대화에 존댓말을 쓰기 시작했다. 다녀왔습니다, 다녀오겠습니다. 이 두 마디가 형식적 대화의 대부분이었는데 다정은 그게 나쁘지 않았다. 예리한 칼로 끝을 잘라낸 듯 단호한 말투에 어딜 가는지, 어딜 다녀왔는지 묻지 말라는 봉쇄의 의도가 전달되는 느낌이어서였다. 누가 먼저 시작했는지 기억이 분명치 않다. 어쩌면 준우가 시작했을까. 최초의 기억은 없지만 아무래도 다정이 먼저였을 것이다. 준우는 그런 간접적인 내색조차 필요치 않았을 것이다. 봉쇄라면 아주 능숙한 사람이니까.

다정의 인사는 단정하고 대답은 없다. 굳이 따지자면 고요와 빈 소파가 대답이다. 다정에게는 가장 반가운 대답. 준우가 집에 있을 때 고요는 없다. 어떤 음악은 고요를 증폭시키기도 한다지만 준우가 틀어둔 음악에서 고요를 느껴본 적은 없다. 이웃에서 항의하기 모호한 정도의 볼륨이어서는 아닐 것이다. 준우의 부피, 준우의 온도가 섞인 음악은 다정의 독립된 영역을 지워버린다. 물리적 공간이 아니라 다정의 머리, 다정의 마음을 침해한다고 할까.

테이프를 뜯어내고 박스 안의 물건들을 꺼낸다. 냉기가 사라져 표면에 물방울이 맺힌 아이스팩과 물렁해지기 시작한 냉동만두를 냉동실에 넣고, 과일을 냉장실에, 샴푸와 주방세제를 욕실과 싱크대에 정리한다. 탑을 이루었던 종이 상자들은 납작하게 접혀 베란다로 옮겨진다. 외출복을 입은 채로 청소기를 꺼낸다. 다정이 꺼낸 무선청소기 옆에는 그보다 큰 유선청소기도 놓여 있다. 전선이 중간에서 잘려 나간 그것을 볼 때마다 버려야겠다고 생각하면서도 번번이 다음으로 미루어왔다. 새것이나 다름없는 청소기의 전선은 준우가 잘랐다. 소음에 음악 소리가 묻힌다는 게 이유였다. 하지 말라고 몇 번 말했다는데 다정은 듣지 못했다. 듣지 못했는지 듣고 싶지 않았는지 모르겠다. 다정도 물론 청소기의 소음을 좋아하진 않았다. 좋아하는 사람이 있을까. 지금은 있다. 적어도 한 명, 다정이.

청소기를 돌리는 게 얼마 만인지 모르겠다. 엎드린 자세로 거실 바닥을 걸레로 훔칠 때면 준우는 두 발을 들어 올렸고 다정은 팔을 뻗어 준우의 발이 놓였던 자리와 그 안쪽 소파 밑을 닦아냈다. 소파 밑 깊은 곳까지 팔을 뻗다가 준우의 발에 뒤통수가 부딪힌 날 다정은 걸레를 쓰레기봉투에 던져 넣고 집을 나섰다. 청소기를 소파 밑 벽까지 밀어 넣었다 빼자 흡입구에 먼지 뭉치가 매달려 나온다. 왜 다 빨려 들어가지 않나. 다정은 비닐장갑을 끼고 먼지 뭉치를 떼어낸다. 준우도 먼지 뭉치인가. 그의 흔적은 왜 흡입구로 빨려 들어가지 않나.

다시 청소기를 켜고 거실을 훑어나간다. 소파 반대편에 아폴로그 애니버서리가 버티고 있다. 세계에서 스물다섯 대만 생산, 판매했다는 스피커. 다정이 방금 해체한 종이상자 탑과 비슷하게 생긴 스피커 탑은 벽에서 띄어져 양쪽에 대칭으로 자리 잡고 있다. 스피커의 앞면에서 구십 도 방향의 선을 그린다면 그 선은 정확하게 소파의 가운데, 준우기 늘 앉는 자리에서 만날 것이다. 다정은 청소기로 스피커를 툭툭 건드린다. 스피커 탑은 굳건해서 청소기 흡입구 따위에 흔들리지 않는다. 툭툭에서 쿵쿵으로, 다정은 자신의 몸이 지렛대가 된 듯 점점 더 큰 힘을 가한다. 팔꿈치가 찌릿하다. 육만오천 원짜리 청소기로 전달되는 통증을 육억오천만 원짜리 스피커를 공격하는 쾌감이 압도하는 순간이다.

팔베개를 한 왼팔이 점점 저려와 깨어났다. 실내는 어둑하다. 다정은 청소를 마치고 소파에 오도카니 앉아 차를 마시다 깜빡 잠이 들었다. 자정이 지난 시각. 준우는 돌아오지 않았고 소파 옆 탁자에는 마시다 만 캐모마일 티가 식어 있다. 전화를 해볼까. 다정은 잠시 망설인다. 이 정도는 해야 할까. 자정이 지나도록 연락 없이 들어오지 않는 준우에게 전화 정도는 해야 하는 걸까. 다정은 쉽게 결정하지 못한다.

언제였나, 전에, 준우가 새벽녘에 들어왔을 때, 무슨 말이라도 해야 할 것 같은 의무감에 다정이 고른 말은 늦었네, 였다. 평소라면 아무 말이 없거나, 어, 라고 한마디 하고 말았을 준우가 이렇게 말했다. 이젠 전화도 하지 않잖아. 다정은 옷을 갈아입는 준우를 물끄러미 보다가 이불로 몸을 말고 웅크렸다. 그래서 불만이란 뜻인가. 그래서 마음 편히 늦는다는 뜻인가. 다정은 준우의 말에 그런 의미가 들어 있긴 한 건가 짐작해보려다 다시 잠이 들었다.

그보다 더 전에, 그렇게 되기 전에, 다정은 매일 밤 준우에게 전화를 하곤 했다. 자정이 넘고 한시, 두시, 세시가 되면, 다정이 보낸 메시지를 확인하지 않는 건지 혹은 못한 건지 알 수 없어서 전화를 했다. 그 시각까지 연락 없이 귀가하지 않는 준우가 문제인지, 몇 번이고 메시지를 보내고 전화를 하는 자신이 문제인지 다정은 몰랐다. 메시지를 무시하고 전화를 받지 않을 때마다 다정에게서 무언가 빠져나간 것도 그때는 몰랐다. 모래시계의 알갱이가 몇 개씩 일정한 속도로 흘러내리듯 다정에게서도 무언가 지속적으로 빠져나갔다. 알갱이가 한꺼번에 주르륵 쏟아져 내린 적도 있었다. 어쩌다 전화가 연결이 되고, 술잔 부딪는 소리, 떠드는 소리, 음악 소리가 전화기 너머로 왁자하던 때가 아니라 아무런 소리도 들리지 않는 백색의 침묵을 뚫고 준우의 말소리만 유난히 크게 울리던 때. 준우는 화장실이라고 말했다. 그렇게 조용한 술집 화장실이 있다고는 생각되지 않았다. 받지 말지. 받기를 바라고 한 전화였지만 끊고 나서 다정은 그렇게 혼잣말을 했었다.

다정은 모텔에서 어떤 전화도 받지 않는다. 메시지만 확인한다. 이건 다정이 정해둔 규칙에 불과하다. 실제로 다정이 모텔에 있을 때 전화가 걸려온 적은 없다. 다정에게는 전화가 거의 오지 않는다. 일주일 동안 스팸 전화를 제외하곤 단 한 번도 전화기가 울리지 않을 때도 있었다. 다정은 자신의 인생에서 여행지의 숙박용 호텔이 아닌 대실용 모텔을 출입할 일이 다시 생기리라고는 상상하지 못했다. 준우의 발에 뒤통수를 부딪히고 걸레를 버린 후 집을 나선 그날 이전까지. 그날 밤 너무 오래 걸어 지친 몸을 쉬려고 들어간 카페에서 혼자 맥주를 마시기 전까지는. 바의 한 자리 건너에 앉은 남자가 오래전 조금 알고 지내던 남자라는 걸 알게 되기 전까지 그랬다.

거짓말이지. 남자가 말했다. 그 말을 믿으란 거야? 지난 세기가 마지막이었다는 걸? 다정은 믿으라고 말하지 않았다. 다만 후회했다. 그런 말은 하는 게 아니었다. 남자가 오랜 기러기 생활 끝에 아내와 아이들을 영영 놓쳐버렸노라고 담담하게 말했을 때, 그 분위기 때문이었을까, 다정도 아무렇지 않게 했던 말을 남자는 담담하게 받아들이지 못했다. 남자가 믿지 않아 억울한 건 아니었다. 믿음의 공허함을 다정은 충분히 체험했으니까. 믿는다는 건 속는다는 것과 별로 다르지 않았다. 다정도 미래와 희망을 믿었고 준우를 믿었던 시절이 있었다. 그 시절에 다정은 그 모두에게 속았다. 준우는 속이려 애쓰지 않았다. 다만 침묵하고 회피했을 뿐. 믿고 그 믿음에 배반당한 것은 다정이었다. 결혼 생활은 2인극이 아닌 1인극이었고 다정이 배우라면 준우는 관객이었다. 준우의 1인극에 다정은 관객으로 입장하지도 못했다. 그런 느낌이었다. 결혼 생활의 고비마다 스스로 믿음을 키워 넘기곤 했던 건 다정 자신이었고 그런 과정에서 믿음은 형성되는 것이 아니라 만들어가는 것임을 체득했다. 그러고 싶지 않았지만 그 방법밖에는 몰라서, 믿고 싶어 하는 욕망과 믿겠다는 의지를 결합하고 그것이 해체되지 않도록 가드를 올린 복서처럼 방어했다.

아무래도 상관없었다. 남자가 그 말을 믿건 말건, 지난 세기의 어느 겨울밤 준우와의 마지막 정사는 밀린 숙제를 하듯 건성으로 치러졌고, 그전의 정사는 그 일 년 전쯤에, 또 그전에는 다시 일 년 전쯤. 그 무렵의 다정은 하루도 거르지 않고 샤워를 한 후 잠자리에 들었다. 엘리베이터 소리가 나면 가슴이 설렜고 현관문이 열리기 전 슬리퍼도 꿰지 못한 발로 뛰어가 열어주었다. 말없이 들어서던 준우의 모습만으로도 애정과 원망으로 가슴이 뻐근해지던 시절. 술에 절어 새벽에 들어온 준우가 등을 돌리고 자던 시절이었다. 돌아누운 준우의 등은 너무 넓었고 다정의 자궁에는 소용이 닿지 않는 루프가 들어 있었다. 무지근한 통증과 간간이 비치던 혈흔으로만 존재가 확인되던, 루프는 무용한 유효기간을 채운 후 제거되었다. 교체를 할 필요는 없었다. 그리고 더 이상은 루프조차 필요 없게 된 다정의 몸이 남았다.

다정은 전화기의 키패드를 열어 2를 길게 누른다. 신호가 간다. 두번째 울리기 시작할 때 전화를 끊는다. 중요한 것은 통화 여부가 아니라 기록을 남기는 일이다. 전화를 했다는 사실이 예의를 지켰다는 증거가 되니까. 배우자에 대한 예의라

기보다는 동일인을 자식으로 공유한 사람에 대한 예의. 생활 공동체 혹은 운명공동체의 일원으로서 지켜야 하는 의무 같은 것. 어떤 관계는 그럴 수도 있다는 것을 다정은 알게 되었다. 회복을 기대하지 않는 관계는 더 이상 불화하지 않는다는 것. 그것은 이미 '화'와는 다른 차원에 소속되어 물리적이거나 금전적인 위해를 가하지 않는 한 어떤 언어나 행위도 불화에 기여하지 않는다는 것. 그럼에도 지속되어야 하는 관계라면 피상적인 배려나 예의로 충분하다는 것을.

어떤 밤, 아직 그런 깨달음에 도달하지 못했던 그 밤, 다정이 인내심의 바닥에 처박혀 거푸 한 전화를 받지 않던 준우가 급기야 전원을 꺼둔 채 돌아오지 않던 밤에, 다정은 내일을 위해 잠자리에 들었다. 아들을 깨워 학교에 보내고, 아들의 학교에 시험 감독을 가고, 급식 당번을 가고, 단란한 가정의 지표인 반들거리는 거주 공간과 균형 잡힌 식생활을 유지하기 위해 자야 했다. 그것이 다정에게 주어진 몫이었다. 다정은 비유하자면 집을 옮기기 전에는 자리를 이탈하지 못하는 육중한 장롱이나 투 매트 침대였다. 옮겨간 곳에서도 한번 자리가 정해지면 의심의 여지없이 그 자리를 지킬 물건들.

다정은 안방으로 들어와 눕는다. 아침 시간에 요가 수업을 예약해두었다. 아들에게 할애하던 시간은 이제 자신의 것이 되었다. 아침과 오후, 그리고 밤과 새벽, 대부분의 시간이 오롯이 다정의 것이 된 지금, 아들이 빠져나간 자리는 예상보다 휑했으나 준우에게 닿지 않은 오랜 시간 느껴온 결핍에 비한다면 견딜 만했고, 적어도 거기에는 아무런 억울함이나 원망이 남지 않았다. 아들의 독립에 대비해 다정은 차곡차곡 마음의 준비를 해왔다. 아들은 대학생이 되면서 기숙사로 들어갔는데 그 이후 농담으로라도 집으로 다시 들어오고 싶다는 말은 하지 않았다. 다정은 기숙사로 간 아들이 언젠가는, 졸업을 하고 취업을 하게 되면, 돌아오지 않을까 어렴풋이 기대했다. 기대는 어긋났으나 예측을 벗어나지는 않았다. 집에서 쓰던 방보다 훨씬 작은 원룸에서 아들은 잘 지냈다. 거창한 요리를 하지는 않는 눈치지만 형편없이 지저분하게 지내지는 않는 듯했다. 외로울까? 아마도. 어쩌면 분명히. 아들의 웃음에는 순전함이 들어 있지 않았다. 미세하게 느껴지는 우울과 권태가 웃고 있는 입꼬리를 잡아당기는 느낌이랄까. 마치 준우와 자신이 아들의 입술 양쪽에 매달려 있는 듯한 웃음이었다.

　다정은 잠결에도 준우를 기다리지 않는 자신을 의식하면서 두 시간 간격으로 깨어나고 세번째에는 다시 잠들지 못한다. 한겨울을 제외하곤 창문을 조금 열어두고 자는 습관이 언제부터 굳어졌을까. 침대에 누운 채 창밖의 소리에 가만가만 귀를 기울인다. 도시의 아파트 단지에도 새가 둥지를 트나. 새들의 소리는 준우가 없을 때만 들을 수 있지. 단지 밖 도로에서부터 들려오는 희미한 차 소리도. 누군가 살갑게 통화하는 음성이 저 아래에서부터 올라온다. 출근길일까, 아침 산책길일까. 혹, 조금은 특별한 일로 외출하는 길일까. 다정은 그런 상상에 서툴다. 기복 없는 생활이 다정을 단조로운 인간으로 단련시킨 결과 상상력을 잃어버렸다. 상상력의 부재는 타인을 향한 이해의 폭을 형편없이 좁히고 말았고. 혼자 잠들고 혼자 일어나는 생활을 하다 보면 그렇게 될 수도 있다고 누가 말해주면 좋겠다.

거실이 있는 집을 장만하면서 준우는 잠자리를 거실로 옮겼는데 그보다 더 넓은 집에 살 수 있게 되면서는 아예 침실을 분리했다. 자신의 뜻은 아니었으나 다정은 만류하지 않았다. 할 수 없기 때문이었다. 다정의 의지로 결정할 수 있는 일은 아주 제한적이었다. 가사 노동과 관련된 모든 일은 다정의 결정이었으나 그 범주를 벗어나면 다정의 뜻대로 되지 않았다. 왜냐하면 그런 일들은 다정 혼자 진행할 수 없었고 아들이나 준우의 협력이 필요한 가족 공동의 일이었기 때문이다. 이를테면 여행 계획 같은 일들.

여행을 간 건가. 잠깐 그런 의문이 들었지만 그다지 궁금하지는 않다. 중요한 것은 준우의 행방이 아니라 준우의 부재 자체이다. 그런 의문보다는 이불의 촉감에 더 집중하기로 한다. 시어서커 원단의 까슬한 침대보를 발바닥으로 문질러본다. 어제 갔던 모텔의 침대 시트는 스트레치 원단이었다. 종아리에 감기는 침대 시트의 매끈한 촉감 사이로 불쑥 끼어든 거친 질감에 다정은 순간적으로 움츠러들었다. 그 찰나의 변화를 남자는 알아차리지 못했을 것이다. 루틴을 벗어난 긴장을 쾌락의 연료로 바꾸는 예민함이나 성의는 남자에게도 다정에게도 없었고 무엇보다 그런 긴장은 발생하지 않았다. 각질로 거칠어진 뒤꿈치가 쾌락의 연료가 될 수 있을까. 만약 그렇다면 어떤 기분이 들까. 돌아누울 때 낙하하듯 늘어지는 젖무덤이나 배와 옆구리의 살처럼 성실하고 공평하게 먹어온 나이의 결과들은 쾌락과는 거리가 멀었다. 거친 뒤꿈치라면 더욱. 다정에게 쾌락이란 견고한 생활의 윤곽선을 잠깐 끊어주는 일 자체였다. 그런데 준우의 뒤꿈치에도 각질이 있을까. 준우의 뒤꿈치가 어떻게 생겼는지 도무지 알 수 없다. 다정의 기억 어디에도 그런 것은 남아 있지 않다.

몸을 일으켜 거실로 나간다. 준우의 음악 대신 햇살이 들어찬 거실의 창밖은 투명하다. 아무것도 보이지 않는 대기를 거쳐 우주의 끝까지 보일 듯한 허공 어딘가에 자신이 놓친 시간들이 부유하고 있을까. 이런 상념은 성립되지 않음을 안다. 필요와 효용이 없는 허튼 생각일 뿐이다. 혼자 소파를 차지하고 혀끝으로 느긋하게 느껴보는 커피 한 모금만 못하다. 다정은 핸드밀로 원두를 갈고 가늘고 긴 물줄기로 드리퍼의 원두 위에 원을 그린다. 커피 알갱이가 베이글처럼 부풀어 오른다. 커피를 들고 소파에 앉자 제대로 건사하지 못한 소파의 표면이 눈에 들어온다. 거뭇하게 때가 타고 얇아지고 늘어지기까지 한 가죽과 푹 꺼진 한 사람 분량의 면적.

소파를 살 때 다정은 논현동 가구거리를 며칠이나 훑고 다녔다. 한 올의 흰머리라도 놓칠세라 세심하게 염색약을 바르던 때처럼 한 곳도 허술하게 넘기지 않고 들어가서 육안으로 확인하고, 만져보고, 앉아보았다. 그렇게 들인 소파는 몇 년 동안 새것이나 다름없었다. 준우는 늘 심야에 귀가했고 아들은 학원에서 돌아오면 바로 방으로 들어갔다. 한쪽만 먼저 낡거나 꺼지지 않도록 다정은 소파에 앉을 때마다 자리를 옮겼다. 수시로 닦은 것도 물론이다. 언젠가 어느 휴일에 아들이 핫초콜릿을 흘린 적이 있었는데 그때 다정은 아들보다 소파를 먼저 닦았다. 아들은 초콜릿이 남은 컵을 식탁 위에 올려놓고 방으로 들어가 밤까지 나오지 않았다. 다정은 피자를 주문해 아들의 방에 넣어주었으나 다음 날 아들이 등교한 후 그 방 휴지통에서 손도 대지 않은 피자 조각들을 발견했다. 휴일마다 골프장에 가던 준우가 그날 집에 있었더라면 아들은 저녁 식탁에 앉았을까. 고기라도 함께 구워 먹다가 아들의 서운함과 자신의 미안함이 연기에 섞여 사라졌을까.

초콜릿을 흘릴 수도 있는 사내아이를 키우면서도 아이보리색 소파를 들인 자신의 마음을 다정은 이해한다. 용납하지는 않는다. 그때 아들의 마음을 잘 헤아리지 못한 미숙했던 자신도 용납하지 않는다. 사춘기라는 편리한 단어 속에 아들을 몰아넣고 빗장을 질러버린 자신은 준우가 씌워버린 틀에서 벗어날 힘이 없는 것만큼이나 아들에게도 무력했다. 아닌가. 틀은 준우가 씌운 것이 아니라 스스로 뒤집어쓴 것이었나. 틀 같은 건 얄팍한 핑계일 뿐이었을까. 다정은 자신이 왜, 어떻게, 지금의 자신이 되었는지 아무래도 이상하다. 이상하지만 그것에 대해 누구도 관심이 없다. 심지어 다정 자신조차도 관심을 두지 않았다. 두지 않으려 애쓴 결과이다. 먹고살 만하니까. 그러나 먹고살 만하면 나머지는 아무 상관이 없어야 하나. 생활비와 노후가 보장되면 정말 어떤 불만도 허용되지 않는 건가. 그런 건가.

가죽 세정제는 베란다 수납장 구석진 곳에 들어 있었다. 세정제를 듬뿍 묻힌 걸레로 준우가 앉는 자리를 문지른다. 휘핑크림처럼 보얀 빛깔이었다가 이제는 폭우를 머금은 먹구름 색이 되어버린 소파는 몇 번 문지르기도 전에 새까만 때가 묻어나온다. 소파의 색은 변함이 없다. 이 빛깔과 감촉이 되기 위해 얼마나 오랜 시간 더께에 더께를 겹쳐왔는데 그쯤이야, 라고 말하는 듯하다. 이것은 소파의 농담 혹은 조롱일까.

다정의 걸레질은 점점 더 속도가 오른다. 회전근개파열로 한동안 고생했던 어깨가 무거워지기 시작한다. 잠을 이루지 못할 통증으로 다정이 울음을 터뜨린 밤 준우는 병원에 가봐, 라고 말했다. 병원이라면 다섯 군데나 다녔지만 어느 곳에서도 통증을 제대로 잡지 못했다. 다정이 준우에게 원한 것은 병원에 가보라는 말이 아니라, 가보자는 말, 많이 아프냐는 말, 혹은 단 한 번 어깨에 닿는 손길이었다. 그것이 이루어지지 않아서 다정에게 통증은 지긋지긋하면서도 소중한 무엇이었다. 이를테면 드러내지 못하는 자신의 내면을 뚫고 나온 절규 같은 것. 통증을 떨쳐내고 싶으면서도 완전히 사라질까 봐 불안해하던 심정이 그때는 절박한 진심이었고 지금은 하찮은 과거가 되었다.

나가? 전날 오후 설거지를 끝낸 다정의 물음에 준우는 답이 없었다. 무응답은 준우의 오랜 응답 방식이다. 나가냐고. 발을 뻗고 등을 구부려 소파 등받이에 기댄 준우의 불룩한 배가 헐렁한 티셔츠 위로 드러났다. 음악에 맞춰 까딱거리는 손가락에 시선이 닿는 순간 다정은 조급증이 났다. 그럼 내가 나가야지. 그렇게 말했던가, 생각했던가. 다녀오겠습니다. 구두에 발을 넣으며 다정은 단정한 발음으로 인사했다. 최근 다정의 인사는 거의 기계음에 수렴하고 있었다. 반드시 준우를 겨냥한 것은 아니었다. 어쩌면 소파에, 어쩌면 그 위 벽에 걸린 액자에 대고 한, 어쩌면 그저 공간을 향해 흩어버린 인사였다. 저녁은? 침묵으로 일관하던 준우가 무거운 입술을 뗐다. 먹고 와. 다정은 조금 통쾌하기도 했다. 물음의 진짜 의미는 다정의 저녁이 아니라 자신의 저녁일 터였다. 저녁을 차리러 올 거냐는. 다정은 먹고 온다고 답함으로써 차려주지 않겠다는 의지를 전달한 셈이었다.

그래서 저녁을 먹으러 나간 길이었을까. 이틀이 더 흐른 지금 준우의 부재는 사흘째다. 다정은 그동안 하루에 두 번씩 전화를 했다. 오전과 밤. 메시지를 남겨두기도 했다. 메시지는 다음 날에야 읽음으로 표시되었다. 언제였던가, 준우가 이틀 동안 전화조차 불통인 상태로 들어오지 않던 날, 별다른 해명도 없이 까칠한 얼굴로 들어와 옷만 갈아입고 나간 날이 있었다. 함께 술을 마신 후 연락 두절이라며 준우의 친구가 집으로 전화했을 때 다정은 차분하게 대꾸했다. 병원이나 경찰에서 안 찾는 걸 보면 별일 없나 보죠. 뜨악해진 표정이 전화기 너머로 느껴졌다. 그는 억지로 한번 웃고는 서둘러 전화를 끊었다. 준우는 사흘째에 초췌한 몰골로 나타나 금세 사라졌다. 아무런 해명도 없었다. 그럴 일이 좀 있었다는 말밖에는. 후에 집으로 온 우편물에서 다정은 음주운전과 구류라는 낱말을 발견했다. 날짜는 그때와 일치했다. 다정이 엉뚱한 오해를 해도 준우는 상관없었던 걸까. 혹은 그런 식으로 하나씩 변명하고 해명하다 보면 원천 봉쇄가 불가능하다고 판단했던 걸까.

이번엔 그런 일은 아닐 것이다. 현관 옆 탁자에 자동차 열쇠가 얌전히 얹혀 있다. 준우도 다정도 운전을 거의 하지 않고 지낸다. 차에 설치된 블랙박스에 행선지가 남고 차 안에서 통화한 소리가 남고 그것을 지우면 지운 흔적이 남는다. 그런 것들이 불편하고 싫다. 어떤 흔적을 발견하거나 서로에게 들키는 일이, 무언가 알아낼 수 있다는 여지가 곧 고통임을 적어도 다정은 잘 알고 있다.

그렇다면 뭘까. 출근 부담이 사라졌으니 외박이 길어지는 걸까. 준우라면 그럴 수 있겠지. 어머니의 히스테리에 신혼의 다정을 남겨두고 가출하던 사람이니까. 결혼기념일에 저녁 약속을 깨고 나가서 들어오지 않던 사람, 외박한 다음 날 얘기 좀 하자고 들면 다시 주섬주섬 옷을 꿰입고 나가버리던 사람, 싫어, 한마디로 모든 의무와 약속에서 벗어나 달아나던 사람. 준우는 그런 사람이니까. 준우라면 그럴 수 있지. 다정은 어떤 일도 더 이상 놀랍지 않다. 야속함, 분노, 슬픔, 체념의 순서를 몇 번이고 반복해서 지나온 지금 마침내 무관심이라는 좌절에 도달했고 적응했다. 준우가 도달한 곳은 어디일까. 준우의 시작점은 어디였을까. 준우는 왜 그런 준우가 되었을까. 이런 의문은 오직 다정의 것이다. 준우는 자신을 나쁜 배우자는 아니라고 여기는 듯하다. 생활비를 거르지 않고 입금했고 큰 사고를 친 적은 없다는 거겠지. 하지만 어째서일까. 준우는 이런 생활에서 평화를 누리는 것일까. 정말 그럴까. 그렇다면 좋아. 다정은 기꺼이 자신만의 평화를 누리기로 한다.

이토록 평화로운 시간을 요가에 내어줄 이유가 없다. 다정은 매일 아침 가던 요가 수업에 가지 않는다. 대신 천천히 자신만의 식탁을 준비한다. 일 인분의 식사에 정성을 다한다. 한때 다정의 소박한 꿈은 찌개를 끓이며 준우를 기다리는 것이었다. 다 끓은 찌개가 식을까 조바심을 내며 시각을 확인하고 식은 찌개를 데우고, 다시 데우고, 그러는 사이사이 집 안 여기저기를 정돈하면서 준우의 차가 들어오나 가끔 베란다에 나가 아래를 내려다보기도 하면서. 그런 날들은 어느새 식은 찌개를 가스레인지 위에 올려둔 채 밥공기를 손에 들고 서서 해치우는 날들로 바뀌었다. 냄비에 든 음식이 된장찌개인지 순두부인지 준우는 결코 알지 못하던 날들.

식탁에 놓인 돌냄비를 무심결에 열어본 다정은 눈살을 찌푸린다. 방치된 김치찌개에 곰팡이가 슬어 있다. 준우의 것이다. 준우와 식사를 할 때 김치찌개는 언제나 두 가지. 다정의 것은 돼지고기가 듬뿍 들어간 쪽이다. 준우를 위한 김치찌개를 다정은 더 이상 끓이지 않는다. 이게 싫다면 직접 해. 말은 하지 않았지만 다정의 태도는 준우에게 전달되었고 준우는 돌냄비에 물과 매실청만을 넣어 끓인 김치찌개를 먹었다. 돌냄비의 가장자리에 붉은 물감의 농담이 만들어낸 실루엣처럼 찌개 국물이 말라붙어 있다. 보관에 실패하여 퇴색하고 우그러진 수묵화 같다. 먹고 남은 찌개에 김치를 보충하고, 물을 더 붓고, 매실청을 더하고, 끼니때마다 그런 식으로 다시 끓인 탓이다. 언젠가 다정은 준우의 찌개에 입을 댔다가 구역질을 했다. 세상의 맛 중에 불결한 맛이란 게 존재한다면 그런 맛이 아닐까. 밥을 먹다 말고 화장실에 다녀온 다정이 말했다. 버리고 새로 끓이지. 준우가 말했다. 싫어. 장어 소스도 아니고…… 다정은 그렇게만 말하고 식탁에 다시 앉지 않았다.

아들이 초등학생이었을 때, 가족 여행으로 일본을 갔었다. 교토의 오래된 초밥집에서 먹은 장어초밥은 유난히 맛있었다. 아들은 장어초밥만 잔뜩 먹었다. 그 집에서는 개업 이래 수십 년째 매일 새벽 장어 소스를 끓인다고 했다. 날마다 새 재료를 기존의 소스에 추가해 끓이면 아무리 오래되어도 최초의 소스가 미량 남아 있는 거라고 요리사가 자부심 넘치는 말투로 설명했다. 최초의 소스라고? 1퍼센트? 0.1퍼센트? 0.001퍼센트? 그러고도 최초의 맛이 남아 있다고 할 수 있는지 다정은 의아했다.

찌개를 먹을 때 준우는 숟가락 바닥을 냄비 가장자리에 긁어낸 후 후루룩 소리를 내며 먹었다. 그러고는 입안에 든 밥알과 함께 소리를 내며 씹었다. 입술을 벌린 채로. 입가에 큼직한 고춧가루가 자주 묻었다. 저 남자에게는 처음 만났을 때의 그 남자가 얼마나 남아 있을까. 어떤 재료를 얼마나 넣어 끓이면 그 남자가 저 남자가 되는 걸까. 레시피는 몰라도 끓인 기간만큼은 분명히 알고 있다. 삼십일 년. 준우를 처음 만난 지 삼십일 년째니까. 다정은 해사하고 담백했던 준우가 장어 소스처럼 칙칙하고 걸쭉한 남자로 변한 사실이 그다지 놀랍지 않다. 어느 날 갑자기 변한 게 아니라 삼십일 년 동안 꾸준히 칙칙해지고 걸쭉해졌기 때문이다. 녹음을 시작한 건 작년 어느 날이었다. 이미 충분한 수준에 도달한 준우가 더 칙칙하고 걸쭉해질 수는 없겠다는 생각이 든 날.

이상했다. 거슬리는 소리는 어째서 음악 소리를 뚫는 걸까. 준우가 내는 생활 소음들은 음악보다 힘이 셌다. 신문을 부스럭거리는 소리, 변기 물을 내리는 소리, 소파 가죽이 맨살에 밀리는 소리, 코 고는 소리, 소리, 소리, 소리들…… 그중에서 가장 견디기 힘든 건 먹는 소리였다. 쩝쩝거리는 소리가 다정의 식도로 꾸역꾸역 밀고 들어오는 느낌이었는데, 어떤 불결함과 천박함을 구체화한 소리가 세상에 존재한다면 바로 이 소리가 아닐까 할 정도였다. 그 생각이 어떻게 떠올랐는지는 모른다. 식사가 반쯤 진행되었을 때 다정은 옆 의자에 놓인 스마트폰의 녹음 버튼을 눌렀다. 시간을 측정하는 숫자가 빠르게 바뀌고 그래프가 춤을 추기 시작하자 다정의 침샘에서 왕성하게 침이 분비되었다. 마지못해 넘기던 밥알에서 찰기가 돌았다. 이제 소리는 식도를 메우는 게 아니라 기계 속으로 흡수되는 것 같았다. 비로소 편안해지던 그 느낌을 다정은 아직도 정확하게 기억한다.

녹음 파일이 몇 개더라. 한 번도 재생해보지 않았다. 녹음의 효용은 녹음 행위에 있었으니까. 녹음 자체가 하나의 발명이었으므로 녹음이 제대로 되었는지, 볼륨은 적당한지, 잡음은 얼마나 섞여 있는지에 다정은 관심이 없다. 파일은 아마 대여섯 개 정도. 그 숫자는 그날부터 준우와 한 식탁에 앉은 횟수를 의미한다. 다시 말해 준우와의 식사를 피하는 데 그만큼 실패했다는 뜻이다.

다정은 곰팡이가 잡힌 김치찌개를 개수대에 쏟으며 숨을 멈추고 얼굴을 찡그린다. 비로소 식사를 할 준비가 되었다. 식탁에 앉자 소파가 눈에 들어온다. 소파는 이제야 원래의 색을 찾는 중이다. 사흘 동안 가죽 세정제를 두 통 쓴 결과다. 밝아진 색과 달리 늘어진 가죽과 꺼진 쿠션은 회복되지 않는다. 다정은 안다. 아무리 닦아내고 애를 써도 회복되지 않는 것이 있음을. 소파가 굳이 가르쳐주지 않아도 잘 알고 있다. 지난 사흘, 다정은 별다른 불안 없이 혼자만의 시간과 공간을 누렸다. 여전히 연락 없는 준우에게 전화를 걸었다가 신호가 두번째 울릴 때 끊는 이유는 받지 않는 전화를 오래 잡고 있을 필요가 없는 데다 한편으론 받을까 봐 조바심이 나서이다.

무슨 말을 할 것인가. 다정은 적당한 말을 찾지 못했다.

 그때도 그랬다. 다정의 말을 기다리는 의사 앞에 앉아 도무지 무슨 말부터 해야 할지, 어떤 단어를 골라서 어떻게 말해야 자신의 느낌을 정확하게 설명할 수 있을지 몰라 준우로 인해 느낀 깊은 무력감을 그 앞에서 다시 느껴야 했다. 말을 고르고 고르느라 절망하던 중 들은 조언은 명징했다. 안 바뀝니다. 본인이 바뀌어야죠. 이혼이 답이 될 수 있습니다. 다정은 울었다. 처음 보는 의사 앞에서 운 것이 수치스럽고 참담해서 울음이 그치지 않았다. 병원 문을 나서면서 그런 모욕감을 안겨준 준우를 원망했다가 흐느낌이 잦아들 즈음해서는 더 이상 미워하지 말자고 결심했다. 결혼 전 다정은 다이어리에 그날 알게 된 이런저런 문장을 끄적이는 습관이 있었는데 어느 날은 사랑의 반대말은 미움이 아니라 무관심이라는 문장을 적어 넣었다. 그때는 유치하다고 생각하지 않았다. 다정도 사랑 때문에 휘청거릴 때가 많았고 그건 주로 가볍고 짧은 동요였지만 그럼에도 위안은 필요했기 때문에 그런 종류의 문장들을 써보곤 했다. 유치함은 강하다. 강해서 오래간다. 수십 년이 지난 후 의사 앞에서 펑펑 울다가 불현듯 생각날 정도로.

 남자에게는 적당한 말이 쉽게 떠올랐다. 같이 살까? 만날 때마다 묻는 말에는 어디서? 라고 받았고, 아바나 같은 데서, 라고 말하면 그러지 뭐, 라고 대답했다. 대화는 그쯤에서 끝났다. 하나도 어렵지 않았다. 남자가 언제? 라고 묻지 않았기 때문이었고 시기를 언급하지 않은 이상 거짓말이 되지는 않을 거니까. 미래는 꿈꾸지 않는 것이 좋았다. 미래라면 준우와 열렬히 꿈꾸던 때가 있었으나 그 미래가 이런 현재는 아니었다. 미래는 미래로 남아 있을 때만 아름다울 수 있음을 다정은 깨달았다. 이룰 수 있는 미래의 꿈은 더 이상 남아 있지 않다.

별로 넓지도 않네. 다정이 중얼거린다. 준우와 마주 앉았을 때는 한없이 견고하고 광활한 식탁이었다. 얼마나 광활했냐면 맞은편의 준우가 아득히 멀어 영원히 닿을 수 없을 것 같았다. 식탁 상판에 섬세한 마블링이 번져 있다. 마블링은 볼 때마다 무늬가 달라진다. 어떤 때는 나뭇가지로 보이고 어떤 땐 구름, 또 어떤 때는 날갯짓하는 한 마리의 새로 보이기도 한다. 오늘의 마블링은 뭐랄까, 한 번도 가보지 못한 이국의 어느 숲 같기도 하다. 다정은 잠깐 호젓한 기분에 젖는다. 오솔길을 따라 숲의 가장 깊은 곳까지 다다르는 듯한 이 기분은 준우가 있었더라면 불가능할 일이다. 오솔길 어딘가에 찌개 국물이 얼룩져 있었을 테니까. 나뭇잎이 무성할 자리에는 휴지 조각이 던져져 있었을 테지. 다정은 휴지 조각을 조용히 집어 들어 소파 옆 테이블에 가져다 두곤 했다.

빈 의자 위에 둔 스마트폰을 집어 든다. 잠금 화면의 패턴을 풀고 메시지 알림을 체크한다. 온라인 마켓의 할인 쿠폰 발급 안내, 금융기관에서 보낸 광고 사이에 남자의 메시지가 여러 개 와 있음을 발견한다. 남자는 어제도, 그제도 메시지를 보냈다. 다정은 답하지 않았다. 지금의 평온을 흔드는 것이라면 그것이 무엇이든 피하고 싶다. 답을 해야 할까. 무어라 답해야 할지 다정은 잘 모르겠다. 굳이 해야 하는지도 모르겠지만 언제까지 침묵할 수는 없겠다고 생각하다, 다시, 그럼 좀 어떠냐고 마음이 바뀐 다정의 입에서 아, 하고 짧은 감탄사가 흘러나온다. 준우의 마음이 이런 것이었나. 정말 그런 것이었나. 아내를 방치하고 외면하면서, 그것을 알면서도, 그럼 좀 어떠냐고 합리화한 것이었나.

준우를 잘 안다고 착각한 적이 있었다. 만난 지 일 년이 되고 삼 년이 될 무렵 그런 착각을 했다. 그때는 착각인 줄 몰랐다. 햇수를 거듭할수록 준우는 점점 알 수 없는 사람이 되었고, 애초에 누군가를 제대로 안다는 것은 불가능한 일임을 다정은 조금씩 실감해왔다. 남자는 다정을 오해하고 있을까. 적어도 다정이 자신에 대해 궁금한 것도, 어떤 그리움도 없다는 사실을 남자는 알고 있을까. 그런데 다정은 정말 준우의 마음을 알게 된 건가. 다정은 그림을 그리듯 대리석 식탁의 마블링을 손끝으로 더듬어본다. 갑자기 모든 형태가 그저 얼룩에 불과해 보인다. 도무지 알 수 없는 모양일 뿐이다. 애초에 특정한 무언가를 표상하지 않은 무늬일 뿐이므로 당연한 일이겠지만. 다정은 남자가 보낸 메시지를 물끄러미 들여다본다.

밥을 한술 떠서 입에 넣은 다정은 천천히 오래 씹으며 으깨지는 밥알을 음미한다. 은근한 단맛. 이 맛을 너무 오래 잊고 지냈다. 입술을 꼭 다물고 단맛의 기억을 더듬어본다. 언제였을까, 이 맛을 마지막으로 느껴본 때가. 다정은 밥알을 씹으며 스마트폰에 저장된 녹음 파일을 불러온다. 음성01, 음성02, 음성03…… 자동으로 생성된 파일명이 우습다. 그것을 음성이라고 이름 붙이다니. 다정은 화면에 시선을 고정한 채, 충분히 씹어 단맛조차 빠진 밥을 삼키고 생각한다. 음성은 아니지 않나. 그렇다면 그것을 무어라 해야 마땅한가. 꼭 이름을 붙여야만 할까. 생각에 잠긴 다정은 파일 목록을 하나씩 길게 눌러 모두 선택한다. 하단의 바에 표시된 삭제 버튼을 누르려다 말고 다정은 희미한 미소를 짓는다. 마침내 오랜 의문이 해소되었다는 듯, 어쩌면 의문은 더 이상 효용이 없다는 듯, 키패드를 띄워 파일명을 바꾸기 시작한다.

아바나01, 아바나02, 아바나03……

다정은 다시 밥을 한술 떠서 입에 넣고 느릿느릿 씹으며 아바나 파일 전체를 선택한 뒤 가볍게 하단의 공유 버튼을 터치한다. 간단하다.

오래 미루어왔던 충치 치료를 받고 있다. 치과만큼 가기 싫은 곳이 또 있을까 싶게 치과 치료는 공포스럽다. 외면해봤자 호전될 가능성은 결코 없다는 점에서 충치를 인생의 축소판으로 간주해도 될까. 몇 회에 걸쳐 신경 치료를 받았는데 오래 방치한 탓으로 신경을 감싼 세포들이 석회화 되어버려 치료가 까다롭다는 지청구를 들어야 했다. 그 말이 내게는 삶에서 어떤 문제에 봉착했을 때 겁내지 말고 정면으로 돌파해야 해결할 수 있다는 말로 확대되어 들렸다.

세번째 신경 치료에서 의사는 '파일'이라 불리는 가느다란 도구를 치아에 꽂은 채 방사선 사진을 찍게 했다. 모니터에 띄워진 내 치아에 가늘고 길쭉한 침 같은 것이 두 개 꽂혀 있었다. 신경의 위치와 방향을 정확하게 파악할 때 이렇게 한다는 걸 처음 알았다. 놀랍다. 저 미세한 선들이 고통의 근원이라는 사실이. 의사는 모니터를 확인한 다음 다시 뾰족한 기구로 치아 깊은 곳을 찔렀다. 원인을 정확하게 찾아 인정사정 보지 않고 후벼 파지 않으면 통증을 없앨 수 없다. 그것이 두렵다면, 혹은 우물쭈물하다가 기회를 놓친다면, 발치밖에 방법이 없을 것이다. 다음 순서는 이가 뽑혀 나간 자리를 텅 비워두고 상실을 감내하거나, 인공 치아를 이식하는 것일 테고. 마취된 상태라 통증은 느껴지지 않았고 다만 약간의 압력이 전달될 뿐이었지만 지레 겁을 먹고 자꾸 움찔거리게 되었다. 그러면서도 비로소 해결을 향해 한 발 내딛는 안도감과 뿌듯함이 느껴졌다면 내가 너무 얄팍한 사람일까.

애초 치료를 받으려 했던 치아는 사실 다른 것이었다. 막상 치과에 가보니 지금 치료받고 있는 치아가 더 많이 상해 있었고, 그 양옆의 치아도 이미 상한 상태였다. 이것들의 치료가 끝나면 애초 걱정되었던 치아의 치료를 시작한다고 했다. 예상을 벗어난 진단과 치료 순서인 셈이다. 닮지 않았나, 인생과?

통증이 느껴질 때까지 방치하면 그 대가를 치르게 되어 있다는 점에서 몸은, 치아는 참으로 정직하다. '다정'은 그것을 몰랐을까. 그럴 리가. 치료가 마무리되면 취약해진 치아를 잘 보존하고 돌보면서 지내야 할 터이다. '다정'도 그쯤은 알게 되었을 것이고.

이성아 / 유대인 극장

1998년 단편 「미오의 나라」를 발표하며 작품 활동 시작. 2021년 장편 소설 『밤이여 오라』로 제주4·3평화문학상을 수상. 장편소설 『가마우지는 왜 바다로 갔을까』, 소설집 『태풍은 어디쯤 오고 있을까요』『절정』, 산문집 『나는 당신의 바다를 항해 중입니다』가 있다.

쇼팽 공항 게시판에 언니가 타고 온 항공기의 랜딩 알람이 떴다. 캐리어를 끌고 나오는 한 무리의 사람들이 가족과 지인들을 만나 포옹하고 볼키스를 나누며 흩어지는 광경을 물끄러미 바라본 지도 한참이 지났다. 그들을 보면서 나는 언니와 어떻게 인사를 나눠야 하나 고민에 빠졌다. 포옹을 하는 건 겸연쩍을 것 같았고 그렇다고 악수를 할 사이는 아닌 것 같았다. 최근에 언니를 만난 게 언제였던가 헤아려보니, 벌써 일 년이 다 되어가고 있었다. 그날 본 언니는, 그동안 내가 알고 있던 언니와 어딘지 좀 달라 보였다. 무엇보다 언니가 이혼했다는 걸 엄마 아버지조차 모르고 있었다는 게 충격적이었다. 그러나 내막을 듣고 보니, 언니가 이혼을 한 게 아니라 이혼을 당했다는 게 맞는 것 같았다. 형부에게 여자가 생겼다고 했다. 언니는 담담하게 그동안의 일을 말했는데, 엄마 아버지는 마치 자기들이 이혼 당사자라도 되는 듯 과도하게 흥분했다. 아버지는 소박데기 꼴은 두 번 다시 보고 싶지 않다고 소리치며 방문을 쾅 닫고 들어갔고 엄마는 이마를 질끈 동여매고 누워버렸다. 준재벌 사위가 들고 올 선물을 잔뜩 기대하고 있던 엄마의 생일날이었으니, 타이밍이 부적절하긴 했다. 그러나 식어버린 음식들을 치우면서 다시 생각해보니, 이보다 기막힌 타이밍이 있을까 싶었다. 해서 설거지하는 언니를 슬쩍 곁눈질로 쳐다보았다. 기름기가 범벅된 접시와 김칫국물이 묻은 것까지 빈 그릇이 개수대 옆 싱크대 선반에까지 수북하게 쌓여 있는데, 언니는 앞치마도 고무장갑도 없이 물방울이 튀는 것도 아랑곳하지 않고 설거지에 몰두하고 있었다. 자기 때문에 생일 모임이 엉망이 되었는데 자기와는 아무 상관없는 일이라는 듯 초연하게, 마치 물놀이라도 하는 것처럼 보였다.

나의 눈동자가 빠르게 열리고 닫히는 자동문에 붙박여 있었으나, 언니는 나타나지 않았다. 사람들이 어느새 다 흩어지고 자동문도 더 이상 열리지 않았다. 언니에게 전화를 해보았으나 연결이 되지 않았다. 문 너머에 있을 언니와 소통할 방법이 없었다. 저 너머에 있기는 한 걸까. 나는 거기에 무슨 해답이라도 있는 듯, 나도 모르게 손바닥을 펴고 들여다보았다. 항로처럼 이리저리 얽힌 손금이 손가락 사이로 흘러내렸다. 어느새 입국장에는 나 혼자 남았다.

내가 너 있는 데 좀 가 있으면 민폐일까?

이유 같은 건 없었다. 그냥 바람을 좀 쐬고 싶다는 게 다였다. 민폐라는 말이 묘하게 걸렸다. 언니가 왜 그런 말을 하는지 짐작은 갔다. 바르샤바에 오기 한 달 전쯤, 집에 들렀을 때 엄마는 아버지가 자리를 비운 틈을 타서 속삭이듯 말했다. 느그 언니 말이다. 시향에서 짤렸단다. 지휘자랑 불미스러운 일이 있었다는 소문이 그 바닥에 좍 퍼졌다 카더라. 하이고 마, 최 사장 사모님이 그 소문을 들려주는데, 내사 마 남세스러버서 고개를 몬 들겠더라. 불미스러운 일이 뭐냐고 내가 묻자 엄마는 새삼스러운 걸 다 묻는다는 듯이 눈을 흘겼다. 뭐겠노? 남녀 사이에, 뻔하지. 그러니까 뻔한 그게 뭐냐고. 야가 와 이라노? 엄마는 징그럽고 불미스러운 뭔가를 떨쳐내려는 것처럼 흠칫 몸을 떨면서 쏘아붙였다. 인자 그 바닥에서 밥 벌어먹기도 힘들게 됐는데, 그거보다 더 불미스러운 일이 어딨겠노? 이혼까지 당한 주제에. 엄마는 아버지 방 쪽을 살피며 덧붙였다. 아버지한테는 입도 뻥긋하지 마라. 졸도하실까 봐 겁난다. 누가 봤으면 남의 집 딸의 가십을 옮기는 줄 알았을 것이다. 나는 한 오라기의 자의식도 없이 말간 엄마 얼굴을 뚫어지게 쳐다보았다. 그렇다고 내가 언니를 걱정하며 연락을 하는 곰살맞은 짓을 한 것도 아니었다.

언니와 나는 자매 사이에 나눌 법한 시시콜콜한 이야기 같은 걸 나누어본 기억이 없었다. 언니가 대학을 졸업하고 결혼과 이혼을 하는 사이, 나는 대학을 졸업하는 동시에 집을 나와 독립해서 살았다. 그사이에 우리가 만난 건 명절이나 집안 대소사가 있을 때가 고작이었다. 아무리 궁리를 해봐도 언니가 무슨 생각으로 그 먼 길을 오겠다는 건지 알 수 없었다. 내가 이곳에 있는 동안 숙소비를 절약하려는 속셈, 그 이상의 이유를 나는 찾지 못했다. 같은 서울 하늘에서도 따로 만나 밥을 먹거나 차를 마시는 일도 없던 사이였는데, 설마 내가 보고 싶어서 올 거란 생각은 손톱만큼도 들지 않았다. 그랬으므로 언니도 민폐라는 말을 썼는지 몰랐다.

오고 싶으면 와.

삐딱한 생각과 달리 나의 대답은 선선했다.

나는 작가들을 지원하는 예술위원회의 도움으로 바르샤바에 머물던 중이었다. 바르샤바는 사랑스런 도시였다. 그러나 석 달의 레지던스 기간 중 두 달가량이 지날 무렵부터는 공기 중에 시취가 떠도는 것 같았다. 에어비엔비로 빌린 아파트에서 비스와 강변에 있는 대학 도서관까지 걸어가는 그다지 멀지도 않은 거리에서 나는 추모비를 숱하게 마주쳐야 했다. 나치에 저항해서 싸운 파르티잔을 기리거나 유대인 학살 현장에 세워진 추모비였다. 마침 그해는 폴란드 독립 백 주년이 되는 해여서, 거리 곳곳에서 관련 사진전 부스나 설치작품들을 마주쳤다. 브리스톨 호텔 옆 광장에는 유대인을 태우고 아우슈비츠로 향하던 기차를 상징하는 철로를 형상화한 작품이 전시 중이었는데, 언제나 초와 꽃이 놓여 있었다. 추모의 분위기만 있는 건 아니었다. 극우단체들의 유대인 혐오 시위나 발언에 대한 보도도 적지 않았다. 나치와 아우슈비츠를 겪으며 받은 충격과 처절한 반성의 시간을 생각하면 그런 보도가 믿어지지 않았다. 내가 그 일을 겪기 전까지는.

트램에서 내려 아파트로 돌아가던 길이었다. 건널목을 건너 막 골목으로 접어들었는데 맞은편에서 걸어오는 할머니가 눈에 띄었다. 통통하고 자그마한 키에 머릿수건을 쓴 모습이 동화 속에서 튀어나온 듯 귀여운 할머니가 나를 마주 보며 걸어왔다. 마치 나를 잘 알고 있거나 내게 용건이라도 있는 듯 보여 나도 모르게 주위를 두리번거렸다. 거리에는 할머니와 나 둘뿐이었다. 다정하게 인사라도 건네야 할 것 같아서 나는 얼굴 가득 미소를 띠었다.

할머니는 내가 미처 인사를 건네기도 전에 무슨 말인가를 하고는 빠르게 나를 스쳐 지나갔다. 동시에 나의 온몸이 차갑게 식어 내렸다. 나는 폴란드 말을 알아듣지 못했다. 하지만 그게 인종차별적 발언이라는 걸 단박에 알아챘다. 그건 말을 걸었다기보다는 말을 투척하는 것에 가까웠다. 휙, 스쳐 지나가는 짧은 순간 할머니의 작은 몸에서 독기가 뿜어져 나오는 듯했다. 단지 몇 마디 말일 뿐이었지만, 순식간에 피가 빠져나가는 듯 다리가 풀렸다.

게토 표지판을 발견한 것도 그즈음이었다. 바르샤바에 온 초기에 나는 유대인 관련 흔적들을 열심히 찾아다녔는데, 유독 게토의 흔적은 찾기 어려웠다. 구글링을 해서 찾아가본 곳도 그저 낙후된 지역일 뿐 이렇다 할 기념물 같은 건 없었다. 하긴 그게 언제 적 일인데, 굳이 왜 그런 걸 찾아다니나 싶었다. 그걸 내가 머물던 아파트 앞에서 발견했다. 두 달 가까이 지나다니면서도 보지 못한 것이었다. 가로 오십 센티 세로 십 센티 정도 크기의 동판으로 만든 표지가 보도 사이에 박혀 있었는데, 그게 아파트 주변으로 죽 이어져 있었다. 히브리어가 양각된 가운데 별 모양이 선명했다.

언니가 오는 날이 가까워오면서 우울하게 침잠해 있던 나의 생활에 조금씩 생기가 돌기 시작했다. 함께 가면 좋겠다 싶은 식당과 공연 정보를 챙기고, 뮤지엄 방문이나 폴란드 그릇 가게 쇼핑 같은 것도 언니와 같이 가려고 미뤄두었다. 데면데면하게 지내던 언니와 낯선 여행지에서 잠깐 같이 지내는 게 우리 자매에게 좋은 추억거리가 될 것 같았다. 언니에게는 큰 위로가 될 터였다. 그렇게 생각하자 가난하고 외로운 여행자를 나의 거처에 받아주는 것 같았고, 내가 언니의 보호자라도 된 듯 뿌듯했다.

잠깐 혼이 나갔던가. 휴대폰을 들여다보다가 고개를 드니, 언니가 유령처럼 서 있어서 깜짝 놀랐다. 그런데 여행 가방조차 없어서 더욱 놀랐다. 간단한 백팩 차림의 언니는 잠깐 화장실에라도 다녀온 듯했다.

가방을 잃어버렸대.

누가?

항공사에서.

어디서 잃어버렸다는 거야?

경유지에서 옮겨 실을 때 빠뜨린 것 같대.

그럼 어떡해?

찾는 대로 연락을 주겠대.

우리는 포옹도 악수도 없이 공항을 빠져나와 택시를 탔다. 가방도 없이 단출한 언니 모습을 보니 실소가 터졌다. 언니도 머쓱했는지 나를 보며 피식 웃었다. 웃다 보니 더 우스워져서 나는 소리를 내어 웃었다. 언니도 어깨를 으쓱하면서 킥킥거렸다. 이렇게 서로를 바라보며 웃는 게 낯설기도 하고 한편으로는 이런 게 자매 사이인가 싶었다.

가방은 돌아오지 않았다. 이틀이 지나고 사흘째로 접어드는데도 소식이 없는 게 이상해서 보니, 언니의 전화기가 꺼져 있었다. 다시 보면 또 꺼져 있어서 결국은 내가 항공사로 전화를 걸게 만들었다. 전화기 속 직원은 이리저리 전화를 바꾸었고 그때마다 처음부터 다시 사정 얘기를 하면서 간신히 알아낸 건, 경유지였던 프랑크푸르트 공항을 다 뒤지고 있는데 아직 못 찾았다는 말이 전부였다. 가방을 잃어버린 건 언니인데, 내가 더 초조해하고 있었다.

가방을 갖고 오기는 한 거야?

언니는 야단맞는 어린아이처럼 시무룩하게 고개만 끄덕였다.

가방 잃어버린 사람은 내가 아니고 언니야. 그런데 왜 이렇게 태평해?

그러면 어떡해? 내가 할 수 있는 게 없잖아.

아무런 감정이 실려 있지 않은 말투였다. 빛바랜 초상화처럼 말간 얼굴을 보고 있으려니, 언젠가 꼭 비슷한 상황을 맞닥뜨린 적이 있는 것만 같았다.

가방에 뭐 중요한 건 없어?

중요한 거? 밑반찬들.

아니, 그런 거 말고, 돈이나 노트북 같은 거라도 들어 있냐고.

옷가지 몇 개가 다야.

*

바르샤바의 가을 날씨는 변덕스러웠다. 어떤 날은 하루에 사계절을 다 보여주기도 했다. 아침에 눈을 떠 침대에 누운 채 보는 창밖 하늘은 이루 말할 수 없이 우울한 잿빛이다. 그러나 이 하늘이 그날 하루의 날씨라고 생각하면 안 된다. 오후가 되면 구름은 사라지고 푸른 하늘이 나타난다. 한낮에는 반팔을 입어야 할 정도로 기온이 올라갔다가 해만 지면 코트를 입거나 부츠 신은 사람이 보일 정도로 쌀쌀해졌다. 11월로 접어들면서부터는 기온차가 더 심해졌다. 그러나 나도 최소한의 옷만 챙겨왔기 때문에 내가 패딩을 입고 나면 언니에게 빌려줄 만한 겉옷은 울 카디건밖에 없었다.

언니가 내 옷을 입고 걸어가는 뒷모습을 보노라면 기분이 야릇했다. 못 보는 사이 언니가 너무 말라서인지, 내 옷이 커서인지 옷과 따로 노는 게 허수아비처럼 보였다. 한편으로는 내가 유체 이탈을 해서 나의 뒷모습을 보는 것만 같아 기분이 좋지 않았다. 나는 겉옷을 하나 사자고 했다.

뭐 하러.

마트에서 옷 매장으로 향하려는 나를 가로막을 때만 해도 이상하다는 생각이 들진 않았다. 다음 날이라도 가방이 돌아올지 모른다고 생각했으니까. 그런데 하루 이틀이 지나면서 언니가 유난히 먹는 것에 집착한다는 걸 깨달았다. 그날도 언니는 겉옷 사는 건 아깝다더니, 먹을 건 카트가 가득 차도록 장을 봤다. 스테이크용 소고기와 연어, 치킨에 다양한 채소류를 잔뜩 챙기더니 각종 소스와 스톡까지 종류별로 쓸어 담았다.

이걸 언제 다 먹으려고 이렇게 많이 사는 거야?

가방만 있었어도 안 샀을 건데.

가방에 중요한 게 없냐고 물었을 때, 밑반찬이라고 했던 언니의 대답은 사실이었다. 언니는 멸치조림, 깻잎장아찌와 고추찜 같은 밑반찬에다가 된장, 고추장, 고춧가루와 액젓까지 챙겼다고 했다.

액젓?

김치를 못 담더라도 양배추겉절이 정도는 할 수 있잖아.

언니가 그 정도로 살뜰하게 챙겨 먹는 사람이었던가. 우리가 서로에 대해 얼마나 모르는지, 그것만으로도 증명이 되는 것 같았다. 나는 장기간 해외 체류를 할 때도 비행기에서 주는 튜브 고추장 하나 챙기지 않았고, 다른 사람들이 질색을 하며 진저리치는 이국의 향신료를 오히려 찾아 먹는 쪽이었다. 집에서 독립한 후에는 김치를 담근 적도 없었다.

아파트는 침실 하나에 거실과 주방이 연결된 형태였는데 나는 손님 대접을 한답시고 언니에게 침실을 내주었다. 나는 주방 식탁을 책상으로 쓰고 있었고 늦게까지 원고를 쓸 때도 있었다. 언니가 거실 소파에게 자겠다고 우겼지만 내가 침실로 밀어 넣자 별수 없이 침대에 누웠다. 그런데 다음 날 아침 일찍 일어난 언니는 살금살금 주방을 걸어 다니며 뭔가를 씻고 끓이기 시작했다. 내가 깰까 봐 조심하고 있었지만 그게 오히려 신경을 긁었다. 나는 소파에서 일어나 침실로 들어갔다. 늦잠을 자고 나오니 어느새 감자와 양파, 당근, 브로콜리를 넣은 치킨수프가 뭉근하게 끓고 있었고, 치즈를 올린 샐러드에 냄비 밥까지 해놓았다.

그러나 나는 커피부터 마셔야 했다. 아침을 먹지 않는다고 말했는데도, 언니는 내 몫까지 식탁에 차려놓았다. 나는 식탁에 앉았지만 커피만 마셨다. 내가 일어날 때까지 기다리느라 배가 고팠던지, 언니는 정말 잘 먹었다. 샐러드를 우적우적 씹어 먹고 수프를 후룩거리며 떠먹었다. 너도 좀 먹어봐. 유럽 쌀인데도 밥맛이 괜찮아. 갓 지은 냄비 밥은 윤기가 흘렀고 치킨수프 냄새도 구수했다. 혼자 먹는 모습을 지켜보는 게 민망해서 뭐라도 먹어보려고 했지만, 긴 세월 아침에 뭘 먹어본 적이 없는 나는 아침에는 거식증 환자처럼 아무것도 들어가지 않았다. 그걸 언니 때문에 하루아침에 바꾸기는 어려운 것이다.

바르샤바에 와서 바뀐 게 하나 있긴 했다. 나는 음악을 싫어해, 라고 하면 지인들은 마치 살기 싫다는 말이라도 들은 것처럼 눈을 동그랗게 뜨고는 어떻게든 나를 어르고 달래 음악 속으로 끌어들이려고 했다. 음악을 싫어한다고? 그냥 내가 싫다고 해라. 자기가 좋아하는 음악이라면서 자신의 플레이리스트를 보내준 남자와는 그것 때문에 오해가 깊어져서 작별 인사도 없이 헤어졌다. 스트리밍 서비스 회비까지 대신 내줬는데 어떻게 그럴 수 있냐면서 무시당한 기분이라고 했다. 음악을 자신의 인격과 동일시하는 그 남자 덕분에, 음악이 더욱 싫어졌다.

집을 떠올리면 피아노 소리가 환청처럼 따라왔다. 피아노 소리가 들리지 않는 집은 상상이 되지 않았다. 언니가 집에 없을 때조차 피아노가 저 혼자 연주하고 있는 것 같았다. 언니가 막 초등학생이 되었고 내가 여섯 살 때 우리가 살던 건물 일층에 피아노 교습소가 생겼다. 처음에는 언니와 내가 레슨을 받기 시작했으나 여름방학이 끝날 무렵 무슨 이유에서인지 언니만 레슨을 받고 있었다. 우리 집에 피아노가 들어온 건 오 년 후였다. 상고 출신 공채직원으로 입사한 아버지가 마침내 계열사 사장에 취임한 것이다. 중소기업이지만 아버지에게 회사 차가 배정되었고, 아버지는 출근길에 큰길 하나만 건너면 되는 학교까지 굳이 우리 자매를 등교시켜주었다. 언니의 피아노 교습도 본격화되었다. 피아노 학원에 다니던 것은 교사가 집에 오는 것으로 바뀌었다.

강남의 고급 빌라로 이사를 가면서부터는 더욱 많은 것이 달라졌다. 아버지는 손님들 초대하는 걸 즐겼다. 대부분 회사의 간부들이거나 바이어들이었다. 엄마는 가구나 조명으로 집 안을 꾸미는 일에 열심이었고 수영과 마사지로 몸매와 피부를 가꾸고 요리 학원에 다니기 시작했다. 손님들의 술자리가 길어지면 빠지지 않는 절차가 있었다. 피아노 연주였다. 아버지는 언니가 자고 있으면 깨워서라도 피아노를 치게 했다. 잠이 덜 깬 언니가 투덜거리면 엄마는 언니의 등짝을 찰싹 때렸다. 양 볼을 꼬집거나 찬 물수건으로 얼굴을 문지르기도 했다. 언니가 예고에 진학한 후에는 명문 음대에 진학시키기 위해 거액의 레슨비를 지불하며 대학교수들에게 레슨을 받았고, 엄마는 승용차로 언니를 실어 날랐다. 언니의 피아노는 아버지의 자랑거리였고, 중산층에 진입한 상징 같은 거였다. 나는 언니를 가엽게 바라보면서 피아노를 배우지 않아서 다행이라고 안도의 한숨을 내쉬었다.

그러나 세월이 흘러 그때를 돌이켜보면, 가여운 건 나였다. 아버지는 유독 언니를 편애했다. 아버지의 편애와 거기에 편승해서 엄마가 무신경하게 내뱉는 말은 나의 무의식에 깊은 상흔을 남겼다. 내가 다섯 살 때, 다리 밑에서 주워 왔다는 말이 정말인 줄 알고 가출을 했다는 이야기는, 엄마 아버지가 술안주처럼 써먹는 레퍼토리였다. 일요일 저녁이었다 아이

가. 밥 먹으라 캤는데 안 오는 기라. 하마 오겠지 기다리다가 방에 가보이, 보따리를 펴놓고 빤스하고 양말하고 옷을 주섬주섬 싸고 있는 기라. 뭐 하나, 숨어서 봤드만 보따리를 들고 집을 나가는 기라. 얼굴은 눈물 콧물 범벅이제. 니 어데 가노? 캤드만 친엄마 찾으러 간다는 기라. 아이고 얼마나 우습던지. 그러나 내 기억에는 없는 얘기였다. 엄마가 창작한 게 아니라면, 내가 기억 속에서 지워버렸을 터였다. 엄마가 깔깔거리며 그 말을 할 때마다 내가 기억도 하지 못할 어린 나이에 벌써 편애를 느끼고 있었다는 사실만 일깨울 뿐이었다. 그러나 그걸 내색하는 게 죽기보다 싫었다. 듣기 싫다고 발끈하면 내가 그 얘기를 불편해한다는 사실을 들키게 되고 그러면 편애를 인정하는 꼴이 될 것 같아서 내가 도리어 과장되게 깔깔거렸다. 가출 얘기가 되풀이될 때면 무의식의 수면 위로 잊고 있던 이야기가 하나씩 떠올랐다.

야는 누구를 닮아서 가시나가 이래 선머스마처럼 천방지축이고? 아버지의 질책이 이어질 때마다 나는 숨을 쉴 수가 없었다. 나도 언니처럼 잘할 수 있어요. 그러나 나는 뭔가를 잘하려고 하면 할수록 사고만 치는 아이였다. 잔뜩 주눅이 든 꼬마는 말 한마디 못하고 애정을 갈구하는 눈빛으로 아버지를 쳐다보기만 했다. 가시나가 어데 아버지를 빤히 꼴셔보노, 으이? '누구를 닮아서'라는 말은 아버지가 입에 달고 사는 말이었고, 우리 가족을 둘로 나누는 말이었다. 호리호리한 몸매와 가늘고 긴 손가락을 가진 아버지와 언니, 펑퍼짐한 몸, 짧은 손가락의 엄마와 나. '누구를 닮아서'라는 말로 아버지가 나를 질책할 때마다 엄마는 아버지의 눈치를 보면서 덩달아 나를 비아냥거리는 것으로 은근히 아버지 쪽에 붙어 섰다. 뭘 해도 언니의 반도 못 따라가는 데다 순한 언니와 달리 못된 눈빛을 가진 아이는 가출 사건으로 아버지의 눈 밖으로 났다. 피아노 레슨도 아버지가 그만두게 했다는 건 나중에 알게 되었다. 이 손가락에 피아노는 개 발에 편자다.

아버지가 회사에서 징계를 받고 해고된 건 언니가 대학 입학을 앞두고 있던 때였다. 엄마와 아버지가 다투는 중에, 바이어들에게 뇌물을 받았다느니 횡령이니 하는 말이 오고 간 것으로 미루어 퇴직금조차 받지 못한 것 같았다. 대출을 끼고 산 빌라를 팔고 연립주택으로 이사를 가야 할 정도로 집안 사정이 악화되었지만 언니의 레슨은 멈출 수 없었다. 언니를 곤두박질치는 집안을 잡아줄 동아줄로 생각한 엄마는 언니가 대학을 졸업하기도 전에 중매쟁이들에게 선을 대더니, 요식업 프랜차이즈로 급성장한 집안과 혼사에 성공했다. 지방 도시에서 제법 소문난 해장국집이 경영 컨설팅을 받고 도시마다 체인점을 내면서 부자가 된 집안이었다. 사돈 집안과 우리 집은 그런 점에서 쌍생아처럼 죽이 잘 맞았다. 언니는 우리 집에서 시집의 장식품으로 자리를 옮긴 것처럼 보였다. 나는 아버지의 편애로 괴로워하던 시기를 진작에 지나 순종적인 언니를 비웃거나 가여워하던 시절도 지나, 그즈음에는 차라리 고마워하고 있었다. 언니에게 집중된 관심 덕에 나는 마음껏 자유를 구가하고 있었다. 나는 이미 고등학생 때부터 친구들과 어울려 술 담배를 했고, 취한 채 집 앞에 널브러져 있기도 했다. 그때마다 엄마는 이런 내 모습을 아버지에게 들킬까 봐 전전긍긍했다. 물론 나를 걱정해서 그런 건 아니었다.

바르샤바에서는 추모비를 피해서 다니는 것도 어려웠지만, 피아노 소리를 피하는 건 더 어려웠다. 내가 매일 걸어 다니는 로열로드를 따라서 까만 화강암 상판의 벤치가 놓여 있었는데, 벤치의 버튼을 누르면 쇼팽의 음악이 흘러나왔다. 쇼팽의 심장이 안치되어 있는 성 십자가 성당에서는 쇼팽 서거일에 그의 장례식 때 연주되었던 모차르트의 「레퀴엠」이 울려 퍼졌다.

주말에는 쇼팽의 동상이 있는 와지엔키 공원에서 피아노 연주회가 열렸다. 볕이 좋은 주말 공원의 풀밭에는 사람들이 가득했다. 파란 가을 하늘 아래 가족과 연인들이 비스듬히 눕거나 엎드려서 여유 있게 음악을 즐기는 모습을 나는 부러운 눈길로 바라보았다. 그들 머리 위로 흐르는 음악 소리가 천상의 소리처럼 아름다웠다. 그걸 부정할 수는 없었다. 수많은 악기들 중 단지 피아노일 뿐이다. 그렇게 생각하려고 했다. 그러나 현을 두드리는 건반이 내 속의 연약한 어떤 지점을 자꾸만 건드렸고 어느 순간 항아리가 깨지듯 와르르 터져버릴 것 같아 주체할 수가 없었다. 나는 벌떡 일어나 공원을 나와버렸다.

나는 언니의 피아노 연주회에 한 번도 간 적이 없었다. 배가 아프다고, 숙제가 많다고, 갖은 핑계를 끌어대며 가지 않았다. 엄마 아버지가 한껏 갖추어 입고 연주회에 가고 나면 정말로 머리가 깨질 듯 아프고 배가 아팠다. 와지엔키 공원에서 피아노 연주를 듣다 보면, 어린 시절의 나 자신이 비루하고 초라하게 느껴졌다. 지금까지 나는 피해의식에 사로잡혀 나를 한껏 가여워하며 살았는데, 그런 나를 누군가 비웃는 것 같았다. 심지어는 가해자라고 비난하는 것만 같았다. 그러나 그건 어딘지 억울하고 분했다. 그랬음에도 다음 주말이면, 나는 다시 그곳에 앉아 있었다. 가을 연주회가 끝날 때까지 나는 그 짓을 반복하고 있었다. 릴케가 파리에 처음 갔을 때 지인들에게 보내는 편지에 '나는 지금 보는 법을 배우고 있습니다'라고 했다지. 나는 친구들에게 '나는 듣는 법을 배우고 있다'고 써 보냈다.

언니가 항공권을 티케팅 했다는 연락을 받은 후, 내가 제일 먼저 한 건 피아노 연주회 티켓 예매였다. 조성진이라는 피아니스트를 나는 그때 처음 알았다. 그가 몇 해 전 쇼팽 콩쿠르에서 우승을 한 첫 한국인 연주자라는 것도. 거리 곳곳에 그의 연주회 포스터가 도배하듯이 붙어 있었지만, 언니가 아니었다면 나 혼자 가는 일은 없었을 것이다.

*

그날, 나는 내가 갖고 있던 옷 중 유일한 원피스를 언니에게 건넸다. 울 소재의 짙은 와인색 원피스는 살구색 카디건과 잘 어울렸다. 연주회는 서프라이즈를 위해 비밀에 부치고 저녁을 사겠다는 말만 했다.

'소울키친'은 사전 예약제로 운영하는 바르샤바에서 꽤 유명한 스테이크 전문점인데, 혼자 가는 게 어색해서 눈도장만 찍고 있던 곳이었다. 역시, 혼자 갔더라면 제대로 먹지도 못하고 쫓기듯 나왔거나 체했을 것 같았다. 식당은 인테리어나 서비스 매너가 격조 높고 중후했으며 손님들은 소소하게라도 기념할 만한 무엇이 있는 듯 화사하고 고양된 표정으로 먹고 마셨다. 요리도 훌륭해서 스테이크는 내 평생 먹어본 것 중 최고라고 할 만했다. 그런데 언니는 엉뚱하게 식전 샐러드와 곁들여 나온 홈무스에 관심을 보였다. 홈무스는 처음 먹어보는데, 올리브유와 너무 잘 어울리고 풍미가 좋다면서 만들어보겠다고 했다. 내가 완제품을 마트에서 살 수 있으니 힘들게 만들 필요가 없다고 하자, 언니는 직접 만들어보고 싶다고 했다.

언니가 요리에 관심이 많은지 몰랐네.

우리는 모르는 게 더 많지 않아?

뭐, 하긴 그렇지.

집에 혼자 있으려니 시간이 흘러넘치더라. 이것저것 다 해봤는데, 요리 프로그램 보면서 요리하는 게 제일 좋았어. 어딘지 명상의 분위기 같은 것도 있고. 다만 한 가지 문제가 있는데, 요리라는 거, 자기 혼자 먹겠다고 하는 게 아니더라. 그때 네 생각이 났어. 외국에서 먹는 것 때문에 고생할 것 같아서. 그래서 양념들을 챙겨온 건데……

아쉬운 표정으로 웃는 언니를 보면서 나는, 그러니까 혼자 먹기 싫어서 여기까지 온 거구나 생각했다.

내셔널 필하모닉 홀 앞에 도착하자 언니가 멈칫하며 나를 쳐다봤다. 홀 입구에는 조성진의 포스터가 도배하듯이 붙어 있었다.

언니를 위한 서프라이즈 선물이야. 내가 티켓을 예매해뒀어.

기특한 아이디어가 스스로도 뿌듯했다. 나는 칭찬받고 싶은 어린아이처럼 활짝 웃으며 언니를 바라보았으나, 언니는 공포에 질린 듯 안절부절못하더니 몸을 휙 돌려 걷기 시작했다. 나는 놀라서 언니 팔을 붙잡아 세웠다.

어딜 가는 거야?

집에.

언니!

몸이 좋지 않아.

갑자기? 어디가 아픈데?

너 혼자 보고 와. 나는 아무래도.

언니는 자기 두 손을 내려다보다가 손바닥을 옷에 닦으며 나를 바라보았다.

아, 그 표정은 나를 순식간에 이십여 년 전으로 데려갔다. 안색이 종잇장처럼 하얘지고 두 눈알이 양쪽으로 벌어지면서 눈꼬리가 축 늘어지는 표정은 곤란한 상황에 부닥쳤을 때 언니가 짓곤 하던 표정이었다. 자다가도 불려 나와 피아노를 쳐야 했던, 아버지의 액세서리처럼 살았던 언니의 사춘기 시절과 의붓자식처럼 연주회 뒤치다꺼리를 하며 화려한 스포트라이트를 받는 언니에 대한 질투에 눈이 멀어서 술 담배를 하고 몸을 함부로 놀리던 나의 사춘기, 이제는 다 잊어버렸다고 생각했던 그 시절이 돌연 눈앞에 펼쳐졌다. 자신을 툭 놓아버리듯 마치 줄이 끊어진 마리오네트처럼 멍청한 표정은, 정나미가 뚝 떨어지는 것이었다. 그것 때문에 엄마에게 등짝을 맞는 모습을 여러 번 보았다. 정작 언니는 자신의 그런 표정을 전혀 모르는지, 울면서 엄마에게 용서를 빌었다. 언니는 자신의 얼굴을 멍청하게 일그러뜨렸지만, 묘하게도 언니를 보고 있는 상대방이 조롱당하는 기분이 들게 만들었다. 나는 언니의 등짝을 확 떠밀며 돌아섰다.

피아노 연주 소리가 불협화음처럼 신경을 긁어댔다. 불시에 봉변을 당한 듯 뛰는 가슴이 진정되지 않았다. 언니의 칭찬 따위는 내가 바란 것도 아니었다. 하지만 적어도 기뻐하며 고마워하는 모습은 기대했었다. 그런데 이토록 모욕을 당할 줄은 미처 몰랐다. 비어 있는 옆자리마저 나를 조롱하는 기분이었다. 도대체 무슨 일이야? 어디서부터 잘못된 거지? 우리가 처음 만났던 공항까지 거슬러 가봤지만 이유를 찾을 수 없었다. 혹시, 정말 아픈 걸까? 그렇게 보내버리는 게 아니었나? 분노가 조금 잦아들자 슬그머니 후회가 고개를 들더니 걱정이 되기 시작했다. 한번 그쪽으로 생각이 기울자, 아파트는 잘 찾아갔는지 길을 잃고 헤매는 건 아닌지 길에 쓰러지기라도 한 건 아닌지 온갖 험한 모습이 떠올랐다. 결국 나는 인터미션 때 연주회장을 나와버렸다.

언니는 발코니 창 앞에 앉아 와인을 마시고 있었다. 그 모습이 너무 말짱해서 간신히 눌러놨던 화가 다시 치밀었다. 연주회 좋았어? 물어보는 언니 말을 무시하고 방으로 들어가려는데 언니가 소리치듯 말했다.

피아노가 무서워.

취한 목소리가 마치 내게 화를 내는 것처럼 들렸다. 적반하장이네. 나는 화를 지그시 누르며 언니 앞에 앉아 따지듯이 말했다.

뭐라는 거야? 지금까지 피아노만 치면서 살아온 사람이 피아노가 무섭다니. 그래, 좋아. 그건 내가 상관할 문제가 아니니까. 하지만 그걸 꼭 오늘 같은 날 표시를 내야 했어? 우리가 한 공간에서 지내는 게 아마 십 년쯤 됐지? 그런데 동생이 기껏 생각해서 준비한 선물을 그런 식으로 무시해?

나, 더 이상 피아노를 칠 수 없어. 피아노만 보면 손가락이 마비돼버려. 피아노 소리만 들려도 머리가 터져버릴 것 같아.

언니는 자신의 두 손을 들여다보면서 독백을 하듯이 천천히 말했다.

그와 음악 얘기하는 게 좋았어. 그런데……

몽롱한 목소리와 표정은 일인극이라도 하는 것 같았다. 등짝을 후려치고 싶은 걸 꾹 누르며 목소리를 높였다.

동문서답 좀 하지 말고, 알아듣게 말해.

언니는 퍼뜩 정신을 차린 듯 자세를 고쳐 앉았다.

남편은 음악 빼고 다 좋아했어. 파티, 술, 여자, 그리고 부부 동반 파티에서 사람들에게 자기 아내가 피아니스트라고 소개하는 것도. 순전히 거래처 사람들에게 과시하려고 독주회를 열고 티켓을 뿌려댄 적도 있어. 음악에 대해서는 하나도 몰라. 나는 시든 꽃다발처럼 구석에 버려져. 그런데 그게 너무 익숙해서 이상한지도 몰랐어. 아버지도 그랬잖아. 그건 너도 알지?

내게 동의를 구하듯 언니는 말을 멈추고 나를 바라보았다. 나는 입을 꾹 다물고 팔짱을 꼈다.

내가 좀 멍청하지. 내가 얼마나 멍청한지 이혼을 하고 나서야 알았어. 이혼을 당한 게 멍청한 게 아니고, 그때 느낀 해방감, 자유의 느낌, 그런 걸 처음 안 거야. 아버지까지 나를 내치니까 춤을 추고 싶더라.

갑자기 이 모든 상황이 지겨워졌다. 무엇보다 자기가 피해자인 듯 말하는 게 어이없었다. 나는 회심의 일격을 가하듯 언니의 말을 끊고 물었다.

그 사람하고는 어떻게 된 거야?

그 사람?

불미스러운 일이 있었다는 그 지휘자 말이야.

불미스러운? 누가 그래?

언니의 눈빛이 불안하게 흔들렸다. 나는 물러나지 않았다.

이번에도 언니가 사팔뜨기가 된다면 당장 집에서 쫓아내겠다
는 생각까지 하면서 상처를 후벼 파듯이 잔인하게 말했다.

엄마가 그러더라. 소문이 파다하게 퍼졌다던데?

불안하게나마 흔들리던 눈빛이 마치 불이 꺼지듯 사라지고
언니는 한숨을 폭 내쉬었다.

그래, 불미해. 음악 얘기하던 시간은 아름다웠는데, 끝이
불미해졌어.

남 얘기하듯이 말하지 마.

자꾸만 연습실로 찾아와서 도와주겠다는데 거절할 수 없잖
아. 그랬더니 자꾸 선을 넘더라.

거절했어야지.

그게, 말처럼 쉽지 않아.

왜? 좋아서?

생각해보니까 한 번도 해본 적이 없는 거야. 어떻게 거절해
야 되는지도 모르겠고, 그러면 그 사람은 얼마나 자존심이 상
할까, 그것도 걱정이 되고.

언니가 우물쭈물하는 사이, 악단 사람들이 눈치를 챘고 이
상한 소문이 무성해졌는데 소문이라는 것의 속성이 그렇듯이
당사자인 언니만 모르고 있었다. 어느 순간 지휘자의 태도가
달라진 거 같아 고개를 갸웃하던 즈음, 리허설 때나 연습 때
피아노를 치는 언니의 손가락을 지휘봉으로 톡톡 치면서 지
적질을 해대기 시작했다. 재단 이사인 아내를 의식하고 소문
을 잠재우기 위한 행동이라는 걸, 그런 일을 겪은 사람이 한

두 사람이 아니란 걸 언니만 모르고 있었다. 영문도 모른 채 모욕적인 지적질을 당하던 언니는 악보를 까먹거나 틀리고 급기야는 손가락에 쥐가 나고 마비가 오기 시작했다.

사연은 거기에서 끝이 아니었다. 언니가 해고되자 차라리 맘 편하게 잘되었다는 듯이 지휘자가 언니 집으로 찾아오기 시작했다. 언니는 전화를 받지 않고 만나주지도 않았다. 그러던 어느 날, 외출하는 언니 앞에 그가 나타났다. 그의 손에서 칼날이 반짝 빛났다.

그런데 이상하지? 칼이 하나도 무섭지 않더라. 그 사람이 막 나가니까, 차라리 마음이 편한 거야. 나도 막 나가면 되니까. 자존심이 상할까 봐 걱정하지 않아도 되니까. 그래서 찌르라고 했어. 너 같은 사람이 찌르는 것은 그다지 불명예가 아니다, 불미스럽기는 하지만. 막상 찌르라니까, 아무 짓도 못하고 비칠비칠 도망치더라. 그런데 그다음이 더 무서운 거야. 무서워서 집에 갈 수가 없었어. 그래서 호텔을 전전하다가, 너한테 온 거야.

경찰에 신고를 했어야지, 여기로 오면 어떡해?

내가 그런 거 잘 못하는 거 네가 더 잘 알지 않아?

나는 미간을 찌푸리며 언니를 쏘아보았다.

내가 뭘 더 잘 안다는 거야?

내가 첫 콩쿠르에서 상 탔을 때 말이야, 내가 열두 살 때니까 너는 열 살이었다, 그치?

그랬지. 천재 났다고 아주 난리가 아니었지.

그때 기억 안 나?

뭘 말이야? 난 거기 가지도 않았는데. 몇 날 며칠 집에서 잔치한다고, 언니가 맨날 드레스 입고 피아노 쳐댈 동안 나는 하루 종일 심부름한다고 다리가 퉁퉁 부었던 건 기억 나?

내가 신들린 연주를 했다더라. 정작 나는 머리가 하얗게 돼서 어떻게 연주를 하고 내려왔는지, 기억이 하나도 나지 않는데. 그때 말이야, 무대에 올라가서 악보를 폈는데……

언니는 자꾸만 말꼬리를 돌렸고 우리의 대화는 어딘가로 미끄러지고 있었다.

폈는데?

악보에 실뱀장어가 잔뜩 뒤엉켜서……

실뱀장어?

진짜 실뱀장어는 아니고, 날카로운 면도칼로 그어댄 거였어.

면도칼? 악보에다? 누가 그런 건데?

언니가 씨익, 웃으면서 나를 돌아보는데 눈동자가 돌아가 있었다.

언니를 참아내는 게 점점 힘겨워지고 있었다. 언니는 무슨 일이 있었냐는 듯 수프를 끓이고 샐러드를 만들고 밥을 해서, 지치지도 않고 내게 권했다. 오후에는 마트에 가서 장을 보고 저녁을 차렸다. 처음에는 나를 위해서 그러는 것 같았으나, 갈수록 내가 언니 집에 얹혀 있는 기분이 들었다. 멍청한 그 표정을 또 보게 될까 봐 얼굴을 마주치기도 싫었다. 아무

일도 없었다는 듯 여전한 그 태도가 가증스러웠다. 나는 좁고 어두컴컴한 침실에 눕거나 엎드려서 책을 보았다. 악보를 면도날로 그은 게 나란 거야?

다음 날 오후, 나는 배낭에 노트북과 책을 넣고 아파트를 나왔다.

나 도서관에 갈 거야.

콘서트 이후, 우리는 어차피 함께 외출하는 일이 없었다.

언니가 샌드위치를 만들어주겠다고 조금만 기다리라고 했지만 나는 그대로 아파트를 나와버렸다. 그 순간에는 한 방 먹인 것 같아 후련했는데, 걷다 보니 속 좁게 군 내가 혐오스럽고 미안한 생각마저 들었다. 그러나 이내 반발심이 일었다. 이게 내가 미안할 일인가? 어째서 내가 미안해야 하지? 엄마 아버지의 사랑을 독차지했으면서, 정작 편애를 당하고 상처 입은 건 나인데, 나에게 뭘 따지려고 드는 건가. 악보에 면도날을 그은 게 정말 나라는 거야? 그것도 가출 사건처럼 내 무의식이 지워버린 걸까. 그제야 나는 언니의 귀국 날짜를 모르고 있다는 걸 깨달았다. 그걸 물으면 돌아가라는 말로 들릴까? 도서관에서 노트북을 펴놓고 앉았으나 한 줄도 쓸 수 없었다.

도서관에서 나오자, 어둠이 내린 거리에 플라타너스 이파리가 굴러다녔다. 이런 기분으로 아파트에 들어가고 싶지 않았다. 나는 발길을 돌려 대학가 펍으로 들어갔다. 바람 부는 거리를 바라보며 맥주를 마시고 있으려니, 내 집에서 쫓겨난 기분이었다. 언니는 지금까지 언니 악보에 면도칼을 그어댄 게 나라고 생각하고 있었던 걸까? 그랬으면서 한마디도 하지 않았다는 건가? 그걸 따지러 온 건가? 언니가 여기까지 온 진짜 이유가 그거였나? 어디서부터 무엇이 잘못되었는지 알 것 같았다. 평소에 가깝게 지내지도 않던 자매가 갑자기 무슨 추억을 쌓겠다는 생각부터가 잘못이었다.

아파트 현관문이 열리는 것과 동시에 소파에 누워 있던 언니가 벌떡 일어나더니, 주방으로 가서 가스레인지를 켰다. 식탁에는 와인 잔과 빈 접시, 포크와 나이프가 두 세트 세팅되어 있었다.

나는 식탁은 본체만체하고 물었다.

귀국 날짜가 며칠이야?

어?

한국으로 돌아가는 날이 언제냐고.

벌떡 일어나서 가스 불을 켜던 민첩함은 어디로 사라지고 맹한 표정이 되었다. 그걸 보자 또 짜증이 치밀었다. 험한 말이 나올 것 같아서 나는 그대로 욕실로 들어가버렸다.

*

다음 날 눈을 뜬 건 정오가 한참 지나서였다. 바깥이 조용했다. 나가보니 언니가 보이지 않았다. 늘 메고 다니던 작은 백팩도 보이지 않았다. 소파 팔걸이에 언니가 입고 다니던 나의 카디건이 걸려 있었다. 갔나? 무의식의 수초를 헤집고 불쑥 떠오른 생각에 나는 흠칫 놀랐지만, 놀람 속에는 네가 바라던 게 그거 아니냐, 갔다면 차라리 잘된 거지, 맹한 주제에 용케도 내 마음을 읽었네, 하는 복잡한 심사가 뒤엉켜 있었다. 그대로 갔다고 해도 이상할 건 없었다. 어차피 여행 가방도 없으니 백팩 하나만 들고 가면 되는 것이다. 하지만 그때만 해도 그럴 리가 없다고, 그래서는 안 된다는 확신에 차 있었다. 그러나 도서관에 갔다가 밤에 돌아왔을 때도 언니는 없었다. 카디건도 그대로였다. 잠깐 들어왔던 흔적도 없었다. 정말 이대로 간 걸까? 전화를 걸어보았으나 휴대폰은 여전히 꺼진 채였다. 밤이 깊어가고 있었다. 좁은 거실을 초조하게 서성거리던 나는 밖으로 나갔다. 그동안 언니와 다녔던 카페와 성당, 광장까지 텅 빈 거리를 돌아다니다가 돌아온 나는 그날 밤을 뜬눈으로 새웠다. 정말로 갔나? 귀국 날짜가 오늘이었나? 가면 간다는 말도 못한단 말인가. 마치 내가 쫓아내기라도 한 것처럼 이게 뭔가.

희붐하게 동이 터오는 걸 보고서야 나는 소파에 그대로 누워버렸다. 오후에 눈을 뜬 나는 주위를 두리번거렸다. 언니가 오기는 왔던가? 나는 뭔가에 홀린 듯 밖으로 나갔다. 시간이 흐를수록 언니를 찾을 수 없을 거란 생각만 점점 짙어가더니 언니가 왔었다는 사실도 미심쩍었다. 나중에는 내가 뭘 찾아 헤매는지도 알 수 없는 지경이었다.

정신을 차리고 보니 중앙역이었다. 언니와 유대인 뮤지엄에 다녀오면서 튤립을 샀던 꽃 가판대에는 어느새 각양각색의 가을 국화가 수북하게 꽂혀 있었다. 언니가 식탁 물병에 꽂아둔 튤립이 아직 있는지 기억이 나지 않았다. 가판대를 지나 어느 빌딩 앞에서 낯익은 포스터를 부착한 버스를 발견했다. 연극 「유대인 극장」의 포스터였다. 바르샤바 공연 정보를 검색하다가 발견한 연극이었다. 중앙역 부근에서 극장이 있는 스튜디오까지 셔틀버스를 운행한다는 공지를 본 기억이 났다. 기진맥진한 상태에 다리도 아팠던 나는 그대로 셔틀버스를 타버렸다.

버스는 도심을 벗어나 다리를 건너더니 비스와 강변을 따라 달렸다. 십여 분 정도 달렸을 뿐인데, 주변은 이렇다 할 만한 건물도 없이 황량했다. 버스가 닿은 곳은 예술회관 같은 건물이었다. 안으로 들어가니 로비가 나왔고 카운터에서 티켓을 구입하자 옆으로 난 입구를 가리켰다. 문을 열고 두꺼운 휘장을 들치자 매캐한 먼지 냄새가 났다. 천장이 높은 대형 창고처럼 휑뎅그렁하고 어둑한 실내에 스모그가 희뿌옇게 퍼져 있었다. 희미한 조명에 의지해서 시야가 트이자 충격적인 장면과 맞닥뜨렸다. 그러니까 휘장을 걷고 들어선 곳이 곧바로 연극 무대였다. 무대가 따로 없는 연극이었다. 넓은 공간 한쪽 끝에 완전 나체의 젊은 여자가, 반대쪽 끝에는 양복을 입은 젊은 남자가 마주 보며 서 있었다.

유대인의 골렘 신화를 토대로 기획된, 홀로코스트에 대한 색다른 실험극이란 것이 내가 알고 있는 사전 정보의 전부였다. 그렇다면 알아듣지 못해도 크게 상관없겠다고 짐작했었다. 그러나 그 어느 연극보다 대사가 많았다. 스토리라인도 상대도 없는 독백이 대부분이어서 맥락을 따라잡을 수 없으니 더욱 난해했다. 양복을 입은 남자가 나체의 여자에게 다가갔다. 남자가 여자의 팔을 건드리면 팔을 들어 올리고, 다리를 건들면 다리를 들어 올리더니 이윽고 달리기 시작했다. 진흙으로 빚은 골렘에게 숨결을 불어넣는 걸 의미하는 것 같았다. 여자가 달리는 걸 바라보고 있는데 내 등 뒤에서 누군가 몽유병 환자처럼 걸어 다녔다. 뒤뿐 아니라 앞에서도 옆에서도, 유령처럼 걸어 다녔다. 그런가 하면 구석에 있는 문에서 누군가 나오고, 옆으로는 모터 체어가 스윽 지나갔다.

연극판은 여기저기에서 동시다발적으로 벌어졌다. 테이블을 사이에 두고 심각한 표정으로 떠들고 있는 노인들, 스튜디오 유리창 너머에서 팬터마임을 하는 남자들, 천천히 걷다가 갑자기 벽을 타고 뛰어오르더니 분필로 이디시어 같은 걸 쓰고는 촛농처럼 스르르 흘러내리는 여자, 울타리에 빨래처럼 축 늘어져 있는 여자, 산소마스크를 쓰고 병상에 누워 있는 환자, 악을 쓰면서 돌아다니는 여자…… 어디를 봐야 할지 정신을 차릴 수가 없었다. 무대가 따로 없듯 객석도 따로 없었다. 관객들은 자기가 보고 싶은 곳으로 다가가기도 하고, 돌아서서 뒤에서 벌어지는 장면을 바라보거나, 멀찌감치 떨어져서 전체를 조망하기도 했다. 시간이 지날수록 배우와 관객이 뒤섞였다. 다른 장면을 보려고 관객들이 배우들 앞으로 마구 걸어 다녀도 아무런 상관이 없었다. 연극은 그런 상황을 오히려 유도하는 것 같았다.

유독 눈에 띄는 이들이 있었다. 그들은 머리부터 발끝까지 하얀 방제복을 입고 사람들의 귀에 대고 뭔가를 속삭이며 돌아다녔다. 속삭임을 들은 이들이 마치 감염이라도 된 듯 방제복을 입은 이들과 똑같은 짓을 하는 모습은 내게 혐오 발언을 했던 폴란드 할머니를 떠올리게 했다. 뱀의 혀처럼 날름거리는 그들의 혀에서 독기가 뿜어져 나오는 것 같았다. 그때쯤에는 그들이 속삭이는 상대가 배우인지 관객인지 분간할 수 없었고, 나조차 좀비처럼 이리저리 돌아다니고 있었다.

묘한 기시감에 어리둥절해졌을 때는, 처음 내가 무대에 입장했을 때와 똑같은 장면이 반복된 지 한참 지난 후였다. 연극은 처음과 끝이 따로 없으며, 관객들은 언제든지 들어가고 나갈 수 있다는 공지문이 그제야 기억났다. 그래도 그렇지, 아무런 사인도 없이 처음 장면으로 돌아갈 줄은 몰랐다. 정신을 차리고 밖으로 나갔더니, 방금 셔틀버스가 떠났다고 했다. 다음 버스는 다시 시작한 공연이 끝나는 두 시간 후쯤 있을 거라고 했다.

바깥은 칠흑처럼 어두웠다. 스튜디오 건물만 덜렁 있는 시외곽의 사차선 도로에는 트럭들이 쌩쌩 바람을 일으키며 달렸다. 도로 너머로 강둑이 보였고 강 건너 아스라이 도시의 불빛이 반짝거렸다. 강을 사이에 두고 차안과 피안처럼 다른 세상이었다. 사람은 보이지 않았다. 어디로 가야 할지 몰라 두리번거리다가, 내가 왔던 방향으로 걷기 시작했다. 밤새 걸어야 되는 걸까 체념할 즈음, 희미하게 불빛이 보이고 신기루처럼 버스 정류장이 나타났다. 과연 이곳에 버스가 서기나 할지, 이 시간에 지나가는 버스가 있기나 한지 막막했다.

항공사 직원이 언니의 가방을 들고 나타난 건 내가 막 아파트를 나서려고 할 때였다. 네임카드를 넣게 되어 있는 자그마한 비닐 커버 안에 언니의 이름이 적혀 있었다. 가방에서 역한 냄새가 풍겼다. 감색 천으로 된 캐리어에 손바닥 넓이의 얼룩이 번져 있었다. 가방 안의 내용물에서 뭔가 흘러나온 것 같았다. 가방의 지퍼를 열던 나의 손이 멈칫했다. 언니가 말했던 반찬류들이 오래 방치되면서 부패하고 포장이 찢어져 생긴 얼룩일 테지만, 역한 냄새는 이 도시에 퍼져 있는 냄새를 떠올리게 했다. 불길한 상상에 진저리를 치며 나는 가방을 거실 구석으로 밀어놓고 아파트를 나와버렸다.

연극을 보는 내내 그 가방이 머릿속에서 떠나지 않았다. 실은 언니 생각으로 가득했다. 저기 서 있는 여자가 언니 같았고, 엎드려서 울고 있는 여자가 언니 같았고, 벽을 타고 오르는 미친 여자가 언니 같아서, 마치 조리돌림이라도 당하듯이 이 여자 저 여자를 쫓아다녔다. 방제복을 입은 이들이 출현했을 때는 숨이 턱 막혔다. 폴란드 할머니를 떠올린 순간 내가 폴란드 할머니와 무엇이 다른가 싶은 자책이 명치를 콕콕 찔러댔다. 여자들의 어깨며 팔을 붙잡고 얼굴을 들여다보던 나는 섬뜩하도록 차가운 그들의 표정에 그만 다리가 풀려버렸다. 주저앉아 있는 내게 나체의 여자 배우가 다가오더니 어깨를 감싸며 무슨 말을 했다. 알아들을 수 없었지만, 나를 위로하고 있다는 건 느껴졌다. 아니야, 내가 아니야. 나는 그녀를 바라보며 천천히 고개를 저으며 중얼거렸다. 나는 무슨 의미로 그런 말을 했던 걸까. 나는 언니를 비웃고 가여워했을지언정 미워한 적은 없었다. 내가 미워한 건 아버지였고, 아무 생각 없는 엄마였다. 그건 진실일까? 언니의 악보에 면도날을 그어댄 게 정말로 나였을까? 그게 사실이라면 어린 나는 무엇에 감염되었던 걸까.

어둠 속 불빛 아래 서 있으려니 나는 여전히 유대인 극장에 있는 것 같았다.

작가노트

혐오의 시대에, 나는

해외여행을 하면서 두어 번 정도 혐오 발언의 대상이 된 적이 있다. 한번은 은발을 곱게 빗어 넘긴 자그마한 할머니로부터, 한번은 10대 백인 소녀들로부터. 그때 알았다. 혐오의 언어는 번역이 필요 없다는 걸.

할머니에게 그런 말을 들었을 때는 충격이 너무 커서 아무런 대응을 하지 못했다. 하지만 10대 소녀들이 우르르 몰려가면서 나를 향해 그런 말을 했을 때는, 나도 가만 있지 않았다. 나는 내가 알고 있는 욕설을 줄줄이 읊었다. 물론 한국말로. 오해를 살까봐 변명을 하자면, 나는 욕설을 거의 하지 않는다. 하지만 한국어의 찰진 욕설은 나의 흥미로운 채집 대상이다. 어떤 상황에서는 살 떨리는 모욕이 되는 말이, 진한 애정을 표현하는 말로 둔갑하는 걸 볼 때면 한국말이 신비롭다는 생각마저 든다. 그렇게 채집해놓은 것이 마침내 진가를 발

휘했다. 나는 마치 책을 읽듯이 욕설을 나열했을 뿐이었다. 그런데 소녀들이 움찔하더니 겁먹은 강아지들처럼 꽁지를 내리고 도망쳤다. 나는 욕 배틀에서 승리한 것처럼 쾌감마저 느꼈지만, 오랫동안 뒷맛이 개운치 않았다.

그것이 소설의 씨앗이 되었다.

이수경 / 선량하고 무해한 휴일 저녁의 그들

2016년 『동아일보』 신춘문예에 당선되며 작품 활동 시작. 2020년 소설집 『자연사박물관』을 출간했고, 2023년 봄에 두번째 소설집 『너의 총합』이 출간될 예정이다.

대통령 선거가 있던 휴일 저녁에 수아가 남자 친구를 집에 데려와도 되겠냐고 물었다.

"아빠가 좋아할까? 아빠들이란⋯⋯"

내가 우물쭈물하며 말하자, 수아는 술과 안주를 사가지고 남자 친구와 함께 오겠다며 밖으로 나갔다. 나는 수아 방 창문에 특별한 날을 위해 마련해둔 연분홍 꽃무늬 커튼을 달고, 거실에 수아 아빠와 나, 수아와 수아 동생 준이, 그리고 수아의 남자 친구가 앉을 자리와 테이블을 준비했다.

수아의 남자 친구가 고등학교 친구라고 했을 때, 나는 그 여름의 아이들을 떠올렸다.

고등학교에 입학하던 해 여름방학에 수아는 같은 반 친구들을 데리고 와서 마을 뒤 계곡에서 놀았다. 집에서 이 킬로

미터쯤 떨어진 곳에 얕은 계곡과 수영장과 캠핑장이 있었다. 수아와 준이가 어릴 때 자주 가던 곳이었다. 계곡에서 물놀이를 하고 나서 수아 아빠가 대학생 때부터 가지고 있었다는 텐트를 치고 캠핑장에서 하룻밤을 보내곤 했는데, 그런 낡은 구식 텐트를 가지고 다니는 사람은 우리뿐이었다.

수아의 친구들은 남자아이 셋, 여자아이 두 명이있다. 햇볕이 뜨거워서 물놀이 가기에는 좋은 날씨였다. 아이들이 다니던 학교는 신도시에 있었다. 그때만 해도 고교 비평준화 지역이어서 수아는 제법 우수한 성적으로 신도시에 있는 학교에 입학했다. 신도시로 학교에 다니게 된 수아는 가는 곳, 먹는 것, 입고 보는 것이 달라졌다. 아이들이 교복 위에 입고 다니는 옷이나 그들이 사는 고급 아파트와 정원이 있는 타운하우스 같은 것에 대해 말해줄 때 수아의 말투와 표정은, 그 애가 보았다는 새로운 세계만큼이나 낯설고 어색해 보였다.

"시골집에 놀러 온 것 같았대요."

친구들이 돌아가고 나서 수아가 말했다.

신도시에서 놀러 온 아이들은 정말 신도시 아이들 같았다. 남자아이건 여자아이건 하얗게 빛나는 얼굴에 그늘이라곤 없는 밝은 모습이었다.

수아와 친구들이 계곡으로 내려간 후 몇 시간쯤 지나 소나기가 내렸다. 아이들은 비를 흠뻑 맞고 집으로 돌아와 젖은 머리카락과 옷을 말린 뒤 라면을 끓여 먹었다. 다섯 명의 아이들은 성별을 구별할 수 없을 만큼 말투나 행동이 비슷해 보였고 서로 자연스럽게 어울렸다.

나는 안방으로 자리를 피해주며 주방 식탁과 수아 방에서 들려오는 시끌벅적한 소리에 귀를 기울였다. 수아의 목소리는 모두의 웃음소리를 합친 것보다 더 크게 느껴졌다.

"그때 그 남자애?"

그 여름방학에 유난히 해맑게 수아와 장난을 치던 소년을 생각해내고 내가 물었을 때 수아는 고개를 저으며, 지금의 남자 친구는 그 애의 친구인데 그날 계곡에 오지 않았다고 했다.

"우리가 얼마나 놀랐게요, 아줌마."

아이들이 조용해진 틈에 젖은 수건들을 세탁기에 넣고 그릇과 라면 봉지로 어지럽혀진 주방을 정리하고 있을 때, 소년이 수아 방에서 나와 식탁 의자에 앉으며 나에게 말을 걸었다.

수아가 뒤따라 나와 손으로 소년의 입을 막았다.

"우리 엄마는 그런 말 잘 한다니까……"

두 아이의 말에 미소를 지으며 뒤를 돌아보니 소년이 수아의 손을 짓궂게 떼어내며 무슨 얘긴가를 더 하려 했다. 남자아이치고는 희고 매끄러운 종아리가 물장구를 치듯 식탁 아래에서 퍼덕였다.

"그걸 제가 맨 처음 봤어요, 아줌마. 점심시간이었는데…… 수아는 교실에 없고…… 애들한테 그걸 보여주고 다 같이 수아를 찾아다녔어요."

마치 그 시간으로 돌아간 듯 소년의 얼굴에서 장난기가 사라지고 눈은 수아를 향했다. 여름방학이 시작되기 두 달 전쯤에 수아의 카카오스토리 글에 내가 남긴 댓글에 관한 이야기였다. 그날의 소동이라면 나도 알고 있는 일이었다. 아이들 때문에 불안하고 무서운 봄날이었다. 따돌림이나 학교 폭력으로, 성적 때문에, 짐작하거나 짐작하지 못할 어떤 이유로 누군가 옥상에서 뛰어내리던 시절이었다. 옥상은 폐쇄되었고, 학교에서는 '정서 행동 특성 검사' 같은 것을 진행했다. 검사 결과 우울감이 높은 학생들은 상담을 받아야 했다. 상담 대상에 들지는 않았으나 학교에서 통보해온 수아의 우울도는 비교적 높은 편이었다.

나는 매일같이 수아의 카카오스토리를 염탐하다가 그날은 '수아야, 사랑해' 하고 댓글을 남겼다. 그런 말이 그 무렵 아이들이 떠나며 남긴 말이었다는 걸 나는 미처 생각하지 못했지만, 그들 사이에서는 무슨 불길한 암시 같은 것이었다.

사랑한다는 말이 그들을 불안하게 했다.

점심시간이 끝날 때쯤 수아는 나에게 전화를 걸어, "엄마, 괜찮아?" 하고 물었다. 친구들이 수아를 찾으러 다니던 시간에 수아는 전날 화장실에서 몰래 꺼내 쓰다가 빼앗긴 고데기를 돌려받으러 교무실에 가 있었고, 고데기를 받아 들고 교실로 돌아가던 중 소년과 마주쳤다.

"그런 거 아냐. 우리 엄마는 그런 말 잘해."

수아는 아무 일도 아닐 거라고 웃으면서 말했지만, 소년의 불안한 재촉에 어쩔 수 없이 전화를 걸었다는 것이었다.

그 후로도 나는 수아의 카카오스토리에 농담 같은 댓글을 남기곤 했지만, 사랑한다는 말을 다시 쓴 적은 없었다.

몇 달 뒤 수아는 내가 짐작하거나 짐작할 수 없는 어떤 이유로 신도시에 있는 학교를 그만두었기 때문에 그 여름방학의 아이들이 내가 기억하는 수아의 마지막 고등학교 친구들이었다.

'신도시 아이의 친구라니, 그 애도 비슷한 아이였겠군.'

나는 수아와 수아의 고등학교 친구였다는 남자 친구와 투표를 마치고 외출한 수아 아빠를 기다리며 그들이 앉을 자리와 위치를 생각했다.

남자아이의 자리는 소파 왼쪽, 창가에 놓아둔 일인용 캠핑의자였다.

준이가 방에서 나와 수아의 남자 친구에게 어색한 인사를 하고 다시 방으로 들어간 뒤 두 아이가 거실 소파에 나란히 앉았다. 얼마 지나지 않아 티브이에서 선거 출구조사 결과를 발표했다.

"오늘 아빠 기분이 나쁘진 않겠네."

수아가 티브이 방송에 주의를 기울이며 혼잣말을 했다.

수아의 남자 친구는 다리가 길고 어깨가 단단하고 몸집이 무척이나 좋은 아이였다. 키가 백칠십 센티나 되는 수아가 그 옆에서는 형편없이 작아 보일 정도였다. 그해 여름방학이었다면 회고 매끄러운 종아리를 가진 소년이었을 테고, 여자아이건 남자아이건 비슷해 보이던 아이 중 한 명이었을 것이다.

나는 수아와 남자 친구가 사 들고 온 음식을 접시에 옮겨 담아 테이블 위에 차려내느라 주방과 거실을 오가며 선거 방송을 힐끔거렸다. 후보 간의 격차는 그리 크지 않았다. 그래서 더 재미있는 저녁이 될 것 같았다. 수아가 그날 남자 친구를 데려오겠다고 한 것은 그 때문이었을지도 모른다. 선거가 있는 날, 어쩐지 들뜨고 기대에 부풀어 술렁이던 날들을 스물네 살 수아는 기억하고 있을 것이고, 그런 긍정적인 열기가 남자 친구와 가족이 처음 만나는 어색한 자리를 자연스럽게 할지도 모른다고 생각했을 것이다.

"이름이……"

나는 주방 가까운 곳에 놓아둔 일인용 의자에 앉아 수아의 남자 친구에게 부드럽게 말을 걸었지만, 마음속으로는 '수아 아빠가 들어오기 전에 저 아이를 캠핑 의자로 보내야 할 텐데……' 하고 생각했다.

둘은 지나치게 바싹 붙어 앉아 있었다.

"석이에요, 강석……"

수아가 석이 곁에서 조금 떨어져 앉으며 말했다.

"집은 어디야?"

내가 다시 묻자 수아는 석이가 대답할 틈을 주지도 않고, "아빠는 대체 언제쯤 들어올까?" 하며 딴소리를 했다.

다음날 수아가 머뭇거리며 했던 말에 의하면 석이네 집은 신도시에서 한참 떨어진 곳이었다.

준이나 수아처럼 석이도 신도시 아이는 아니었다.

그날 밤 수아 아빠는 뜻밖에 석이가 무척이나 마음에 드는 눈치였다. 수아가 기대했던 것처럼 출구조사 결과나 개표방송의 흐름이 너그러운 마음을 갖게 했을지도 모르지만, 꼭 그것 때문만은 아닌 듯 보였다.

개표가 시작된 지 얼마 되지 않아 수아 아빠가 현관 도어락을 열 때, 나는 소파에서 일어서는 석이에게 건너편 창가 자리로 가라는 눈짓을 보냈다.

수아와 수아 아빠는 소파에 나란히, 석이는 캠핑 의자에, 거실로 나온 준이는 소파 맞은편 자리에 티브이를 등지고, 나는 주방 가까운 쪽 의자에, 우리는 술과 음식이 차려진 테이블을 둘러싸고 앉았다.

"마셔라."

"고맙습니다."

"투표는 했니?"

"아빠, 여기 인증샷."

"받거라."

"네……"

"천천히 마셔도 돼."

"아슬아슬한데요?"

"걱정 없다. 준이 너도 받아라."

"천천히 마실게요."

"잔이 비었다."

"네, 죄송합니다."

"너도 받아라."

"여보, 천천히……"

수아 아빠는 수아와 준이와 석이의 술잔을 채워주며 석이와 잔을 부딪칠 때마다 단번에 다 마셔버렸다. 석이도 수아 아빠가 주는 대로 받아 남김없이 마셨다. 수아는 걱정스러운 표정으로 이따금 석이를 바라봤고, 석이는 괜찮다는 듯 수아에게 고개를 끄덕였다. 준이는 티브이 쪽으로 반쯤 몸을 돌려 개표방송을 보는 듯하다가 이내 휴대폰을 들여다보았다.

석이의 주량이 얼마나 되는지, 혹시 그 애나 수아 아빠가 취해서 서로 곤란한 모습을 보게 되는 것은 아닌지 신경이 쓰여, "천천히 마셔도 돼" 하고 석이 쪽으로 몸을 기울이며 내가 몇 번이나 말했지만, 그때마다 석이는 "고맙습니다" 하고는 수아 아빠의 속도를 따라 술잔을 비웠다.

"뒤집혔어요."

준이가 아빠의 눈치를 살피며 말했다.

"다시 뒤집힐 거다. 그렇지?"

수아 아빠가 술잔을 내밀며 석이를 바라보았다.

"네……"

둘은 잔을 부딪쳤다.

"꼭 그런 건 아닐지도……"

내가 무심히 그렇게 말하자 수아 아빠는 기분이 상한 듯 소파에서 일어나 화장실로 갔다.

'저렇게 휘청이는 다리로……'

나는 그때, 그러니까 그 여름방학에 수아의 신도시 친구들이 계곡에 놀러 왔던 다음 날 밤의 모욕을 생각해냈다.

그날도 수아 아빠는 술에 취해 휘청였다.

대학에 다니던 시절, 그리고 그 후에도 후배들이나 친구들을 만나 술을 마실 때마다 수아 아빠는 끝까지 자신의 속도를 따라 마셔주는 사람을 가리고 편애했는데, 남자들 사이에서는 그런 식의 마초적인 기질을 보이곤 했으나 나에게는 그런 사람이 아니었다. 내가 하는 일 어떤 것도 간섭하거나 자신의 생각을 강요하지 않았고, 남자의 권위를 세우려는 억지스러운 말과 행동을 하지도 않았다.

그날 밤 우리는 평소와 달리 길게 말다툼을 했다.

밖에서 무슨 일이 있었던 것인지 수아 아빠는 불쾌한 얼굴로 집으로 돌아와 아이들의 방문에 대고 잔소리를 했다. 아빠가 취해서 들어오자 준이와 수아는 각자 제 방에 들어가 밖으로 나오지 않았다.

"아빠가 왔는데 내다보지도 않고……"

"술을 마시고 왔으면 점잖게 자야지."

"지금 술이 문제라는 거야?"

"할 말이 있으면 술을 마시지 말고……"

"그러니까 술이 문제냐고!"

"그런 말이 아니잖아요!"

"당신이 그러니까 애들이…… 아빠가 왔는데……"

하나 마나 한 얘기로 서로 언성을 높이는 동안 수아 아빠는 점점 더 기분이 나빠졌고, 그러다가 소파에서 벌떡 일어나 화장실로 갔다. 곧 넘어질 듯 다리를 비틀거리며. 전날 소나기가 지나간 후 다시 햇볕이 뜨겁게 쏟아지고 열대야가 왔다. 집 안은 몹시 끈적이고 무더웠다. 나는 안방으로 들어가서 지갑을 챙겨 나왔다. 바깥 공기를 쐬며 잠시 시간을 보내다가 준이와 수아에게 줄 탄산음료와 우유를 사가지고 돌아올 생각이었다.

그러나 눈 깜짝할 사이에, 화장실 앞에 서 있는 수아 아빠 말고는 어떤 방해물도 없던 현관 앞에서, 나는 앞으로 고꾸라져버렸다. 순식간의 일이었지만 발목에 무언가 걸리는 느낌이었다. 바닥에 넘어진 채로 고개를 돌려 위를 올려다보니 수아 아빠가 들고 있던 한쪽 다리를 내리고 뒤돌아 안방으로 들어갔다. 다리는 여전히 휘청이고 있었지만, 술기운에 불그스름해진 얼굴에서 의기양양한 표정을 본 것도 같았다.

수아 아빠가 기억하든 기억하지 못하든, 술에 취해서였든 얼마간 악의적인 행동이었든, 그의 몸이 내 몸을 그토록 무방비하게 쓰러뜨릴 수 있다는 것은 상상해본 적이 없는 일이었다.

그것은 폭력이라기보다는 모욕에 가까웠다.

차라리 손으로 머리통이나 얼굴을 한 방 날렸다면 나도 달려들거나, 피하거나, 살다가 한두 번쯤은 있을 법한 심각한 부부싸움 정도로 생각하고 말았을지도 모르지만, 그럴 수 있는 일은 아니었다.

고작 술에 취한 남자의 한쪽 다리에 걸려, 그가 큰 힘을 들이지도 않고 가볍게 걸었던 발에 내 온몸이 우스꽝스럽게 나뒹굴었다는 것을 나는 어떻게 생각해야 할지 알 수 없었다.

"그 애가 거친 행동을 하면 당장 그만둬야 해."

나는 이따금 수아의 연애 상대에 관해 그런 말을 했는데, 그때마다 수아는 어이가 없다는 듯 "얼마나 잘해주는데. 그런 애 아냐" 하며 눈을 흘겼고, 그러면 나는 "그래, 그래……" 하고 물러섰지만, 그런 애는 아니더라도 그럴 힘은 있을 거라고 생각했다.

매우 적은 표차로 두 후보가 아슬아슬하게 엎치락뒤치락하다가 한 후보가 점점 앞서갈 즈음에 수아 아빠가 먼저 안방으로 들어갔고, 아빠가 들어가자 준이도 자리에서 일어섰다. 나와 수아와 석이 셋이서 남은 맥주를 마시며 개표방송을 좀 더 보다가 석이가 일어나야 할 즈음에 내가 말했다.

"주말에 캠핑 갈까? 석이도 같이."

*

낡은 구식 텐트를 버리고 작고 가벼운 텐트를 새로 장만했지만, 수아가 고등학교에 가고 준이가 중학생이 된 이후에 우리는 캠핑을 하러 간 적이 없었다. 주황색 인디언 텐트에 따뜻한 불빛의 전구를 걸면 얼마나 예쁜 밤이 될지 보여주고 싶었던 내 마음과는 달리, 수아도 준이도 수아 아빠도 그런 것에는 관심을 보이지 않았다.

주말 아침이 되자 수아는 몹시 기분이 좋아 보였고, 준이와 수아 아빠도 순순히 캠핑장에 따라갈 준비를 했다. 수아 아빠는 한 번도 펼치지 못하고 몇 년 동안 베란다 구석에 놓아둔 텐트와 접이식 나무 테이블을 꺼내 자동차에 실었다. 준이는 캠핑 의자 네 개를 양손에 나눠 들고 아빠를 따라 나갔다. 수아는 석이를 만나 고기와 술을 사 오겠다며 버스를 타고 시내로 갔다. 나는 담요와 일회용품과 고기에 곁들여 먹을 김치와 채소를 챙기고, 수아가 미리 주문해 배송받은 캠핑용품을 풀어보았다. 인디언 텐트에 어울리는 손뜨개 가랜드, 바나나 모양의 야외용 줄전구, 호리병처럼 생긴 엘이디 랜턴 등 전부 장식용 물품들이었다. 크고 낡은 구식 텐트를 가지고 다닐 때 나는 어린 준이와 수아의 손을 잡고 들꽃을 꺾어다가 텐트에 매달곤 했었다.

아직 꽃도 피지 않은 이른 봄이라 날씨가 쌀쌀할까 걱정했지만, 바람조차 훈훈한 휴일이었다.

"새벽에 비 소식이 있다는데?"

가지고 갈 물건들을 모두 자동차 트렁크에 싣고 와서 수아 아빠가 말했다. 우리는 캠핑장에서 저녁을 먹고 불을 피우며 놀다가 수아와 석이만 남겨두고 돌아올 계획이었다.

"새 텐트가 있는데 별일이야 있을라구."

나로서는 빗물이 텐트에 흘러들어 곤란을 겪는 것보다 그곳에 두 아이만 남겨두어야 하는 것에 더 마음이 쓰였으나, 아이들은 이미 그럴 만한 나이가 되었으니 말릴 수는 없는 노룻이었다.

택시를 타고 집 근처에 거의 다 왔다는 수아의 전화를 받고서 우리는 주차장으로 나갔다. 석이는 먹을거리가 가득 들어 있는 비닐봉지를 양손에 들고 있었고, 수아는 몸집이 아주 작은 강아지를 품 안에 안고 있었다.

"초코칩이야."

수아가 빙그레 웃으며 "초코칩!" 하고 강아지의 이름을 불렀다. 석이가 독립해 살고 있는 원룸에서 키우는 강아지라고 했는데, 수아의 품에 찰싹 안겨 있는 모습이 한두 번 보고 이루어진 애착은 아닌 것 같았다.

캠핑장은 잘 정돈되어 쾌적한 느낌이었고, 그사이 애견 캠핑장으로 바뀌어 있었다. 구획을 따라 나란히 세워진 예쁘고 다양한 종류의 텐트만큼이나 한눈에 보기에도 잘 돌보아진 듯한 갖가지 품종의 개들이 주인이 잡은 목줄에 묶여 캠핑장 안을 거닐고 있었다.

"이쪽을 잡아라."

"네."

"그래, 잘했다."

"폴대가 없는데요?"

"원래 없는 텐트 같다."

"아, 네……"

"그쪽에 펙을 박아라."

"알겠습니다."

"그래, 고맙다."

수아 아빠와 석이가 단순하지만 친근하게 느껴지는 말을 주고받으며 텐트를 치고 있는 동안 수아는 초콜릿처럼 짙은 갈색의 작은 강아지를 애지중지 안고 있었고, 텐트가 육각형 모양으로 반듯하게 자리를 잡자 안으로 들어가 발랑 드러누웠다. 초코칩도 함께.

"너도 들어와봐."

수아가 석이에게 손짓을 했다.

석이는 수아를 바라보며 쭈뼛거리다가 내가 눈짓을 보내자 안으로 들어가 수아 옆에 엎드렸다.

두 아이가 음악을 틀고 휴대폰을 만지작거리며 놀고 있는 동안 나는 아이들이 있는 텐트 주변을 서성이며 지붕에 가랜드와 줄전구를 매달았다. 준이는 어디로 간 건지 나타나지 않았다. 열린 텐트 입구로 수아와 석이의 가지런한 다리가 보였다. 석이의 다리는 그 여름 식탁 아래에서 발장난을 치던 소년의 희고 매끄러운 종아리 같지 않았지만, 수아의 다리는 여전히 그때처럼 가냘팠다.

그의 몸, 크고 단단한 그의 몸은 얼마나 믿음직스러웠나. 한 품에 안아주던 연인의 두 팔은 얼마나 따스하고 든든했나. 그와 함께 걷던 밤길은 또 얼마나 안전하게 느껴졌나.

사랑하는 사람의 몸은 부드럽고 따스한 애정으로 가득할 것이고, 수아와 석이 역시 봄날의 행복한 연인일 것이다. 그러나 석이 옆에서는 너무 작고 연약해 보이는 수아가 나는 어쩐지 위태롭게만 느껴졌다.

날이 저물어 올 때 줄전구를 켰다. 완전한 어둠 속에서처럼 환하게 빛나지는 않았지만, 초저녁의 뿌연 가로등 같은 불빛이 주황색 텐트를 더 아름다워 보이게 했다.

"와, 예쁘다!"

불이 켜지자 수아가 텐트 안에서 탄성을 냈다.

수아 아빠는 화로를 빌려와 장작불을 피웠다. 조금 떨어진 산비탈에서 준이가 내려오는 모습이 보였다. 그 무엇에도 위협이 되지 않을 것 같은 사랑스러운 아들이었다. 그런 준이와, 작고 연약한 강아지를 안고 텐트 밖으로 나온 수아와, 수아 곁의 석이와, 고기와 마시멜로를 구워 세 아이에게 골고루 나눠주는 수아 아빠.

그날 저녁, 우리는 서로에게 더없이 선량하고 무해했다.

*

해가 저물어도 날이 흐리거나 차가워지지 않았다. 하늘은 여전히 맑아서 비가 올 것 같지도 않았다. 나는 밤이 되어 줄전구의 불빛이 더 또렷하게 빛나는 것을 보고 싶었고, 아이들 곁에 더 오래 있고 싶었지만, 수아 아빠는 서둘러 남은 음식과 쓰레기를 정리하고 집으로 돌아갈 준비를 했다. 차를 출발시키기 전에는 비가 오면 곧바로 데리러 오겠다고 수아를 안심시켰고, "잘들 놀거라." 신뢰를 주는 눈빛으로 석이를 바라보며 말했다.

"아이가 마음에 드나 봐?"

자동차가 계곡 옆길을 지날 때 내가 창문을 내리며 수아 아빠에게 물었다. 물비린내와 눅눅한 공기가 창문을 넘어 들어왔다. 어둑어둑한 계곡은 예전보다 폭이 좁고 얕아 보였다. 고인 물 위에 무언가 둥둥 떠다니고 있었다. 여름이 되어도 동네 아이들이 계곡에 들어가 물놀이를 할 수는 없을 것 같았다.

"주는 대로 다 마시더라고, 술을…… 요즘 아이들 생긴 것 같지 않게 남자답고 건강해 보이잖아. 준이 네 생각은 어떠냐?"

수아 아빠가 그렇게 말하며 뒷자리에 있는 준이를 힐끔 돌아봤다.

"나쁘지는 않아요."

준이가 무심하게 대답했다.

집으로 돌아오자마자 나는 휴대폰을 열어 수아에게 메시지를 보냈다.

무슨 일이 생기면 빨리 연락해야 해, 수아야.

수아 아빠는 거실 소파에 앉아 티브이를 켰다. 선거 결과를 분석하는 토론 방송이었다. 선거가 끝난 다음 날부터 수아 아빠는 저녁마다 비슷한 방송을 보며 수아와 준이와 나에게 같은 말을 반복했다.

"너는 몇 번을 찍었니?"

성별, 연령대별 투표 결과 데이터 화면이 나오자 수아 아빠가 준이에게 물었다.

"어제도 물어보셨잖아요."

준이가 빙그레 웃으며 대꾸했다.

"그랬나? 당신은 누굴 찍었어?"

수아 아빠가 내 쪽을 돌아보았다.

"알면서 뭘 물어."

내가 눈을 흘기며 그렇게 대답하자, "수아랑 석이는 어디
에 투표했을까……" 하고 혼잣말을 했다.

"비는 언제 오려나."

나는 수아 아빠와 티브이 사이를 가로질러 베란다 창가로
가서 밖을 내다보았다. 베란다는 캠핑장 쪽을 향한 위치였다.

엄마, 아빠, 그리고 준이도, 모두 고마웠어요. 석이에게 잘
해줘서……

수아에게서 답장이 왔다.

"비가 오려면 빨리 오는 게……"

수아의 메시지를 읽고 나서 계곡 쪽을 바라보며 내가 중얼
거리자, "안 오면 더 좋지." 수아 아빠가 말했다.

어두워진 창밖 멀리서 약한 바람이 불어오는 듯했지만, 수
아 아빠가 티브이를 끄고 방으로 들어가고, 자정이 넘어서까
지 컴퓨터 소리가 들려오던 준이 방이 조용해진 후 거실 소파
에서 잠이 들었다가 바람 소리에 깨어날 때까지 비는 내리지
않았다.

소파에서 눈을 떴을 땐 동이 트기 전 새벽이었다.

아이들은 자고 있을까. 장작불은 완전히 끄고 자나? 춥지

는 않을까. 그럴까 봐 전기요를 깔아주고 왔는데. 비가 와서 젖으면 위험한 일이 생길지도 모르잖아. 빗물이 텐트 안으로 스며드는 것도 모르고 두 아이가 깊이 잠들어 있으면 어쩌지. 우리가 돌아오고 나서 석이가 술을 많이 마신 건 아니겠지? 술을 많이 마셔도 석이는 문제가 없을까. 수아와 석이는 그동 안 아무 문제가 없었던 걸까. 혹시 수아가 나에게 뭘 감추고 있는 건 아니겠지? 시절이…… 무서운 일도…… 전화를 걸 어볼까……

나는 석이의 강아지 초코칩을 안고 있던 수아의 가느다란 팔, 나무 밑동처럼 단단해 보이는 석이의 종아리, 그 여름밤, 내 발목에 닿던 수아 아빠의 한쪽 다리, 그리고…… 푸른 혈 관이 내비치는 젊은 남자의 팔을 떠올리며 수아에게 메시지 를 썼다.

수아, 자니?

한참을 지나도 수아는 메시지를 확인하지 않았다. 바람이 점점 거세게 불어와 창문을 흔들어댔지만, 빗소리는 여전히 들리지 않았다.

은주야, 은주 자니……

꿈이었을지도 모른다.

엄마가 부르는 것 같았는데 엄마의 목소리 같지 않았다. 엄 마는 그렇게 작고 연약한 소리로 나를 부르지 않는다. 엄마는 팔뚝도 굵고 엉덩이도 크고 힘도 세고, 목소리는 크고 활달했 다. 동네 어떤 아줌마들보다 더. 아빠보다도 더. 아빠와 말다툼을 해도 엄마는 지지 않는다.

엄마만큼 일을 척척 잘하는 사람도 없어서 아줌마들에게 인기도 많았다. 나는 그런 엄마가 크고 힘센 코끼리나 키가 큰 기린 같다고 생각했다.

그날도 꿈이라고 생각했다.

열 살의 잠과 꿈은 깊고 엉뚱하니까.

은주, 자니?

엄마의 목소리였다. 옆에서는 동생의 숨소리가 났다. 동생은 나보다 두 살이나 어려서 아무 소리도 듣지 못하고 깊이 잠든 것 같았다. 마당 쪽 깜깜한 창호 문에 나무 그림자가 어른거려 귀신이라도 나올 듯 오싹한 밤이었다. 동생의 손을 꼭 잡아보았지만, 그 애는 다른 세계에 있는 것처럼 꼼짝도 하지 않았다.

마루 쪽 유리문에 불빛이 희미하게 번져 있었고, 불빛을 따라 이상한 소리가 새어들었다. 작은 강아지가 낑낑대는 소리 같았다. 나는 꿈속을 걷듯 문지방 앞으로 다가가서 유리문을 열었다. 그때 내 눈에 들어온 것은 강아지도 엄마도 아니었다. 아빠가 노래를 흥얼거리며 팝송을 듣던 은색 전축도, 접시와 그릇들과 엄마의 보물들이 잔뜩 들어 있는 장식장도, 크고 붉은 작약이 그려진 분홍색 옥스퍼드 커튼도 아니었다.

엄마보다 더 연약해 보였던 팔뚝.

푸른 힘줄이 투명하게 비치는 아빠의 팔이 그 모든 것들을 조각내듯 나의 눈앞을 가로막고 있었다.

다음 날 일요일 아침에 아빠는 나와 동생과 옆집 아이 창래를 데리고 창경원엘 갔다. 창래 엄마가 김밥을 싸주었다. 아빠는 김밥과 물통을 넣은 배낭을 어깨에 메고 카메라를 목에 걸고 양손에 동생과 창래의 손을 잡았다. 창경원을 가득 채운 나무들에 연분홍색 작은 꽃들이 솜사탕처럼 부풀어 있었다. 모두 그 나무가 그 나무 같고, 그 길이 그 길 같았다.

발 디딜 틈 없이 몰려드는 사람들을 따라 아빠의 뒤에 바싹 붙어 걸었지만, 자꾸만 뒤로 멀어지는 기분이었다.

아빠를 잃어버린 것은 대관람차가 있는 곳 어디쯤에서였다.

어쩌면 코끼리 사육장 앞에서부터.

머리 위에 케이블카가 지나다니는 잔디밭에 앉아 김밥을 먹고 홍학 무리를 몰고 다니는 조련사 옆에서 사진을 찍고 연못에서 보트를 타고 난 뒤, 동생과 창래는 대관람차와 회전목마를 타러 가고 싶다고 했지만 나는 동물원에 가서 코끼리를 보고 싶었다.

아빠는 먼저 코끼리 사육장으로 우리를 데려갔다.

사육장 안에 코끼리 두 마리가 있었다. 몸집도 생김새도 비슷해서 어느 쪽이 암컷인지, 수컷은 어느 쪽인지 구별이 되지 않았다. 코끼리들은 서로 엇갈리며 오락가락하다가 이따금 긴 코를 들고 커다란 귀를 펄럭이며 괴상한 소리를 냈다. 사람들이 구름처럼 모여들었다. 아이들이 호루라기를 불어대며 과자 봉지를 집어 던졌다. 동생과 창래는 놀이기구를 타러 가자고 졸라댔다.

"은주야, 금방 갔다 올게. 여기 꼼짝 말고 있어. 너 코끼리 좋아하지? 꼭 여기 있어야 해. 코끼리 앞에."

아빠가 두 아이를 데리고 대관람차 쪽으로 사라진 뒤 나는 사육장 앞에 서 있었다. 코끼리 한 마리가 앞으로 다가서자, 사람들이 우우 함성을 지르며 팔을 뻗어 과자를 던졌다. 수많은 팔뚝이 코끼리를 향했다. 코끼리의 커다란 귀와 다리와 엉덩이로.

엄마의 얼굴은 아빠의 팔뚝에 가려 보이지 않았다. 푸른 정맥이 비치는 아빠의 팔뚝 뒤에서 신음이 들려왔다. 아빠의 손이 엄마의 머리카락을 움켜쥐고 있었다. 엄마의 힘센 팔과 커다란 엉덩이와 크고 활달한 목소리는 아빠의 하얀 팔뚝에 짓눌려 마루에 널브러져 있었다.

엄마의 힘에 대한, 그리고 아빠의 연약함에 대한 내 믿음은 그 순간 부서지고 사라져버렸다.

힘센 코끼리라고 믿었고 키가 큰 기린이라고 생각했던 엄마가 고작 아빠처럼 왜소한 남자의 팔에 꼼짝없이 쓰러져버리다니.

더는 코끼리를 보고 싶지 않았다.

멀리서 대관람차가 태양처럼 큰 원을 그리며 천천히 돌아가고 있었다. 거대한 수레바퀴 같았다. 그쪽만 보고 걸으면 아빠와 동생과 창래를 만날 수 있을 것 같았다.

누렇게 불어오는 흙바람과 따갑게 쏟아지는 햇살과 어깨를 부딪치며 몰려드는 사람들을 뚫고 나는 코끼리 사육장을 빠져나갔다.

연못이 내려다보이는 곳, 이름 모를 붉은 꽃이 핀 나무 아래에서 아빠를 만났다. 연한 코발트 빛 하늘에 노을이 겹쳐 드는 시간이었다. 차례를 기다리며 대관람차를 둘러싸고 있는 사람들 속에서 나는 동생도, 창래도, 아빠도 찾을 수 없었다. 코끼리 사육장은 흔적도 없이 시려져버린 듯 보이지 않았다.

아빠의 얼굴은 땀에 젖어 붉게 얼룩졌고, 햇볕에 그을린 팔뚝에는 여전히 푸른 힘줄이 꿈틀댔다.

"은주야!"

아빠가 나를 와락 껴안았다. 나는 아빠의 팔에서 느껴지는 안심과 사랑을 믿지 않았다. 아빠의 팔에 숨겨진 또 다른 힘을 나는 알고 있었다.

비가 후드득 떨어지는 소리와 거의 동시에 수아의 메시지가 왔다.

엄마, 살려줘!

수아에게 무슨 일이 생겼나?

가슴이 쿵쾅거렸다.

왜…… 왜…… 왜 그래……

메시지를 쓰다가 수아의 전화번호로 통화 버튼을 눌렀다.

"수아야!"

그러나 수아는 장난을 치듯 능청스러운 목소리로, 비가 쏟아져서 텐트 안이 물바다가 되었다고, 헤엄을 칠 수도 있겠다고, 어릴 때 물놀이를 하던 베란다 에어 풀장 같다고 너스레를 떨었다.

"석이…… 석이는?"

나는 다급하게 안방으로 들어가 잠든 수아 아빠를 흔들어 깨우며 수아에게 물었다. 석이는 수아 몸에 담요를 감싸주고 비에 젖은 물건들을 정리하고 있다고 했다.

"우리 석이 참 착하지?"

사랑스럽고 침착한 목소리였다.

"그래, 그래…… 그래도……"

빗소리를 듣고 수아 아빠가 벌떡 일어나 옷을 챙겨 입었다.

"아빠가 금방 갈게. 거기 꼼짝 말고 있어."

수아 아빠가 내 손에서 휴대폰을 빼앗듯 가져가서는 수아에게 말했다.

"아빠, 사랑해."

휴대폰에서 수아의 목소리가 들려왔다.

언젠가, 그들 사이에서 무서운 일이 일어나던 봄날에, 아이들을 불안하게 했던 그 말의 의미를 나는 이해할 수 있을 것만 같았다.

수아 아빠는 마른 담요와 수건을 챙겨 들고 서둘러 밖으로 나갔다.

나는 수아 방으로 들어가 아이가 돌아오면 갈아입을 속옷과 잠옷을 침대에 올려놓았다. 특별한 날을 위해 걸었던 수아 방 연분홍 꽃무늬 커튼에 희뿌연 새벽빛이 스몄다. 옆방에는 스물한 살 준이가 무해한 얼굴로 잠들어 있었다.

수아 아빠는 비가 내리는 계곡 옆길을 지나, 내가 걱정하지 않아도 될 만큼 안전하게 두 아이를 집으로 데려올 것이다. 동이 트고 일요일 아침이 되면 티브이에서는 줄곧 새 정부의 미래를 예측하는 방송이 흘러나올 것이고, 우리는 각자의 자리에서 편안한 주말을 맞게 될 것이다.

창경궁에서 보낸 어느 봄날의 휴일처럼.

"내가 무섭니?"

언젠가, 고등학생이었던 아들에게 장난삼아 물었던 적이 있다. 아이는 그렇다고 대답했다. 좀 억울한 마음이 들어서 "엄마가 그렇게 무섭게 하지는 않았는데? 너보다 힘도 약하고⋯⋯" 하고 따지듯 물었다.

그러자 아이가 내 얼굴을 똑바로 바라보며 이렇게 대답했다.

"엄마라는 존재 자체가 권력이니까요. 그렇게 물을 수 있으니까요."

나는 그 말을 오래 생각했고, 오래도록 마음에 두었다.

언젠가 중학생 소녀와 부모의 갈등을 보여주고 상담하는 티브이 프로그램을 보다가 딸아이가 말했다.

"아빠가 저러면 더 무섭죠, 엄마보다."

중학생 소녀의 아빠가 그 애의 엄마보다 특별히 더 무서울

만한 행동을 하는 것처럼 보이지는 않았으나, 나는 '본능적으로' 아이의 말을 이해할 수 있었다.

의도하지는 않았지만, 관계 속에서 주어지는 권력.
스스로 선택한 것은 아니었어도 태생적으로 갖게 된 힘.
그 권력과 힘에서 느끼는 폭력의 가능성과 두려움.

이 소설이 꼭 '남자'에 관한 이야기는 아니었다.
그러나 그 옛날, 어디에서든 명석하고 건강했던 나의 엄마가 유약한 '남자' 아버지의 '힘' 앞에서는 속절없이 무너지던 어떤 날을 잊을 수는 없을 것 같다.
나도 모르게, 그도 모르게 갖게 된 권력과 힘에 대한 두 아이의 말.
이제는 청년이 된 그들에게도 주어질지 모를 그것에 대한, 아직은 무해한 이야기였다.

© 김이정

1992년『문화일보』신춘문예에 당선되며 작품 활동 시작. 소설집『저녁은 어떻게 오는가』『달의 항구』, 장편소설『저녁의 편도나무』가 있다. 김만중문학상 소설 부문 금상 수상.

유경과 헤어진 뒤 나는 수영장에 등록했다. 새벽의 차가운 공기로 얼어붙은 몸을 따뜻한 물에 담그면 위안이 되었다. 사흘째인가, 이십오 미터의 수영장 트랙을 힘들여 왕복하다가 나는 내가 울고 있다는 것을 알았다. 나는 계속 수영장을 다녔고, 물속에서 울었다. 눈물은 조금씩 줄어들었다. 한 달이 끝나던 날, 내 얼굴에는 락스 섞인 수영장 물만 묻어 있었다. 다음 달엔 등록하지 않아도 되겠군, 생각하며 탈의실 사물함에서 핸드폰을 꺼내는데 몇 통의 부재중 통화 알림 끝에 석규의 아내가 남긴 톡이 떠 있었다. 현준 씨, 남편이 쓰러졌어요. 수술도 할 수 없대요.

나는 핸드폰을 쥔 채 망연히 서 있었다. 운동을 좋아하고, 누구보다 건강한 석규였지만 오십 줄에 들어섰으니 쓰러지는 것도 놀라운 일은 아니었다. 그러나 수술도 할 수 없다니, 그것만은 있을 수 없는 일이었다. 나는 간신히 정신을 차리고 탈의실을 빠져나와 전화를 걸었다. 그녀는 우느라 말을 잇지 못했다.

그 뒤의 날들은 잘 생각나지 않는다. 모든 것이 해일처럼 몰아쳤다. 온몸에 튜브를 매단 석규는 낯설었다. 그는 어딘가 다른 곳에서 제 몸을 내려다보고 있을 것만 같았다. 눈물도 나오지 않았다. 울음을 멈추지 못하는 그의 아내 옆에서 나는 위로도 건네지 못했다. 사흘 만에 그가 숨을 거두었을 때도 여전히 눈물은 나오지 않았고, 위로도 건넬 수 없었다. 장례도 어떻게 치렀는지 모르겠다. 장례 내내 나는 빈소를 지켰고, 찾아온 친구와 선후배들과 술을 마시며 석규에 대해 얘기했지만 그러면서도 문득 주위를 둘러보며, 구부정한 어깨에 키가 큰 그를 찾곤 했다. 이 녀석이 왜 안 오지, 이런 자리에 빠지는 법이 없는 친구인데, 생각하다가 무언가에 얻어맞은 듯 정신을 차리곤 했다. 그런 순간이면 유경이 몹시 그리웠지만 석규의 죽음 앞에서 그녀를 생각하는 건 마음에 꺼려졌다. 장례가 끝나고도 나는 아무것도 할 수 없었다. 이번에는 수영장도 등록할 수 없었다.

그 무렵 출판사로부터 메일을 받았다. 오래전 '세계 문학기행 시리즈' 필자로 제안을 받아 내가 써 보냈던 '다자이 오사무 문학기행' 기획서에 대한 검토 의견이었다. 메일은 정중했지만 수정 사항이 잔뜩 달려 완곡한 거절에 가까웠다. 기획서가 통과되어야 정식 계약을 하는 조건이라 다시 기획서를 써 내도 계약을 한다는 보장은 없었다. 나는 답장을 미루었다. 애초에 그런 내키지 않는 조건을 수락한 것은 오직 유경 때문 이었다. 다자이 오사무의 열렬한 팬인 유경은 그 제안에 반색 했다. 대상 작가를 선택할 수 있는 데다 취재 경비까지 나온 다는 말에 그녀는 함께 '사양관(斜陽館)'에 가자며 기뻐했다. 사양관은 다자이의 생가로 그녀가 가장 가고 싶어 하는 곳이 었다. 나는 그녀의 풍부한 정보를 참고하여 기획서를 써 보내 곤 그 일을 잊었다. 평론가로서 나는 다자이를 좋은 작가로 인정했지만 시대를 초월한 그의 독특하고 현대적인 문체를 높이 샀을 뿐, 그의 과한 자의식에 대해서는 비판적이었다. 그러나 유경에게 다자이는 피가 통하는 친족처럼 보였다. 좀 체 흥분하지 않는 그녀가 다자이에게 열광할 때면 나는 질투 심마저 느꼈다. 그녀가 가장 좋아하는 바흐와 슈만에 대한 경 도와도 달랐다. 살아 있다면 백 세도 넘은 노인인데, 서른아 홉에 죽어버려 만년 청년이니 불공평하다고 나는 투덜댔다. 함께 기획서를 준비할 때도 나는, 이거 뭐, 애인을 짝사랑하 는 남자한테 데려다주는 느낌인데, 하고 농담을 했다. 그랬으 니 이제 내게는 의미가 없어진 일이었다.

그런데 문득, 눈을 보려면 지금 가야 하는데, 하는 생각이 들었다. 다자이에 대해 쓴다면 반드시 눈 내리는 겨울의 아 오모리, 눈 덮인 쓰가루 평원을 봐야 한다고 유경은 말했다. 3월까지 눈이 오는 곳이지만 제대로 된 눈을 보려면 2월까진

가야 한다고도 했다. 그러나 정해지지도 않은 일을 위해 경비가 드는 취재 여행을 미리 할 여유는 내게 없었다.

그렇게 생각을 접었는데도 나는 그곳에 가면 유경이 있을 것 같은 느낌에 사로잡혔다. 있겠지. 다자이의 흔적마다 유경이 떠오를 테니까. 결국 나는 항공권을 예약했다. 계약을 못 한다면 이건 미친 짓이 될 터였다. 다자이 오사무가 뭐라고, 그가 대체 내 삶과 무슨 상관이라고, 그 나약하고, 징징거리는, 주어진 수명조차 감당 못해 제 손으로 내팽개쳐버린 어리광쟁이 부잣집 도련님이 대체 뭐라고 나는 이런 짓을 벌이는가. 그런 생각으로 뒤척이다 잠이 들었지만 아침이 되어 제정신이 돌아와도 나는 예약을 취소하지 않았다.

공항에서 나오니 눈이 내리고 있었다. 눈을 놓칠세라 달려온 길이니 마음이 놓였다. 나는 줄지어 선 버스 중에서 아오모리역으로 가는 버스에 올랐다. 비행기에서 내린 사람들은 단체 관광객들인지 온천 표시가 붙은 버스로 몰려갔다. 내가 탄 버스에는 아무도 타지 않았다. 공항에서 나올 사람은 다 나온 듯싶은데도 기사는 시동을 걸지 않았다. 나는 코트 깃을 세웠다. 두어 시간 전에 떠난 한국은 슬슬 꽃샘추위가 오고 있었는데 이곳은 아직도 한겨울이었다. 시간을 거슬러 가는 느낌이었다. 시간을 거슬러 간다면, 한 달만 거슬러 가도 내 곁에는 두 사람이 있었다. 중학교 때부터 늘 내 편이었던 석규와 연애 따위에 마음 닫고 살던 내 앞에 기적처럼 나타나준 유경. 지금 그들은 다 내 곁에 없다. 나는 그저 낯선 어딘가로 도망치고 싶었던 걸까? 일상의 공간은 고통스러웠다. 설거지를 하다가도 무릎이 꺾였지만 무릎을 세우고 설거지를 마쳤다. 락스 섞인 물속에 숨어서 눈물을 흘렸지만 곧 눈물을 닦고 옷을 입었다. 일상은 신전처럼 우뚝했다. 슬픔은 쏟아지지 못한 채 질질 흘러내렸다. 나는 지저분한 슬픔의 찌꺼기들을 말끔히 비워내고 싶었다. 일상이라는 신전이 없는, 어딘가 먼 다른 곳에서.

생각에 너무 빠져 있었던지 버스가 출발한 것도 몰랐는데 차창 밖으로 눈 내리는 풍경이 휙휙 지나갔다. 무심코 버스 안을 돌아보던 나는 반대편 창가 자리에 웬 여자가 앉아 있는 것을 보고 몹시 놀랐다. 앉는 기척도 몰랐는데…… 차창 쪽으로 고개를 돌리고 있어 쇼트커트한 머리와 짙은 보라색 목도리만 보였다. 유경도 언제나 머리를 짧게 잘랐다. 그녀의 윤기 나는 머리카락을 쓰다듬으며 나는 늘, 머리 좀 길러봐, 했지만 그녀는, 싫어, 하고 간단히만 대꾸했다. 제복에 모자까지 쓴 운전기사의 뒤통수가 보였다. 한국과 반대로 오른쪽 자리에 앉아 있는 기사 뒤로 빈 의자들이 늘어서 있고, 끝 쪽 두 자리의 창가에 낯모르는 남녀가 앉아 있는 이 풍경이 비현실적으로 느껴졌다. 버스는 눈 덮인 삼나무 숲길을 내내 지나갔다. 눈은 쉼 없이 내렸다. 눈 걱정은 접어도 되었다. 아오모리역에 도착해 무심코 먼저 내리고 나서야 나는 여자의 얼굴을 보지 못했다는 생각을 했다. 역 앞에는 눈이 제법 쌓여 있어서 발을 디딜 때마다 푹푹 들어갔다. 그 자리는 내리는 눈으로 또 금세 채워졌다.

나는 역에서 가장 가까운 호텔을 잡았다. 좁은 침대와 창가에 낮게 달린 선반이 전부인 방이었다. 침대에 앉으면 저 선반이 책상도 되고, 식탁도 될 터였다. 알뜰하게도 만들었네, 코웃음이 났지만 이 방을 베이스캠프로 삼아 다자이의 자취를 따라다닐 계획이니 역 앞이라는 위치만 중요했다. 다자이는 고등학교를 마칠 때까지, 그리고 만년의 시간을 이 지역, 쓰가루 지방의 여러 곳에서 보냈다. 하루쯤은 아오모리시를 둘러본 뒤에 '사양관'에 갔다가 히로사키시를 둘러볼 작정이었다. 그가 청춘을 보내고 목숨을 끊은 도쿄는 굳이 눈 내릴 때 갈 필요가 없었고, 무엇보다 기획안이 채택되어야 갈 수 있었다.

해는 곧 저물었다. 눈 쌓인 거리 위로 가로등과 가게의 불빛들이 번져나갔다. 그 불빛들에 홀려 나는 거리를 쏘다녔다. 그러다 선술집 노렌을 걷으며 들어가는 어깨가 구부정한 키 큰 사내의 뒷모습을 보았다. 나도 모르게 그리로 따라 들어갔다. 사내는 일행이 있었다. 나는 바에 앉아 사케를 마셨다. 텔레비전에서는 집 앞에 쌓인 눈을 판자로 밀어내는 장면이 계속 나왔다. 다자이에 빠져 일본어 기초를 익힌 유경한테 히라가나와 가타카나를 배웠지만 더듬거리며 읽는 수준이라 도움이 되지 않았다. 그래도 자막에 섞여 있는 한자로 대강의 내용은 짐작이 갔다. 폭설로 위험하다는 소식이 이어졌다. 설국에 왔구나, 나 혼자. 유경은 지금 뭘 하고 있을까. 혼자 피아노를 치고 있을까, 아니면 누군가의 집에서 피아노를 가르치고 있을까. 내가 여기에 온 걸 안다면 어떤 표정을 지을까.

빈소가 아니어서일까, 유경이 오고 싶어 한 곳에 와서일까, 그녀를 그리워해도 마음에 꺼려지지 않았다. 여기는 유경의 영토구나, 살아 있는 사람의 땅, 그래, 정말로 너는 여기에 와 있구나. 맑은 사케를 연신 들이켜다 취해버렸다. 방에 돌아간 나는 고꾸라지듯 침대에 엎어져 그대로 잠이 들었다.

다음 날 눈을 떴을 때도 창밖으로는 눈이 휘날리고 있었다. 십삼층 높이에서 눈은 위로 솟구치는 것처럼 보였다. 조식을 먹자마자 거리로 나갔다. 하늘은 맑고 푸른데 어제와는 다른 마른 눈이 깃털처럼 휘날렸다. 그 하늘 밑에는 같은 빛깔의 바다가 있었다. 아오모리는 항구 도시였다. 나는 이 도시의 랜드마크인 아스팜 전망대에 올라가 바다를 내려다보았다. 지붕 위의 눈을 자동으로 쓸어내리는 소리가 한숨 소리처럼 들려왔다.

밖으로 나오니 어느새 눈은 젖은 눈으로 바뀌어 있었다. 나는 실제 연락선을 박물관으로 만든 '하코다마루'로 갔다. 이 연락선은 쓰가루 해협을 오가던 배였으니 다자이가 탔을 수도 있었다. 문득 유경이 읽어주던 다자이의 소설 『쓰가루』의 한 대목이 떠올랐다.

중학생인 다자이가 남동생과 함께 부두를 거닐며 국어 교사한테 들은, 인연의 붉은 실에 대한 이야기를 나누는 장면이었다. 태어날 때부터 남자의 오른쪽 새끼발가락에는 보이지 않는 붉은 실이 묶여 있는데, 그 실은 다른 여자의 새끼발가락에 연결되어 있어서 두 사람은 나중에 결혼하게 된다는 얘기였다. 다자이가 이 이야기에 몹시 심취되어 흥분한 목소리로 말하는 중에, 멀리 푸른 바다에서 연락선 한 척이 나타난다. 유경은 마지막 문장을 한 번 더 읽었다. "그때, 해협을 건너오는 연락선이, 커다란 여관처럼 수많은 선실마다 노란 등불을 켠 채 흔들흔들 수평선에서 나타났다……" 그녀는 잠시 숨을 멈추었다가 나를 보고 웃었다. 그래서 그 연락선은 내게도 각인되었다. 황당한 붉은 실의 이야기는 유치하게 여겨졌지만 나는 장난처럼 말했다. 우리도 붉은 실로 이어진 건가? 그녀는 단호하게 말했다. 우리는 다 결혼을 해봤잖아? 그 실은 이제 끊어지고 없는 거지. 나는 좀 서운한 생각이 들어 말했다. 그럼 결혼한 뒤에 만나는 사람들은? 재혼한 사람들은? 내 말에 그녀가 말했다. 천생연분은 아닌 거지, 뭐.

눈은 그치지 않고 계속 내렸다. 쉬지 않고 내내 내리는 눈은 어느 순간부터 입고 있는 옷처럼 의식되지 않았다. 느적는적하달까, 움직임이 느껴지지 않는 눈이었다. 아무렇지 않게 스미는 눈, 숨 쉬듯이 내리는 눈.

사흘째에도 눈은 계속 내렸다. 나는 드디어 사양관이 있는 금목(金木), 가나기로 향하는 기차에 올랐다. 금목, 황금 나무, 다자이는 그런 이름을 가진 고장에서 태어났다. 가슴이 떨렸다. 다자이가 아니라 유경이 거기서 기다리고 있는 것처럼.

차창 밖으로는 눈 덮인 쓰가루 평원이 펼쳐졌다. 권위의 화신 같았던 다자이의 아버지, 그의 주검은 달빛을 받으며 썰매에 태워진 채 눈길을 달려왔다. 무서운 아버지의 죽음은 어린 그에게 실감이 나지 않았고, 사람들이 떠들썩한 것만 흥미로웠다. 일본이 아니라 북구나 러시아의 어떤 풍경이 그려졌다. 눈썰매를 타고 온 아버지의 주검, 중환자실에서 온몸에 가느다란 튜브들을 단 채 침상에 누워 있던 석규, 살았으나 이미 그의 것이 아니었던 그의 몸…… 눈에 덮인 쓰가루 평야 위로 눈썰매에 실린 석규의 기다란 몸이 달려온다. 그의 몸은 너무 길어 썰매 밖으로 맨발이 나와 있다. 나는 눈을 질끈 감았다. 눈은 계속 그치지 않고 내렸다. 『쓰가루』의 첫 장에 다자이는 '쓰가루의 눈'이라며 도감에 실린 온갖 눈의 이름을 적어놓았다. 가루눈, 싸락눈, 함박눈, 진눈깨비, 알갱이눈, 설탕눈, 우박눈. 그가 왜 그랬는지 선연하게 이해가 되었다. 지금 이 눈은 어떤 눈에 해당할까. 겨우 사흘째 눈을 보고 있는데도 숨 쉬는 듯 내리는 눈을 봐서인가, 나는 평생 볼 눈을 다 본 듯했다.

사양관 앞에 서자, 내가 혼자 이곳에 왔구나, 하는 탄식이 흘러나왔다. 붉은 벽돌, 붉은 지붕의 이층짜리 저택. 다자이의 아버지가 권세와 재력을 가지고 있을 때 지었던 이 집에서 다자이는 태어나 자랐다. 나중에 이 집은 여관이 되어 다자이를 찾는 사람들이 묵어가기도 했다. 지금은 다자이 오사무 기념관으로 우뚝 서 있는 사양관, 샤요칸. 일본어 발음은 그렇다고 유경이 말해주었다. 청량한 방울을 울리는 듯한 서늘한 이름, 다자이의 대표작인 『사양』에서 따왔겠지만 지는 햇살의 집이라는 이름부터 쓸쓸했다.

평일인데도 일본인 단체 관람객이 있었다. 나는 그들을 피하기 위해 입구 방으로 들어갔다. 관람객 무리는 그 방을 지나쳐서 집 안으로 우르르 들어갔다. 그 방에 혼자 앉아 '사양관이 말해주는 것'이란 영상을 보고 나오자 우르르 들어간 관람객은 사라지고 없었다.

나는 사양관을 홀로 누렸다. 고타츠와 화로가 놓인 일본식 다다미방들을 찬찬히 돌아보았다. 숱한 방들이 다자이의 내면처럼 복잡하고, 다양하고, 아름다웠다. 방마다 가진 찬란한 빛깔과 사연들이 유경의 목소리로 내 뇌리에서 울렸다. 다자이는 자신에 대한 이야기를 많이 썼고, 이 집에 대해서는 특히 많은 것을 써놓아서 유경은 그 모든 것들을 본 것처럼 말했다. 다자이의 어머니는 병약해서 그를 돌볼 수 없어 그는 유모의 젖을 먹고 자랐고, 세 살 때부터 여덟 살 때까지는 다케라는 하녀의 손에 키워졌다. 밤이면 이모와 잤지만 나머지 시간은 모두 다케와 보냈고, 열네 살 소녀로 왔던 다케는 오년 뒤 시집을 갈 때까지 다자이를 업어주고, 책을 읽어주며 실질적 엄마 노릇을 했다. 어느 날 아침, 눈을 뜨며 다케를 불렀는데 오지 않아서 울음을 터뜨렸던 어린 다자이. 다케는 다자이한테 아무 말도 안 하고 떠났고, 다자이는 그 상처를 평생 지녔다. 다자이가 이모와 잠을 자던 방은 작고 아담해서 정겨웠다. 다케가 잤을 하인들 방은 알 수 없었다. 그런 얘기들을 조용히 들려주던 유경, 지는 햇살이 그녀의 오피스텔 창으로 길게 스며와 침대 위의 우리를 비추던 오후, 그녀를 등 뒤에서 따뜻하게 껴안은 채 그 햇살을 함께 바라보며 누워 있던 그때, 나는 그녀의 윤기 나는 짧은 머리를 쓰다듬으며 꿈결처럼 그 얘기를 들었다. 아마도 유경은 혼자서도 기어코 이곳에 올 것이었다. 지금 그녀가 내 앞에 나타난다 한들 아주 터무니없는 우연은 아닐 텐데.

다자이도, 다케도, 다자이의 어머니도, 이모도 지금은 다 사라졌다. 이제 이 세상 어디에도 없는 그들이 한때 살았던 이 공간이 아득했다. 시간의 차이일 뿐, 결국은 살다 죽는 길, 그럼에도 나는 석규가 미웠다. 중학교 때부터 지금까지 분신처럼 붙어 지내온 우리였다. 그런데 작별 인사 하나 없이, 다자이의 다케처럼 그렇게 불쑥 떠나가다니, 나는 어린 다자이가 된 것처럼 석규가 원망스러웠다. 그가 죽은 건 아무렇지 않았다. 나도 머지않아 죽을 테니까. 그것이 단 몇 달이든, 몇십 년이든 큰 차이가 있을까. 밥 먹고 배설하고 그렇게 살다 죽어가는 것뿐일 테니. 그러나 떠난다는 말조차 없이 사라진 그를 용서할 수 없었다. 결국은 죽음도 이별의 한 종류일 텐데 너는 나한테 너무 무례했다. 너무나 무례했어. 유경은 헤어지자는 말이라도 했지, 너는 말없이 하루아침에 제 갈

길을 가버렸다.

나는 방에서 나와 좁은 마루 복도에 서서 정원을 내려다보았다. 사양의 집과는 어울리지 않는, 결코 지지 않을 것 같은 환한 햇살이 정원에 내리깔리고 있었다. 눈이 그친 모양이었다. 눈이 안 오는 그 세상이 나는 낯설었다. 눈의 나라에 어느새 길들어버린 모양이었다. 그때 누군가 나무 계단을 올라오는 소리가 들렸다. 나는 혼자의 고적함이 깨지는 아쉬움에 짜증이 일었다. 그러나 햇살에 실루엣으로 여자의 모습이 나타나자 숨이 멎었다. 유경아, 하마터면 이름을 부를 뻔했지만 다행히도 내 목소리가 나오기 전에 그녀의 얼굴이 드러났다. 유경보다 훨씬 젊은 여자였다. 짙은 보라색 목도리와 유경처럼 짧은 머리, 나는 그녀를 알아보았다. 유경을 만나는 우연만큼 놀라운 일이긴 했다.

내가 고개 숙여 인사를 하자 그 여자도 똑같이 고개를 숙였다. 공항에서 버스 같이 타신 분이지요? 억양이 이상한 한국어로 그녀가 물었다. 네, 맞습니다. 내가 대답하자 그녀가 고개를 갸웃하며, 한국분? 하고 다시 물었다. 나도 고개를 끄떡이며 같은 어조로 물었다. 일본분? 그녀가 고개를 끄떡이며 미소 지었다. 한국말을 아주 잘하시네요. 내가 말하자 그녀가 장난스럽게 대꾸했다. 너무 잘해서 일본 사람인 걸 맞추신 거죠? 그 말에 우리는 함께 웃었다. 그녀는 자신의 이름이 미가라고 소개했다. 한국어를 전공했고, 한국에 유학도 다녀왔고, 한국 남자와 연애도 했다고 했다. 그녀는 문법적으로 정확한 한국어를 일본인 특유의 억양으로 말했다. 나는 다자이 오사무에 대한 글을 쓰러 온 거라는 얘기만 했다. 우리는 함께 사양관을 돌았다. 나는 이미 관람을 끝냈지만 그녀와 다시 돌았다. 더 들어오는 사람은 없었다.

점심때가 되어서 미가는 나를 라멘 식당으로 안내했다. 다자이가 즐겨 왔다는 곳이라고 했다. 죽순이 들어 있는 라멘은 맛있었다. 나는 죽순을 사각사각 씹는 다자이를 떠올리며 물었다. 미가 씨도 다자이 오사무의 열혈 팬인가 봐요? 내 말에 그녀가 고개를 저으며 대답했다. 아니요. 나는 다자이를 싫어해요. 내가 의아한 눈길로 바라보자 그녀는 젓가락질을 멈추고 말했다. 히로사키에 가신댔지요? 내일 히로사키 공원 마츠리가 있어요. 등불 축제예요. 거기에 같이 갈까요? 나는 얼떨결에 그러겠다고 약속을 했다. 그리고 우리는 헤어졌다. 그녀는 사양관에 다시 간다고 했고, 나는 역으로 가서 기차를 탔다.

돌아오는 기차에서 나는 『쓰가루』 책을 펼쳤다. "어느 해 봄, 나는 태어나서 처음으로 혼슈 북쪽 끝, 쓰가루 반도를 약 삼 주에 걸쳐 돌아봤는데, 그것은 나의 삼십여 년 일생에서 꽤 중요한 사건 중 하나였다"로 시작하는 쓰가루 반도 여행을 담은 소설이었다. 기획서를 쓸 때 읽은 책이었지만 그때는 잘 읽히지 않아 억지로 읽었는데 이제 이곳에 와서 다시 펼치니 첫 문장부터 새삼스럽게 다가왔다. 다자이는 스스로

목숨을 끊기 불과 사 년 전에 이곳을 돌아다니고, 이 책을 썼다. 나는 그때까지 그가 쓴 책으로 『사양』과 『인간 실격』 같은 대표적인 몇 작품만을 읽었을 뿐이었다. 유경이 아니었다면 『쓰가루』라는 책이 있는 줄도 몰랐으리라.

유경과 사귀는 걸 아는 사람은 석규뿐이었다. 나는 누구에게도 내 연애를 밝히지 않았다. 언제 끝날지 모른다고 생각했고, 어느 날 실제로 끝이 났다. 나는 누구도 붙들지 않았다. 전처도, 유경도, 다른 여자들도…… 석규도 떠나고 싶어 했다면 굳이 붙들지 않았을 것이다. 석규는 나를 위로해주었다. 함께 술을 마셨고, 내 등을 두드려주었다. 야, 유경 씨랑 연애한 게 어디냐, 그거면 된 거야. 쓰러지기 일주일 전에 만났을 때는 그렇게 말했고, 사흘 전 마지막 통화를 할 때는 이렇게 말했다. 잘 헤어졌어, 잘 헤어졌어. 운동이라면 질색하는 놈이 이 겨울에 수영을 다 다니고! 다 유경 씨 덕분이다! 유경 씨랑 헤어진 덕분이라고! 내가 아무리 운동하래도 죽어라 안 하더니!

기차는 눈이 쌓인 들판을 달렸다. 환한 햇살이 눈 쌓인 벌판 위로 쏟아지고 있었다. 아침에 갈 때의 느낌과는 전혀 달랐다. 다자이 아버지의 시신을 싣고 가던 눈썰매, 그 위로 겹쳐지던 석규의 영상이 전생의 기억 같았다. 눈 쌓인 쓰가루 평원을 기차로 달리면서 다자이의 『쓰가루』를 읽는 맛은 황홀했다. 책을 읽으며 황홀감을 느끼는 일, 오랫동안 잊고 있던 감정이었다. 그 황홀감은 모든 것이 현실의 일처럼 여겨지지 않는 데서 더 깊이 왔다. 미가라는 여자와 다시 만나고 내일 약속까지 한 것도 지극히 비현실적이었다. 그녀는 매력적이었고, 우리의 만남은 신비로웠지만 설렘은 일지 않았다. 그것만은 현실적이었다. 유경의 말대로라면 붉은 실이 이어지지 않은 사이여서일까? 다자이를 싫어하는 그녀는 왜 다시 사양관으로 돌아갔을까?

　다음 날 약속은 저녁이었지만 나는 일찍 나서서 히로사키로 향했다. 다자이는 히로사키 성 앞마을에서 고등학교를 다녔다. 히로사키 성은 등불 축제가 열리는 공원에 있으니 저녁에 갈 예정이었지만 나는 낮에도 가서 햇살 아래의 모습을 먼저 봐둘 작정이었다. 기차 안에서는 여전히 『쓰가루』를 읽어나갔다. 히로사키 공원에는 눈으로 만든 온갖 조각 작품들이 가득했다. 겨울이면 흔히 하는 축제였다. 해가 지면 저런 데 불을 켜고 등불 축제를 여는 모양인데, 미가가 굳이 함께 보자고 한 이유를 알 수 없었다. 나는 백 년 된 건물에 들어선 스타벅스와 온실처럼 생긴 정원 카페 등에서 아오모리 특산품인 링고 주스, 애플 사이다 등을 마시며 『쓰가루』를 읽었다. 어느새 주위가 어두워져서 나는 슬슬 걸어 나갔다.

　미가는 공원 앞에 먼저 와 있었다. 구경은 좀 하셨어요? 그녀의 말에 나는 카페 순례만 했다고 답했다. 낮에 이 공원에 왔다는 말은 하지 않았다. 낮과는 달리 저녁 마츠리에 참가하려는 사람들이 줄을 서 있었다. 그 줄에 함께 서서 기다리다가 미가가 말했다. 다자이를 싫어하면서 왜 사양관에 오느냐고 물으셨죠? 나는 가만히 그녀를 바라보았다. 그 사람이 다자이를 아주 좋아했어요. 그런데 삼 년 전 그 사람이 갑자기 자살을 했어요. 유언 하나 안 남기고. 내 앞에선 명랑하게만 굴다가…… 나는 아직도 아무것도 모르겠어요. 그 사람이 왜 죽었는지, 우리가 연애를 한 게 맞기나 한지……

그새 줄이 줄어들어 공원으로 들어가는데 입구에 서 있던 사람이 우리에게 불붙인 둥근 초를 하나씩 주었다. 그러고 보니 앞에 들어간 사람들도 다 손에 초를 들고 있었다. 미가는 하던 말을 마저 했다. 매년 한국에도 가고, 사양관에도 가요. 자살하는 사람의 마음을 알고 싶어서요. 하지만 그런다고 알 수 있나요? 처음엔 다자이가 영향을 줬나 싶어서 원망했지만 그 사람이 그런 기질이 있었으니 다자이를 좋아한 거겠죠. 어쨌거나 나는 다자이가 원래부터 싫었어요. 지금은 더 싫어졌고요. 그런데도 매년 그 집을 찾아가면 이상하게 위안이 돼요. 어쨌든 이유가 있었겠죠. 다자이도, 그 사람도…… 내가 모르더라도 이유가 있었으면 됐다, 그런 마음이 들어요. 그러고 나면 여기 마츠리가 기다리고 있어요, 매년. 또 한 해를 살아갈 힘을 얻어요. 딱 한 해분만.

그렇게 말하며 미가는 나를 보고 웃었다. 나는 아무 말도 할 수 없었다. 걸어가는 우리의 양옆으로 낮에 본 눈의 조형물들이 빛났다. 조형물마다 초가 켜져 있어서 낮보다는 아름다웠다. 언덕 위의 히로사키 성도 조명이 들어오니 낮에 보았을 때보다 운치가 있었다. 한참을 들어가니 눈으로 여기저기 동굴이나 산을 만들어놓은 곳이 나왔다. 낮에는 무심코 지난 곳이었다. 미가는 초를 들어 보이며 원하는 곳에 초를 놓고 소원을 빌라고 했다. 그녀는 내 눈을 똑바로 바라보며 말했다. 당신도 그리운 사람이 있지요? 당신 얼굴에 써 있어요. 못 봐서 고통스러운 얼룩이 있어요. 그래서 버스에서부터 끌렸어요. 보고 싶은 그 사람이 볼 수 있는 사람이라면 만나게 해달라고 빌어요, 나는 볼 수 없는 사람이라 명복만을 빌지만. 그럼 이따 봐요. 그러면서 미가는 자신의 초를 놓을 곳을 찾아다니기 시작했다.

나는 어이가 없었다. 고작 이런 어린애 같은 짓을 하자고 여기로 부른 건가. 그녀의 신비스런 분위기에 혹해 나는 좀 더 의미 있는 것이 있으리라 기대했다. 초를 들고 있는 나 자신이 우스꽝스러웠다. 쓰레기통이 있으면 당장 버리고 싶었다. 주위를 둘러보았다. 열심히 초를 놓을 장소를 찾고 있는 사람들, 적당한 장소에 초를 놓고 간절히 빌고 있는 사람들이 보였다. 그들은 진지했다. 부질없는 것에 진심을 다하는 그런 모습에 갑자기 코끝이 시큰했다. 내가 젖어들지 못한다고 해서 저 사람들까지 우습게 볼 수는 없었다. 그래도 나는 어색했다. 손에 들고 있는 초를 얼른 처리하고만 싶었다. 오목하게 눈 속을 파놓은 작은 동굴이 눈에 띄어 나는 그곳에 초를 내려놓았다. 미가의 말이 떠올랐다. 볼 수 있는 유경과 볼 수 없는 석규. 그러나 나는 유경을 보게 해달라고 빌지 않았고,

석규의 명복도 빌지 않았다. 모든 게 부질없었다. 나는 미가를 위해 기도했다. 당신이 이제 다시 사양관에 안 가기를 바랍니다. 새로운 사람과 사랑에 빠져서…… 자살 같은 건 절대 하지 않는, 오래오래 장수할 남자와 사랑에 빠져서…… 미가와 나는 히로사키역 앞에서 헤어졌다. 등불 마츠리에 가기 위해 만났던 사람처럼. 나는 역사로 들어갔다. 그러고 보니 오늘은 눈이 안 왔다는 생각이 불쑥 들었다.

하루 눈이 안 온 것을 메꾸기라도 할 듯 아침부터 눈이 퍼붓듯 쏟아졌다. 나는 숙소를 새로 잡은 것을 후회했다. 이제 일박이 남았는데, 그냥 이 방에 하루 더 있으면 모든 게 편할 텐데 어리석게도 이십 분이나 걸어 들어가야 하는 곳에 새로 방을 잡은 것이다. 어젯밤에 방에 돌아와 마저 읽은 『쓰가루』에 취해서 한 짓이었다. 책의 마지막 부분에서 다자이는 그토록 그리워하던 다케를 찾아가 삼십 년 만에 만난다. 어린 다자이가 울고불고할까 봐 말 한마디 없이 떠나가버린 다케, 다자이는 그녀를 어머니로 여기며 늘 그리워했음에도 그때에야 찾은 것이다. 시골 학교 운동회에서 담담히 만나는 그들, 한참 뒤에야 거친 애정을 쏟아놓는 다케, 그런 모습을 보면서 자신의 본모습을 깨닫는 다자이, 그들의 만남이 나를 쳤다. 나는 책을 덮고도 먹먹한 감동에 한참을 서성였다. 처음 읽을 때는 마음을 닫고 읽어서인지 못 느꼈던 감동이었다. 다자이를 인정하지 않을 수 없었다. 어디까지가 사실이고, 어디부터

허구인지 알 수 없게 쓰는 게 다자이의 특기이긴 하지만 이 글은 특히나 원래 기행문 청탁을 받고 쓰기 시작한 글이라 더욱 그 경계가 모호했다. 그러나 마지막의 이 장면으로 이 작품은 명백한 소설이 되었다. 나약하고 징징대는 부잣집 도련님이라고 그를 낮춰 봤던 내가 부끄러웠다. 그는 나약하고 징징대는 부잣집 '출신' 도련님이 맞지만 바로 그 지점에서 자신을 잔인할 만큼 가혹하게 던져 소설을 쓰는 작가였다. "내 작품은 엉망진창이지만, 그러나 나는 큰 꿈을 품고 있어요. 그 큰 꿈이 너무 무거워서 휘청거리는 것이 나의 현재 모습입니다"라고 술주정처럼 외치던 다자이의 말이 다가왔다. 나는 유경이 사무치게 그리웠다. 같은 사람을 좋아하는 마음을 나누고 싶었다. 나는 하룻밤이라도 다자이에게 더 다가가고 싶었다. 그래서 그가 늘 다녔다는 갓포 공원에서 가까운 숙소를 충동적으로 새로 잡은 것이었다.

거리에 나가보니 폭설 속에 제설차들이 분주하게 움직이고 있었다. 눈보라 속에 캐리어를 끌고 가는 건 보통 고역이 아니었다. 어젯밤 감상에 빠진 값을 톡톡히 치른다 싶었다. 간신히 호텔에 도착해 짐은 맡겼지만 체크인까지는 시간이 많이 남았다. 나는 갓포 공원에 가보려 했지만 조금 가다 말고 길이 막혔다. 바다는 눈앞에 빤히 보였지만 눈이 너무 쌓여 바닷가 앞의 공원으로 넘어갈 수가 없었다. 어쩔 수 없이 돌아와 호텔 주변을 헤맸다. 박물관도 월요일이라 휴관이었고, 근처엔 찻집 하나 보이지 않았다. 그러다 내리는 눈 속에서 아담한 헌책방 하나를 발견했을 때는 어두운 산길에서 불빛을 만난 듯 반가웠다. 기념으로 다자이의 원서를 하나 사고 싶어서 걸음을 재촉했는데 다가가 보니 책방은 닫혀 있었다. 나는 힘이 빠져 호텔로 돌아갔다. 그새 청소가 되어 입실할 수는 있었다. 방에 들어가 욕조에 물을 받아 언 몸을 녹이니 행복하다는 느낌이 밀려왔다. 유경이 떠났어도, 석규가 사라졌어도 나는 이렇게 행복할 수 있었다.

몸을 녹인 후 나는 차를 마시려고 포트에 물을 끓였다. 그런데 찻물을 따르다 그만 끓는 물을 손에 쏟고 말았다. 급히 욕실로 들어가 찬물을 틀어놓고 열기를 뺐지만 통증이 가시지 않았다. 예전에 의사 친구가 화상의 긴급 처치로는 소주에 담그는 게 최고라고 하던 조언이 생각났다. 나는 다시 옷을 입고, 간신히 빠져나온 재난 현장으로 되돌아가듯 마지못해 밖으로 나갔다. 편의점까지도 꽤 걸어야 했다. 눈보라 속에서 차가운 밖의 공기를 쐬며 한참을 걷자 손의 열기가 가셨는지 통증이 덜해졌다. 간신히 사케 두 병을 사서 돌아오는데, 아까 지나친 서점에 노란 불빛이 빛나고 있었다.

석규처럼 키가 크고 구부정한, 얼굴까지도 석규를 닮은 늙수그레한 서점 주인이 나를 맞았다. 다자이 오사무 책을 찾는다고 하자 그는 여러 권의 책을 보여주었다. 나는 문고판으로 된 『사양』과 『쓰가루』를 집었다. 그러다 문득 내려다보니 발밑 상자에 다자이의 얼굴이 보였다. 얼른 들고 보니 그것은 1971년에 발행된 『태양』이라는 잡지였는데 표지가 다자이의 사진이었다. 게다가 '다자이 오사무와 쓰가루' 특집을 다루었다. 앞의 몇 장만 들춰도 소설 『쓰가루』에서 인용한 부분과 그에 맞는 풍경 사진이 가득했다. 혹시 책을 쓰게 된다면 유용한 자료가 될 터였다. 어느 책이나 몇백 엔밖에 하지 않아서 나는 세 권의 책을 헐값으로 사서 호텔로 돌아왔다. 어찌나 기분이 좋은지 손에 화상을 입은 것마저 다행으로 여겨졌다. 화상이 아니었다면 그 서점에 다시 갈 일은 없었을 것이다. 붉은 실의 인연은 이런 거지, 유경에게 자랑하고 싶은 마음이 스멀거렸다.

방에 들어가자마자 화상 입은 왼손을 사케에 담그고, 오른손으로는 『태양』 잡지를 펼쳤다. 한 장 한 장 천천히 잡지를 넘겨갔다. 내가 읽은 소설의 대목들이 생생하고 아름다운 사진과 어우러진 책을 여기서, 지금 본다는 게 실감 나지 않았다. 다자이가 붉은 실의 인연에 대해 말할 때 연락선이 들어오는 바로 그 장면의 글에는 푸르스름한 새벽녘 바다로 들어오는 연락선의 사진까지 있었다. 그 페이지의 사진을 찍어 유경에게 보내고 싶다는 충동을 누르는 데 내가 가진 모든 인내심을 써야 했다.

그렇게 책의 끝부분에 다다랐을 때, '이달의 인물'이라는 코너가 나왔다. 기모노를 입은 웬 늙은 여인의 얼굴이 크게 찍혀 있었다. 낡은 목조 건물 앞에서 찍힌 그녀의 말끔히 빗어 넘긴 머리와 주름진 얼굴은 무어랄까, 세상의 모든 슬픔을 겪은 뒤에 고요히 서 있는 한 그루 나무처럼 보였다. 이상하게 그 얼굴이 마음을 끌었다. 뒷장을 보니 이번에는 그 여인이 두 손을 포갠 상반신이 찍혀 있는데, 그 뒤로 아이들이 그네 타는 모습이 보였다. 심장이 뛰었다. 저 목조 건물이 '그 시골 학교'일지 모른다는 생각이 든 것이다. 나는 다시 앞장으로 돌아갔다. '이달의 인물' 다음 줄에 씌어 있는 큰 글씨가 이름일 텐데 한자로 월야(越野)란 두 글자 다음에 가타카나가 쓰여 있었다. 나는 그 글자들을 읽기 위해 온 힘을 모았다. 다…… 케. 다케, 다자이의 보모 다케? 예상이 맞자 심장이 더 뛰면서도 설마, 하는 마음이 들었다. 나는 그 사실이 믿어지지 않아 배운 일어의 기억을 다 동원하여 다음 줄을 읽었다. 사랑하는 아들을 그리워하며……

그녀는 바로 그 다케였다. 그러나 다자이와 학교 운동회에서 만난 뒤로도 이십칠 년 뒤, 이제 여든이 다 된 다케였다. 비현실적인 느낌이 다시 나를 덮쳤다. 작가와 소설과 독자와 그 모든 것이 마구 엉킨 느낌이었다. 이승과 저승처럼 서로 다른 차원의 존재들이 부딪힌 듯 혼란스러웠다. 다케는 현실의 인물이었지만 『쓰가루』란 소설의 등장인물이었기에 책 속의 인물이 책 밖으로 나와 늙은 모습을 보는 것처럼 기이했다.

나는 한참 동안 그 사진을 바라보다 책을 내려놓았다. 사랑하며 키운 아이와 헤어져 삼십 년 뒤에야 잠깐 만났던 그녀, 그리고 사 년 뒤에 그의 죽음의 소식을 듣고 다시 몇십 년의 세월을 보낸 뒤의 그 모습. 아무것도 아니다. 사람은 태어나서 늙고 죽는다. 누군가는 먼저 죽고, 누군가는 늦게 죽어 먼저 죽은 자를 그리워한다. 아무것도 아니다. 문득 삼십 년 뒤의 내 모습이 보였다. 얼룩이 있었다. 미가가 말했던 그 얼룩. 등줄기로 차가운 전율이 스쳤다. 우리가 만난다는 것은 무엇인가. 이 넓디넓은 우주에서 먼지 같은 우리가 잠시 만난다는 것은 무엇인가. 이 부질없는 세상에서, 이런 부질없는 만남이란 것은. 죽음으로 갈라지든, 삶 속에서 갈라지든, 한 사람이 한 사람을 만난다는 의미는 무엇인가.

갑자기 눈물이 쏟아졌다. 차가운 사케에 왼손을 담근 채 나는 꺽꺽 눈물을 쏟았다. 아무것도 아니다. 이 우주에서 이깟 일은 아무것도 아니다. 나는 그저 슬픔의 찌꺼기를 쏟는 것뿐이다. 내 눈물은 늙은 다케의 얼굴 위로 떨어졌다. 늙은 다케의 얼굴이 이지러졌다. 어쩌면 울고 싶었던 그녀가, 종이 속에 갇혀 울 수 없었던 그녀가 시공간을 뛰어넘어 나를 불렀는지도 몰랐다. 꺽꺽 눈물을 쏟으면서 나는 나를 둘러싼 숱한 붉은 실들을 보았다. 하나도 끊어지지 않은 그 붉은 실들을. 저 멀리 푸른 바다에선 연락선 한 척도 다가오고 있으리라. 눈은 계속 내렸다. 숨 쉬듯이 내렸다.

작가노트

어떤 이야기를 쓰고 싶었던가. 이번 소설은 시작하기가 어려웠다. 마로니에 꽃이 피고 지던 토지문화관에서 5월과 6월을 보내면서 내내 이 소설에 사로잡혀 있었다. 하지만 실제로 쓴 시간은 얼마 안 되고, 무엇을 쓸지 결정하는 데 시간을 다 보냈다. 이것저것 마음에 두었던 이야기들을 끄집어내어 건드려보았으나 매번 엎어야 했다. 글이 나가주지 않았다. 숨 쉬듯 눈이 내리던 아오모리의 풍경만이 계속 눈앞을 가로막았다. 그 이야기는 안 돼, 나는 고개를 저었다. 아오모리에서 만난 다자이 오사무에 대해선 언젠가 소설을 쓰려고 마음먹고 있었지만 그건 여자에 대한 이야기였다. 여자가 아니면 안 되는 이야기였다. 이번 소설은 남자에 대해 써야 했기에 아예 처음부터 젖혀놓았던 것이다. 그런데도 다른 글은 써지지 않고 봄이 지나 초여름에 접어들도록 내 눈앞에는 눈 내리는 풍경만이 아른거렸다. 나는 소설을 시작도 못한 채 초조해하기만 했다.

하염없이 시간이 흘러갔다. 점심을 먹고 나면 텅 빈 세미나실에 들어가 멍하니 창밖을 바라보았다. 바람에 흔들리는 상아색 마로니에 꽃들이 보였다. 푸른 나뭇잎의 갈라진 손가락을 세었다. 일곱 개, 마로니에 나무는 칠엽수로도 불린다고 했다. 건물 처마에 집을 지었는지 작은 새들이 오르락내리락 부산스러웠다. 주인공을 남자로 바꿔 써볼까, 생각했다. 눈 내리는 빈 들판에 중년의 한 남자가 막막하게 서 있었다. 그 얼굴 위로 다시 여자의 얼굴이 겹쳐졌다. 남자의 탈을 씌운다고 될 얘기가 아니었다. 아무래도 이번 소설집에선 빠져야겠다고 포기하려는데 문득, 남자 얘기를 먼저 쓰고 여자 얘기를 나중에 쓰면 되잖아, 하는 생각이 솟아났다. 이 글은 '사양관 1'이고, 나중에 '사양관 2'를 쓰는 거야. 그럼 정말 쓰고 싶던 얘기는 나중에 할 거니까 여기서는 부담 없이 얘기를 풀어도 되잖아.

그 생각이 겨우 소설을 시작하게 해주었다. 글은, 여전히 머뭇머뭇, 잘 나가주지 않았지만 도망만 치지 말자고 나를 달랬다. 그런데 처음을 벗어나니 오히려 이 글이 원래 쓰려던 글인 것처럼 편해졌다. 낯선 '현준'을 조금씩 알아가는 일이 설렜고, '유경'이 피아노를 치는 여자란 것도 알게 되었다. 유경의 얘기를 먼저 썼다면 현준은 전혀 다른 사람이 되었으리라. 아니, 아예 존재하지 않았을 수도 있었다. 유경도 피아노하곤 거리가 먼 여자가 되었을지도 몰랐다. 이 글을 먼저 썼어야 했다. 나는 현준이 좋아졌으니까. 피아노를 치는 유경도 마음에 드니까. 애인과 이별하고, 친구와 사별하고 홀로 떠난 눈의 나라에서 비로소 상실의 슬픔을 제대로 바라보는 한 남자한테 나는 서서히 스며들었다.

하명희 / 오래된 서점에서

2009년 『문학사상』 신인상으로 작품 활동 시작. 소설집 『불편한 온도』
『고요는 어디 있나요』가 있다. 전태일문학상, 한국가톨릭문학상 신인
상, 백신애문학상 수상.

약속도 없고 갈 곳도 없지만 무작정 걷고 싶은 날이 있다. 어디로 갈까. 무턱대고 집을 나와 지하철 2호선이 머리 위로 지나가는 아랫길을 따라 걸었다. 한 정거장 정도 걷다 보니 마을버스 정류장이 있고, 그 앞엔 누군가 버려놓은 소파가 놓여 있었다. 소파에는 두세 겹의 겨울 덧옷을 껴입고 손가락 마디가 잘린 장갑을 낀 사내가 앉아 있었다. 그의 옆에는 청 테이프를 덕지덕지 붙인 두 개의 종이 가방이 있었는데, 그는 그 안에 있던 검정 비닐봉지를 하나씩 꺼내 소파에 늘어놓다가 종이 가방에 다시 넣는 일을 반복했다. 버스를 타려면 뭔가 있어야 하는데 그게 뭔지 모르겠다는 듯 검은 비닐봉지를 뒤지다가 자기가 뭘 하려고 했는지 잊어버린 몸짓이었다.

정류장 맞은편에는 금속 공장이 있었다. 길가로 나와 있는 용접기에선 불꽃이 튀고, 용접 마스크를 낀 할아버지가 엉덩이를 도로 쪽으로 쳐들고 용접을 하고 있었다. 그쪽으로 발걸음을 옮기니 이상한 향이 났다. 지방의 다리 공사장에서 용접을 하다가 떨어져 별이 된 한 시인은 이걸 하늘과 땅을 이어붙이는 향이라고 했었다. 철과 철을 붙이려면 불꽃이 튀고 꼬스름한 향이 난다고. 이어진 철을 끊으려면 다시 불꽃이 튀겠지. 그때도 꼬스름한 향이 날까. 그런 생각을 하다 그를 쳐다보았다. 비닐봉지를 뒤지던 그도 용접 불꽃을 쳐다보고 있었는지 그와 시선이 부딪혔다. 그 잠깐 사이 나는 그가 눈을 깜빡이며 인사를 했다고 느꼈다. 나도 모르게 그를 향해 답례하듯 목을 까닥하며 움직였다. 그는 아무 일 없던 것처럼 하던 일, 비닐봉지를 꺼내고 도로 넣는 일로 돌아갔다. 혼자 머쓱해져서 빠른 걸음으로 전철역 구간을 빠져나와 청계천과 중랑천이 만나 한강으로 이어지는 길로 향했다.

그래, 여기 유한양행이 있었지.

저녁이면 하얀 모자를 벗고 철문에서 쏟아져 나오던 사람들. 그 길엔 밥집이 많았고, 밥집 앞에서는 저녁 불이 켜지는 포장마차가 양옆으로 늘어서 있었어. 포장마차가 끝나는 곳의 골목을 끼고 돌면 키가 큰 쥐똥나무가 있었는데. 초여름의 시작을 알려주던 쥐똥나무 꽃향기가 나던 길을 더듬어 걸었다. 향기에도 높낮이가 있다면 쥐똥나무 꽃은 미와 파의 음을 가진 것 같지 않냐던 친구가 있었다. 그 친구 이름이 뭐였더라. 미숙이, 진희, 선화, 보경이, 은진이. 초등학교부터 중학교 고등학교 친구들이 하나둘 떠올랐다. 여름이 지나갈 땐 쥐똥 같은 까만 열매가 열렸었는데. 맞아, 은진이. 얼굴이 까맣고 수학을 잘하던 중학교 때 친구. 은진이는 그 까만 열매에 빨간색 물감을 칠하기도 했어. 왜 색칠을 하냐고 했더니 까만 열매가 싫다고 했던가. 은진이네 집이 여기 어디였을 텐데. 쥐똥나무가 없으니 포장마차가 늘어서 있던 길 끝까지 가도 은진이네 집을 찾을 수가 없었다.

골목을 지나 누런 겨울 풀들이 넘어진 공터 앞에서 서성였다. 내가 살던 집은 앞뒤로 열두 가구 셋방이 붙어 있던 무허가 판잣집이었는데, 열두 개의 방은 공터가 되어 공원이 들어설 예정이라는 팻말이 꽂혀 있었다. 공터에는 버려진 냉장고가 쓰레기를 담고 있고, 급하게 떠난 건지 넘어진 책장과 프라이팬, 숟가락들이 흙에 박혀 있었다. 널브러진 옷가지와 이불이 풀들을 덮은 사이로 사람들이 지나다니며 생긴 작은 길이 있었다. 그 길을 따라 찻길을 건너 둑방에 올랐다.

돌로 된 오래된 다리인 살곶이다리 위로 자전거가 지나가고 있었다. 살곶이다리를 건너 한양대 쪽으로 갈 수도 있지만 이번에는 늘 피해 다니기만 했던 길로 걷고 싶어졌다. 성동교 중간쯤에서 한강으로 가는 물길을 좇으니 작은 모래턱이 보였다. 모래턱에 쪼르르 앉아 있던 새들이 물길을 거슬러 날아올랐고, 다리 반대편에서는 누군가 걸어왔다. 나는 내 앞에 침을 퉤하고 뱉었다. 지나가던 사람이 나를 위아래로 훑어보고는 자기도 침을 뱉고 가던 길로 걸어갔다. 저렇게 하면 되는 거였는데.

*

    집이 한양대역과 뚝섬역 사이여서 고등학교 3년 내내 이 다리를 지나다녔지만 막상 이 길에 서니 아르바이트를 해서 산 마이마이만 떠올랐다. 고등학교 2학년 때였으니 열일곱 살이었다. 나는 이어폰을 꽂고 다리 위를 건너고 있었고, 반대편에선 나보다 서너 살 많은 무서운 언니들이 오고 있었다. 그들은 조금 전 내 옆을 지난 사람처럼 스쳐 지나가지 않고 내게 말을 걸었다.

    "너, 그거 내놔."

    내가 감출 새도 없이 그 언니들은 새것으로 반짝이는 하얀 색 마이마이를 낚아채고는 제 것처럼 가방에 넣었다.

    안 돼, 그거 주세요. 내가 말했던가.

    싫어, 그거 내 거야, 했던가.

    나는 아무 말도 못하고 얼어붙었고, 그들은 "뭘 째려봐, 쌍! 눈깔을 지져놓을까 보다" 하며 담뱃불을 들이댔다. 물러서지 말아야 했을까. 아니면 눈에 더 힘을 주고 내가 그걸 사려고 이명래 고약에서 얼마나 많은 고약을 포장했는지 아느냐고 소리쳐야 했을까. 마이마이에 들어 있던 테이프도 '전영혁의 음악세계'에서 매일 밤 녹음한 건데, 그걸 녹음하고 내 귀에 이어폰을 꽂고 길거리를 걸으며 듣고 싶어서 내가 얼마나 애를 썼는데. 그러니 제발 돌려달라고 애원이라도 했으면, 다리 난간으로 올라가 뛰어내리겠다고 겁이라도 줬다면 난 좀 다른 사람으로 살 수 있었을까.

머리를 굴릴 새도 없이 나는 고개를 떨어뜨렸다. 뚝, 하고 소리가 나는 것 같았다. 나는 혼자였고 무엇보다 소중한 것을 지키기 위해 다리에서 뛰어내리겠다고 위협할 객기도 없었다. 그들은 내게 침을 뱉고는 경쾌한 발걸음으로 키득대며 따라오면 담뱃불로 지져버리겠다고 위협하다가, 그래도 따라오는 개새끼를 돌려보내듯이 다리 위에서 쿵 하며 발을 굴렀다.

"꺼져."

고개를 돌려 뒤를 보았다. 삼십 년이 지났는데도 이 다리 위에서 기억나는 게 마이마이를 뺏긴 그날뿐이라니. 빈 웃음이 삐져나왔다.

"퉤퉤!"

나는 또 한번 삼십 년 전에 뱉지 못한 침을 뱉었다. 한번 뱉으니 또 뱉고 자꾸 뱉고 싶었다. 이게 뭐지. 고작 침을 뱉었을 뿐인데 이상한 희열이 느껴졌다. 한양대역에서 전철을 탄 뒤 살면서 누군가에게 침을 뱉은 일이 없었는지 떠올려봤다. 억울하고 화가 나는 일이 없었던 것도 아닌데, 어떻게 그럴 수 있지. 정말 내가 누군가의 얼굴, 아니 발밑에라도 침을 뱉은 일이 없었다고? 아무리 떠올려봐도 생각나는 얼굴이 없었다. 어느새 익숙한 역에서 내려 밖으로 나왔다. 어느 날 문득 그 다리를 건널 때, 그때로 돌아가면 가장 해보고 싶었던 것을 해버렸기 때문일까. 발걸음은 삼십 년 전 마이마이를 빼앗기기 전 내가 있었던 곳들을 되짚고 있었다.

유난히 몸통이 굵은 은행나무 한 그루가 골목의 대장처럼 서 있고, 조금 더 올라가니 '2층은 원서, 1층은 인문사회과학 서적'이라고 쓰여 있는 간판에 전화번호 역시 예전 그대로 남아 있었다. 이 서점은 고등학교 시절 문예부 선배들과 모임을 하던 곳이었고, 그곳에서 알게 된 다른 학교 친구들을 만나는 장소였으며, 게시판에 메모를 남기거나 아무것도 하지 않고 종일 앉아 책을 보는 도서관이기도 했다. 좋아하던 역사 선생님이 전교조에 가입했다고 해직되고, 그 선생님과 함께 노조에 가입했던 국어 선생님과 미술 선생님까지 줄줄이 학교를 쫓겨나던 때였다. 눈앞에서 선생님들이 해직되는 상황은 누가 봐도 부당했고, 뭐라도 해보자고 문예부 선배들이 아이들을 끌어모으던 그때, 나도 선배 손에 이끌려 이 서점에 왔었다. 간판만 그대로이고 서점은 월세를 감당할 수 없어 맞은편 지하로 자리를 옮긴 지 몇 해 지났는데, 그마저도 유지할 수가 없어 이제 문을 닫는다는 기사를 본 것이 며칠 전이었다. 서점 이름이 박힌 녹색 간판에는 'since 1985'가 적혀 있었다. 녹색 간판에 빨려 들어가듯 지하로 이어진 계단을 내려갔다.

계단을 내려오는 소리를 들었는지 문을 열자마자 서점 주인이 기다리고 있었던 사람처럼 인사를 건넸다. 그는 아침부터 밤까지 지하에 있어서 그런지 동그란 얼굴이 하얬다. 건너편 서점에서 점원으로 일하다 스물여덟에 이 서점을 인수했다던가. 그는 내가 이곳의 오랜 손님이었다는 걸 알아보고는 "소식 들으셨죠? 서점을 지키지 못해 미안해요"라고 말했다.

"아무도 못하는 일을 하신 거예요."

그에게 인사를 하려고 들른 갈색 모자를 쓴 중년의 남자가 끼어들었다.

"저는 오늘 부산에서 왔어요. 기사 보고 꼭 한번 와보고 싶어서요. 지금 대학 입학 결과 기다리고 있는데 남자 친구랑 같이 왔어요."

쇼트커트가 어울리는 여자애도 인사할 때를 기다렸던 건지 서점 주인에게 고개를 숙였다.

"그동안 이곳에 쌓인 책들처럼 많은 사람들이 드나들었잖아요. 저는 대학 때부터 여기 들락거렸으니 삼십 년이 넘었네요. 저 건너편 책방에다 가방 던져놓고 가두투쟁 나가고 그랬지요."

"우와, 삼십 년이요? 우리 엄마랑 아빠도 이 서점에서 만났대요. 그래서 왔거든요. 여기서 우리 사진 찍어서 엄마한테 보여주려고요."

여자애는 "저희 둘 같이 나오게 찍어주세요" 하며 스마트폰을 내밀었다. 중년의 남자는 "그래. 그런 곳이지, 이곳은" 하며 사진을 찍어주고는 서점 주인과 같이 찍자며 자기 스마트폰을 꺼냈다. 그들이 나누는 얘기를 방해하고 싶지 않아 책장을 둘러보았다. 출입문 입구에 있는 책장 하나엔 녹색평론사의 책들이 가지런히 꽂혀 있고 그 옆엔 풀방이 있었다. 계단 아래 방을 만들어 책 읽기 모임을 하는 공간이라고 했다. 고개를 숙이고 들어가니 지하의 다락방 같았는데 벽에는 '철학이란 철학을 넘어서기 위한 도구이다'라는 낙서가 있었다. 풀방 옆은 디근자로 움푹하게 들어가 삼면이 책장인데 책들이 오래되고 낡아 헌책방 같았다. 주황색 표지의 다섯 권짜리 『자본론』 옆에는 『한국근대민중운동사』, 『부자의 경제학 빈민의 경제학』, 『철학사전』, 『불량제품들이 부르는 희망 노래』, 『역사와 계급의식』, 『예술사의 철학』, 『인민의 벗이란 무엇인가』, 『민중의 세계사』 등이 꽂혀 있고 맞은편에는 오래된 시집들이 있었다. 시집 옆 자투리 벽에 청색이 바래 옥색이 된 바탕에 흰 새와 검은 새가 그려진 포스터가 눈에 들어왔다. 이곳을 들락거리면서도 그동안 한 번도 눈에 띄지 않은 포스터였다. 서점 주인에게 이 포스터가 건너편 서점에 붙어 있었던 거냐고 물었다.

"그쪽 벽에는 거기 있던 책장을 그대로 뜯어와서 책을 꽂았어요. 그 포스터도 그때 뜯어온 거예요."

"이게 쭉 여기 붙어 있었다고요?"

서점 주인은 고개를 끄덕이고는 디근자 책장에서 시집을 뽑아 부산에서 왔다는 학생들 쪽으로 갔다. 서점에서 있었던 일들을 그들에게 얘기하는 게 신이 난 모양이었다.

"이 시집 때문에 내가 대공분실에 끌려가기도 했어요. 박종철이 고문받았던 옆방, 510호요."

"박종철이 누구야?"

남자애가 여자애 귀에 속삭였다.

"박종철 몰라? 영화도 있잖아. 너 그거 못 봤어?"

"아, 태리 나오는 거?"

"강동원이 신발 잃어버리고 그랬잖아."

강동원은 이한열을 연기한 거고 박종철은, 하며 중년의 남자가 끼어들려고 하자 남자애가 "무슨 내용이길래 거기에 끌려가요? 대박 신기해" 하며 서점 주인이 뽑은 시집을 넘겨받았다. 시집은 문학과지성사에서 나온 『서울로 간 평강공주』였다.

"평강공주가 온달이랑 연애했던 거 맞지?"

남자애가 여자애를 보며 말했다. 여자애는 연애한 게 아니라 결혼, 하며 남자애가 들고 있던 시집을 잡아챘다. "바보라고 소문난 온달이랑 얼굴도 한 번 안 보고 결혼했는데 온달이가 알고 보니 잘생긴 왕자였잖아. 그런데 너는" 하며 여자애가 남자애 머리를 흐트러뜨리면서 장난을 쳤다. 남자애는 근데 왜 평강공주 때문에 아저씨가 붙잡혀 갔느냐고 물었다.

"내 죄목이 불온서적을 판매했다는 거였거든요. 풀려난 다음에 압수 목록을 보여달라고 했어요. 그런데 그 목록에 뭐라고 적혀 있었게요?"

서점 주인은 학생들에게 함부로 말을 놓지 않았고, 중년 남자는 힌트를 주듯 남자애 옆에서 평강을 세게 발음했다.

"서울로 간 평강, 평강공주, 설마 평양공주요?"

남자애가 말하자 "오, 서울로 간 평양공주! 무슨 암호 같은데. 이야, 대박!" 하며 여자애도 웃어댔다.

"우리 서점엔 걔들이 말하는 불온서적이 엄청 많거든요.

그런데 그런 건 하나도 못 보고 자기들이 보고 싶은 것만, 그것도 평강을 평양으로 적어서 어떻게든 불온서적을 만든 거예요."

"그게 언제예요?"

중년 남자가 물었다.

"아내가 아이를 임신했을 때니까 1997년 4월에 들어갔어요."

"우리가 태어나기도 전이네요."

"90년대 말까지도 사찰이라고 해서 여기에 보안과 사람들이 왔다 가고 그랬어요."

"사찰, 보안, 금서…… 오랜만에 들어보네요. 그 힘든 시절 다 보내고 인문사회과학 서점을 여기까지 끌고 오셨으니 참 대단하세요."

중년의 남자가 모자를 벗어 한 손에 들며 가볍게 목례를 했다.

"보안 사찰이 있던 그때보다 지금이 더 힘들어요. 처음 서점을 인수했을 땐 그래도 대학 앞에 인문사회과학 서점 하나는 있어야 한다고 생각했거든요. 그때는 입학 시즌이 되면 대학 동아리 선배들이 사비를 털어서 신입생들한테 책을 사주고 그랬어요. 그게 관례였어요. 시험공부 하느라 그동안 못 읽은 책들, 특히 사회과학 서적들을 읽으라는 분위기가 있었으니까. 언젠가부터 대학도 경쟁을 위한 고등학교의 연장이 되어버리고 대학 와서도 스펙 쌓기 바쁘더라고요. 그땐 또 토익이나 공무원 시험 문제집들만 팔리더라고요. 그러다 지금은 그것마저 인터넷서점에서 사는 게 더 싸니까 여긴 책 무덤이 되어버렸어요. 이렇게 하다간 책 관을 짜야 할지도 몰라요."

"책 관이요?"

"그게 싫었어요. 인문사회과학 서적은 책의 뿌리 같은 건데. 그런 서점이 대학 앞에 하나쯤은 있는 게 맞는데. 간간이 찾아오는 손님들한테는 정말 미안한데 내 청춘도 여기 다 있거든요. 서점을 이어서 해줄 젊은 친구들이 나타나면 이 책들 다 줄 거예요."

서점 주인의 이야기에 신기해하며 시집을 들추는 어린 학생들 모습이 낯설지가 않았다. 그들 이야기를 따라 나도 90년대 초 이 서점을 들락거렸던 그때로 돌아간 것 같았다. 더군다나 곧 문을 닫게 될 서점에서 이제야 발견한 포스터에서 눈을 뗄 수가 없었다. 포스터는 1990년 4월 21일에 연극 「새들도 세상을 뜨는구나」가 딱 하루 상연되었음을 알려주고 있었다. 어떻게 지금껏 이게 한 번도 눈에 들어오지 않았던 걸까. 그날이 4월 21일이었구나. 포스터에 적힌 시간과 연우소극장이라는 장소를 보니 삼십 년 전 어느 봄날의 내가, 아니 그가 떠올랐다.

*

"이게 한 편의 시인데, 그걸 연극으로 만들었대."

서점에 붙어 있던 포스터를 보며 그가 말했다.

"무슨 신데 시 한 편이 연극이 돼?"

"나도 모르지. 옆에서 대학생 형들이 하는 얘기만 엿들었어."

그는 서점 직원에게 포스터를 가리키며 "형, 저 연극 제목이 나오는 시집 알아요?" 하고 물었다. 직원은 당연히 알지 하는 표정으로 시집 코너로 가서 "하, 황, 지, 32번이네" 하며 『이 시대의 아벨』과 『지상의 인간』 사이에 끼어 있는 시집을 꺼내 먼지를 털었다.

"황지우보다 고정희가 먼저 나왔었네. 한자가 많은데 이거 읽을 수 있어? 살 거야?"

"줘봐요. 읽을 만해야 사지요."

그는 직원의 손에서 시집을 빼앗아 표지에 있는 캐리커처를 보며 "무슨 시인이 회사원처럼 생겼어" 하고는 내 쪽으로도 내밀었다. 넥타이를 매고 있어서 회사원 같아 보였지만 한쪽은 솟고 한쪽은 평평한 눈썹이 눈에 들어왔다.

"화가 난 것 같은데. 뭔가를 응시하는 것 같지 않아?"

그는 내 말은 듣는 척도 하지 않고 시집을 뒤적이다가 "이야, 이거 이거" 하며 목소리 톤이 높아지더니 "문학은 표현하고 싶은 것을 표현할 뿐 아니라 표현할 수 없는 것, 표현 못하게 하는 것을 표현하고 싶어 하는 욕구래"라고 말했다. 이제 막 문예부에 들어온 후배에게 문학이 무엇인지 알려주겠다는 말투였다. 표현 못하게 하는 것들? 그런 게 뭘까를 생각하는 동안 그는 "표현 못하게 하는 것을 표현하고 싶어 하는 욕구에 도전하면서 얻어진 것, 그게 문학이란 말이지. 그런데 어떻게 침묵에 사다리를 놓을 수 있을까"라며 혼잣말을 했다. 그는 문학이 무엇인지를 찾기 위해 이 서점에 온 것처럼 보였다.

"침묵에 사다리를 놓다! 와, 네 표현이 더 좋은데."

그는 대답 대신 시집 뒷면을 내밀며 "사람과 사람 사이의 신, 이거 뭐라고 읽어?" 하고 한자를 짚었다. 한자 위에 그가 방금 한 말이 보였다.

"뭐야, 이 시인이 한 말이었어?"

그는 한자를 톡톡 치며 그러니까 이거 뭐라고 읽냐고 재촉했다.

"호. 신호."

"사람과 사람 사이의 신호라."

그는 차례를 펼쳐 사람과, 사람 사이의, 신, 신호, 하며 손가락으로 훑어나갔다. 중간에 연극 제목인 '새들도 세상을 뜨는구나'가 보였지만 그냥 지나쳤다. 서점 직원이 "그 출판사에서 나온 시집 뒤에 있는 글들은 시인의 산문 같은 것에서 뽑은 걸 거야"라고 일러주고는 하던 일을 계속했다.

"이 시인, 산문집도 있어요?"

그는 그 시인의 책은 다 읽어야겠다는 듯 덤벼들었다. 직원은 계산기를 두드리다 삐딱하게 머리를 돌려 저쪽에서 본 것 같은데, 하고 말했다.

"어디요?"

그는 직원이 눈짓으로 가리킨 쪽 책장을 손으로 훑었다.

"한마당인가 거기 찾아봐."

"한마당이 뭐예요?"

"출판사가 한마당이라고. 거기 한마당 책들 보이지? 브레히트 옆에."

"브레히트는 또 뭐야. 어디요? 형이 와서 찾아봐요."

지난번 문예부 독서 모임에서 읽은 책이 브레히트의 시집이어서 노란색의 시집이 단번에 들어왔다. 나는 그의 옆으로 가서 "『살아남은 자의 슬픔』, 여기 있잖아" 하고 시집을 꺼냈다.

"그거 말고 기호, 아니, 『사람과 사람 사이의 신호』."

내가 그 옆에 있는 책을 뽑으려 할 때 "오호, 신호!" 하며 그가 잽싸게 내 손을 치며 먼저 뽑아냈다.

"신호할 때 신 자가 믿을 신 자인 건 알거든. 호는 좋을 호겠네."

나는 그의 행동에 어리둥절해졌다. 그동안 그가 보여준 섬세하고 부드러운 태도와는 백팔십도 다른 모습이었다. 그는 의자에 앉아 한참을 책을 보다가 벌떡 일어났다.

"은하야."

그제야 내가 같이 있었다는 게 생각난 모양이었다.

"왜?"

그가 책을 낚아채며 내 손을 쳐낸 것도 기분이 나빴지만 그가 책을 읽는 동안 멀뚱히 기다리고 있는 내가 한심해지려던 참이었다. 그는 내 눈을 뚫어지게 쳐다보았다. 너도 미안하지? 나는 그가 미안하다거나 책 욕심이 과해서 그렇다는 변명을 늘어놓으면 가볍게 이해하고 넘어가야지 싶었다.

"은하야 너……"

그는 한 번 더 내 이름을 불렀다.

"뭐야? 기분 나빠지기 전에 빨리 말해!"

그는 읽던 책을 흔들었다. 무슨 말이지? 지금 내게 저걸 사 달라는 걸까? 내가 아무 말이 없자 그는 포스터를 가리키며 "저 날이 내 생일이거든" 하고 말했다. 그날 나는 뭔가에 홀린 듯 지갑을 열었다. 그 안에는 한 달 치 용돈이 들어 있었다. 시집은 이천 원, 산문집은 이천팔백 원이었다. 나는 오천 원을 꺼내 직원에게 내밀었다. 왜 그때 객기가 발동했는지 나도 알 수 없었다.

이걸로 너하고는 끝이다. 너는 그 시집이랑 산문집 읽을 때마다 내가 떠오를 거야. 지금 이 순간이 떠오를 거라고.

서점을 나와 앞서 걸으며 자꾸 화가 나서 이런 말이 입가에 맴돌았다. 나는 그와 헤어지는 방법으로 책값을 계산한 거라고 오랫동안 생각했었다. 그러고는 내 기억에서 지워버린 채 지금껏 그날의 기억을 꺼낸 적이 없었다. 그런데 포스터를 본 순간 내가 그와 한 번 더 만났다는 사실이, 기억의 틈에 끼어 있다가 영상처럼 생생하게 떠올랐다. 그는 내 옆에서 알랑거리며 생일날 연극을 같이 보자고 했었다.

"같이 보자고?"

그는 끄덕이며 내 손을 잡았다. 나는 그 손을 내치지 못했고, 그는 여동생에게 하듯 내 볼에 살짝 입술을 댔다. 화를 내지도 못했는데 벌써 화해를 해버린 것 같았다. 그와 헤어질 때 나는 "그래, 연극 같이 보자" 하고 대답하고 말았다.

연극을 보기로 한 날 혜화동 사거리를 지나 언덕길을 올라 연우소극장 앞에서 한참을 기다려도 그가 오지 않았다. 연극 시작 시간이 다 되어서야 골목 끝에서 그가 전속력으로 달려왔다. 그가 가까이 올 때마다 가슴이 두근거렸다. 숨을 헐떡이며 시계를 보던 그의 첫마디는 "들어가자"였다. 늦어서 미안해도 아니고, 얼른 티켓을 사자도 아니고, 들어가자니.

"티켓은?"

내가 물었을 때, 그는 어깨를 으쓱하고 두 손을 양옆으로 벌리며 "안 샀어?"라고 되물었다. 네가 사기로 했잖아, 생일 선물을 준비 안 한 거야? 그런 표정이었다. 책을 사달라고 해서 사줬는데 연극도 보여달라는 거였구나. 연극을 같이 보자는 말이 티켓을 사달라는 거였구나. 그는 내 표정을 훔친 사람처럼 어이없다는 몸짓으로 "내가 지금 티켓 한 장 값밖에 없는데"라고 했다.

"그러면 난 안 볼래."

그가 혼자 티켓팅을 하고 연극을 보러 들어갈 거라곤 예상하지 못했다.

"그럼 나 보고 나올 때까지 너는 서점에 가서 기다릴래?"

나는 이 어처구니없는 상황에 어떻게 해야 할지 몰라 멀뚱히 서 있었다. 그는 내 대답은 듣지도 않고 등을 돌려 공연장 입구로 뛰어갔다. 뛰어가는 그의 걸음 위로, 바닥에 떨어진 벚꽃이 술렁이며 떠올랐다가 내 쪽으로 밀려왔다. 화가 나는 게 아니라 비참하고 얼굴이 화끈거렸다. 이러는 게 어딨냐고 소리라도 질러야 했는데, 나는 입을 닫고 고개를 팍 숙여버렸다. 나는 왜 이 모양일까. 한 해 전 축제 때 2학년 선배들 대신 자기 학교에 와서 문학의 밤 낭송을 해달라고 추근대던 놈이 이놈이 맞나. 학교 앞에서 일기장을 건네며 자기 글을 보여주던 녀석이 이놈이 맞나. 우린 지금 사귀는 걸까? 이런 놈인 걸 알았으니 헤어지자고 말해야 하나. 그러고 보니 그는 내게 사귀자는 말을 한 적이 없었다. 딱히 사귄 것도 아닌 것 같은데 헤어지자는 게 더 웃기지 않나. 걷다 보니 어느새 서점이었다. 직원은 나를 보고는 왜 혼자 왔냐고 했다. 무슨 말이냐고 물었더니 직원은 그가 내내 서점에 있다가 연극 보고 다시 오겠다고 했다며 "같이 연극 보는 거 아니었어?" 하고 재차 물었다.

연극이 시작될 시간이 다 되어 달려온 것도 계획한 거였을까. 나보고 서점에 가 있으라고 한 건 자기가 다시 와야 하기 때문이었겠지. 그제야 그와 만날 때마다 반복됐던 패턴을 알아챌 수 있었다. 그는 혼자 있는 걸 못 견디면서도 둘이 있으면 자기 속에 매몰되는 종류의 인간이었다. 뭐 이런 새끼가 다 있지. 그 새끼한테 책도 사주고 기다리랬다고 여기 와 있는 나는 뭔가. 만난 지 일 년이 다 되어서야 그걸 눈치챈 나 자신에게 한숨이 나왔다. 그가 오기 전에 서점에서 나가야겠다는 생각뿐이었다. 최소한 그에게 지금 내 모습을 들키고 싶

지는 않았다. 서점을 나서기 전에 시집이 꽂힌 책장 앞으로
가서 32번 시집을 뽑았다. 그놈이 오면 계산할 거라고 하고
시집을 들고 나가버릴까. 그러면 통쾌했을 테고 화가 가라앉
을 수도 있었는데, 나는 시집을 책장에 도로 끼워 넣었다.

나도 그 시집을 보고 싶었다고. 시 한 편이 어떻게 연극이
되었는지 보고 싶었단 말이야.

서점에서 나와 집으로 걸어오며 내 속에서는 이런 말들이
쏟아졌고 미련한 내가 마음에 들지 않아 속이 탔다. 발길은
공중전화 앞에서 자꾸 멈췄다. 서점으로 전화해서 그놈을 바
꿔달라고 할까. 그가 받으면 "이 개새끼야!" 소리 지르고 딱
끊어버릴까. 공중전화는 왜 그렇게 많은지 내 인내심을 테스
트하는 것 같았다. 공중전화 부스에 들어가 수화기를 들고 번
호를 누르다 다 누르지 못하고 수화기를 내려놓기도 했다.

무슨 소용이야. 잊어버리자, 다시는 보지 말자. 넌 정말 저
질이야. 너랑은 끝이다.

그날 내가 혼자 속으로 했던 말들만 기억나는 걸 보니 나는
그날 이후 그를 지워버리려 했고 그렇게 했던 것 같다. 나는
비참함 때문에, 그리고 한마디도 못 하고 헤어진 스스로에게
화가 나서 아무에게도 얘기하지 못하고 그와 그날을 기억에서
지우려 했다. 그동안 그와 관련된 것들은 잊고 있었으니 잘 숨
긴 셈이었다. 그런데 그 봄날이 삼십 년 동안 서점 벽에 붙어
있던 포스터를 통해 되살아나다니. 기억이란 아무리 묻어두어
도 어느 순간에 용수철처럼 튀어나오는 현재로구나 싶었다.

*

　어느새 서점은 책을 사는 사람보다 서점 사장에게 인사를 하러 들르는 사람들로 북적였다. 열린 문으로 꽃무늬 스카프를 두른 키 작은 여자가 들어와 책장 사이를 돌아다니는 게 보였다. 여자는 녹색평론사 책들이 꽂힌 책장에서 『케스—매와 소년』을 만지작거리다가, 풀방을 지나 디근자 책장 앞을 서성이며 책을 꺼냈다 넣고 다시 꺼내기를 반복했다. 시집이 꺼내졌다가 클로드 모르강의 『꽃도 십자가도 없는 무덤』이 펼쳐졌다. 여자는 90년대 초에 나온 북한 SF 소설인 『푸른 이삭』을 지나 새 책이 진열된 매대 앞에서 손가락으로 책등을 만지고 있었다. 여자의 동작은 비닐봉지를 넣었다 빼고 다시 넣던, 마을버스 정류장 앞에서 본 남자의 행동과 닮아 있었다. 그러다 여자와 눈빛이 마주쳤다. 서점에 오는 사람들에게 말을 걸며 인사를 나누고 있는 중년의 남자나 엄마에게 보여주려고 사진 찍으러 왔다면서도 자리를 뜨지 않고 있는 학생들과 마찬가지로 그녀도 뭔가를 찾으러 온 사람처럼 주변을 쭈뼛거리고 있었다. 나는 괜히 그녀에게 말을 걸고 싶어졌다.

　"저, 찾는 책이 있으세요?"

　"얼마 전에 느티나무출판사에서 나온 책 읽는 모임에 관한 책인데, 책 제목이 뭐였더라."

　"혹시 나무 색깔 표지 아니에요?"

　"맞아요."

나는 그녀가 한 것처럼 손가락으로 매대에 진열된 신간들을 훑었다. 매대의 맨 끝에 나무 색깔 표지가 보였다.

"사실 책을 사러 온 건 아니고요. 그냥 이 서점에 한번은 오고 싶었어요."

나는 그녀가 이야기를 하고 싶어서 이곳에 왔다고 느꼈다. 그녀의 행동은 어딘지 모르게 나와 닮아 있었다. 무턱대고 집을 나와 이곳에 와 있는 나도 그날 하고 싶었던 것이 대화였다는 걸 깨달았다. 그때 그녀가 먼저 물었다.

"혹시 퇴촌이라고 아세요?"

"그럼요. 경기도 광주에 있는."

늘 한두 번 묻고 답하다 보면 그다음은 할 말이 없어지는 내게 누구나 다 아는 질문으로 대화를 이끄는 그녀의 방식이 신선하게 다가왔다.

"연애할 때 남편의 방에 가봤는데, 방에서만 지내던 사람이라서 그 방이 제겐 무척 특별했어요. 남편이…… 어릴 때부터 장애가 있었거든요. 사방이 책으로 둘러싸여 있는데 그야말로 서점이더라고요. 그래서 언제든 이 서점을 바깥으로 열어두고 싶다고 생각만 하고 있다가 결혼하고 시간이 한참 지난 어느 날……"

그녀는 잠깐 숨을 돌렸다.

"어느 날?"

나는 다음 이야기를 재촉했다.

"불쑥 저질러버렸어요."

"저지르다니요?"

"더 지나면 못할 것 같아서요."

"퇴촌에서 서점을 여셨나요?"

"서점은 아니고, 동네 서재 도서관이요."

나는 이런 재미있는 사연을 들려준 여자에게 자연스럽게 박수를 쳤다.

"도서관은 책만 있으면 할 수 있는 줄 알고, 앞뒤 안 재고 아무것도 모르고 그냥 하고 싶은 걸 하자 하고요. 그런데……" 여자는 뜸을 들이다가 "얼마 전에 도서관 문을 닫았어요"라고 했다.

"유지하기 힘들었군요."

"도서관이 책만 있다고 할 수 있는 게 아니더라고요. 그래도 얻은 게 더 많아요. 한 5년 동안 이웃들이 동네 친구가 되면서 기타 치고 노래하고 아이들 같이 키우면서 잘 놀았어요."

"저도 오늘 불쑥 이곳에 오게 되었는데, 그냥 발길이 이곳으로 끌렸어요. 고등학교 때부터 알던 서점이라서 문을 닫는다고 하니까 계속 마음에 걸렸나 봐요. 그러다가 불쑥……"

그녀는 '불쑥'이라는 단어에 반응하듯 눈주름이 잡히며 미소를 지었다.

"서점을 접는다고 해서 쓸쓸할 줄 알았는데……" 여자는 말끝을 흐리다가 책을 가슴에 안으며 이 책을 읽을 땐 이곳이 떠오르겠다고 했다. 솔직하게 자신의 이야기를 꺼내놓은 여자의 태도 때문이었을까. 나도 왠지 이 여자에게 아무에게도 말하지 않았던 비밀이랄지 부끄러운 기억을 털어놓고 싶어졌다.

"저 포스터 보이죠?"

"「새들도 세상을 뜨는구나」, 연극이요?"

"아니, 포스터요. 삼십 년 전에 저 포스터를 봤어요."

"연극이 아니라 저 포스터를요? 그때도 저 포스터가 붙어 있었다고요?"

여자는 남의 이야기를 잘 듣는 사람 특유의 반응을 보이며 의자에 앉았다. 나도 그 옆에 앉았다.

"고등학교 때 이 서점에 왔었거든요. 아주 찌질한 남자애 랑 저 연극을 볼 뻔했는데, 결국엔 못 봤어요. 여기 오니까 그런 기억들이 막 튀어나오네요."

찌질한, 이라고 말할 때 어떤 쾌감이 밀려왔다. 여자는 찌 질한 남자애, 저도 그런 애들 많았어요, 하며 맞장구를 쳤다. 그러면서 오늘 처음 만났는데 오래 만난 친구 같다며 "오래 된 서점만 줄 수 있는 이런 선물 같은 시간이 전 정말 좋아 요"라고 했다.

그때 서점 문에 달린 달랑이 종이 울리며 우체부가 들어왔 다. 서점 사장은 그에게 음료를 건네며 종일 입에 달고 있었 던, 이제 곧 문을 닫을 거라는 말을 반복했다. 우체부는 언제 까지 하느냐고 물었고, 서점 사장은 "이 책들 다 주고 싶은 청년들이 나오면 곧"이라고 답했다. 서점 주인도 책을 파는 것보다 이야기를 더 나누고 싶었던지 우체부가 음료를 다 마 실 때까지 계속 넋두리를 늘어놓았다.

우체부가 다녀간 후 조금 지나 서점 사장은 "이것 좀 봐요. 나, 이런 걸 받았어요" 하며 편지 봉투를 흔들었다. 서점에 있던 사람들이 계산대 앞으로 모여들었다. 서점 주인이 신기한 물건을 자랑하듯 계산대에 편지지를 펴고 봉투를 그 옆에 두었다. 편지 봉투에는 에든버러 북숍 마크가 찍혀 있었다. 나는 편지 봉투를 가리키며 에든버러 북숍이라면 젠 캠벨이 처음으로 서점에서 일을 했다는 그곳 아니냐고 물었다.

"젠 캠벨! 맞아요. 여기 어디 책이 있을 텐데."

서점 주인은 서점에 관한 책을 모아놓은 책장에서 분홍색 표지의 『북숍 스토리』를 단번에 꺼냈다. 편지지에는 타자기로 찍은 전보 같은 문자가 찍혀 있었고, 서점 주인은 이런 것도 들어 있네, 하며 봉투에 들어 있던 것을 꺼내 편지지 옆에 세웠다. 종이로 접은 유니콘이었다.

"우린 종이학을 접는데 스코틀랜드에선 신화 속 동물을 종이접기 하나 봐요."

퇴촌에서 온 여자가 말했고, 부산에서 온 여자애는 유니콘의 뿔을 만지작거리다 사진을 찍었다.

"이거 타자기로 친 거 맞지? 에든버러 서점에선 타자기로 편지를 보내나 봐."

남자애는 편지지에 찍힌 문장과 타자기 글씨에 관심이 있었다. 중년의 남자는 "그렇지, 세상엔 책이 이렇게나 많으니 서점도 다양하고 많아야지" 하며 주먹을 쥐고 서점 주인을 향해 "굿 파이트"라고 외쳤다.

"킵 파이팅 더 굿 파이트, 위 니드 모아 북숍 인 더 월드!
(Keep fighting the good fight, We need more bookshop in the
world!)"

남자애가 아나운서의 오프닝 멘트처럼 타자기로 친 문장을
발음했다. 여자애는 "세상엔 더 많은 서점이 있어야 한다는
거지? 아저씨, '굿 파이트'는 무슨 뜻이에요?" 하며 중년의
남자를 쳐다보았다.

"좋은 싸움?"

중년 남자가 말했다.

"괜찮은 싸움은 어때요?"

나도 끼어들었다. 서점 주인이 "지는 싸움 같은데요"라고
하자 서점에 있던 사람들이 한바탕 웃음을 터뜨렸다. 짧은 시
간 서점에 같이 있었을 뿐인데, 한순간에 같이 웃을 수 있는
건 나이도 경험도 다른 사람들이 지는 싸움의 의미를 공유했
기 때문인 것 같았다. 서점 주인은 봉투에 적힌 이름을 보며
이 친구도 기사를 본 모양이네요, 라고 했다. 중년의 남자가
아는 사람이냐고 물었다.

"스코틀랜드로 유학 간다고 몇 년 전에 마지막으로 본 학
생인데 우리 서점의 단골이었어요. 일부러 거기 있는 서점에
가서 전보 보내듯 이 편지를 보낸 것 같아요. 저는 이곳을 지
킨 것 말고는 한 게 없는데……"

서점 주인은 "이런 편지를 받으니 그래도 잘 지나온 건가?"
하며 주변을 둘러보았다. 부산에서 온 학생들이 굿 파이트,

하며 중년 남자를 흉내 냈다.

퇴촌에서 온 여자는 내게 연락처를 물었다. 우리는 거리낌 없이 연락처를 주고받았다. 그녀는 서점을 나가며 "다음 달에 또 들를게요"라고 했다. 서점 주인은 그녀가 산 책에 이 서점의 독서 모임도 소개되어 있다고 했다. 그녀는 이미 알고 있다고, 도서관을 다시 열게 된다면 그 책으로 첫 독서 모임을 할 거라고 했다. 그러면서 꼭 다시 들르겠다고, 도서관을 접고 책 정리를 하며 많이 울었는데 뭔지는 모르겠지만 이상한 기운을 받았다고 했다. 중년의 남자는 서점 주인이 꺼내둔 『북숍 스토리』를 가방에 넣었고, 부산에서 온 학생은 『서울로 간 평강공주』를 읽어보겠다며 서점을 나섰다. 나는 오래전 그에게 사주었으나 정작 나는 읽지 못했던 시집과 산문을 계산했다.

그날 집에 돌아오니 서점에서 산 책이 가방에 없었다. 설마 하며 사진으로 찍어둔 간판의 전화번호를 눌렀다. 서점 주인이 전화를 받았다. 서점 주인은 안 그래도 책을 챙겨놓았다고, 언제든 와서 찾아가라고 했다. 나는 서점에서 만난 여자에게 배운 말로 다시 들르겠다고, 꼭 찾으러 가겠다고 했다. 어쩌면 그 봄날 내가 32번 시집을 꺼냈다가 다시 책장에 꽂아놓은 건, 그는 잊어버려도 오랫동안 들락거릴 수 있는 정류장과 같은 서점은 잃고 싶지 않아서가 아니었을까. 다시 들르겠다는 말은 삼십 년 전 어느 봄날 내가 그에게 하려던 말은 아니었지만 시간의 더께가 얹어져 두툼하고 다정하게 내게로 돌아오고 있었다. 서점 주인이 에든버러 서점에서 온 편지를 손님들에게 자랑한 것인지 전화기 저편에서는 사람들이 왁자하게 웃으며 "굿 파이트" 하는 소리가 들려왔다.

작가노트

고등학교 때부터 알고 지냈던 서점이 문을 닫는다는 기사를 본 것이 몇 해 전이었다. 그날 나는 집에서 나와 말 그대로 정처 없이 걸었다. 걷다 보니 내가 살았던 동네였고, 또 걷다 보니 어느새 서점이었다. 그날 서점에는 어딘지 쓸쓸해 보이고 무언가를 찾는 듯한 사람들이 하나둘씩 모여들었다. 그들은 그동안 서점에 오고 가던 추억을 풀어놓으며 서점 주인에게 인사를 하러 들른 사람들이었다. 나는 디근자 책장 구석에 앉아 그들의 이야기를 엿듣다가 뜻밖에도 당혹스런 기억과 마주하게 되었다.

벽에는 삼십 년 전 상연되었던 연극 포스트가 붙어 있었다. 그 연극을 보지는 못했지만 포스터만은 기억하고 있었다. 몸을 잔뜩 웅크리고 할 말을 찾지 못하던 열일곱의 내가 떠올랐다. 그러자 기억 속에 묻어두었던, 연극을 같이 보자고 했던 그 애도 딸려 나왔다. 도대체 이 작은 서점은 내게 무엇이었을까. 얼마나 많은 기억이 숨어 있는 것일까. 그날부터 한 달 동안 직원처럼 매일 서점을 드나들었다.

　나는 하루에 딱 하나만 이 서점이 좋았던 점을 적어나갔다. 하루종일 책을 봐도 눈치를 주지 않았던 것, 오로지 책 속으로 들어갈 수 있었던 것, 책을 읽다가 지겨울 땐 서점에 온 사람들을 구경할 수 있었던 것, 그들의 꿈이나 일상을 엿들어도 아무도 뭐라고 하지 않았던 것, 외로울 땐 아무 말 안 하고 고독할 수 있었던 것, 책을 안 사고도 그냥 나올 수 있었던 것, 책을 읽을수록 이상하게 더 고독해졌던 것. 좋았던 것들은 날마다 쌓여갔다. 그리고 한 달이 다 되어갈 때 나는 이렇게 적었다. 몇 년이 지나 다시 가도 그곳에 이 서점이 있었던 것. 이 서점을 드나들 땐 내가 소설가가 될지 몰랐지만 막연하게 이야기를 쓰는 사람이 되고 싶어 했던 시작이 이 서점이었다는 것도 깨달았다. 그제야 이 소설의 첫 문장이 시작되었다.

9인 테마소설집

선량하고 무해한 휴일 저녁의 그들

ⓒ 김이정 박형숙 반수연 부희령 이경란 이성아 이수경 이후경 하명희

1판 1쇄 발행	│	2023년 1월 31일

지은이	│	김이정 박형숙 반수연 부희령 이경란 이성아 이수경 이후경 하명희
펴낸이	│	정홍수
편집	│	김현숙 이명주
펴낸곳	│	(주)도서출판 강
출판등록	│	2000년 8월 9일(제2000-185호)

주소	│	서울시 마포구 동교로17안길 21 (우 04002)
전화	│	02-325-9566
팩시밀리	│	02-325-8486
전자우편	│	gangpub@hanmail.net

값 14,000원
ISBN 978-89-8218-313-3   03810

* 이 도서는 한국출판문화산업진흥원의 '2022년 중소출판사 출판콘텐츠 창작 지원 사업'의 일환으로
  국민체육진흥기금을 지원받아 제작되었습니다.